Normalienne, agrégée de p... ...
1969. Pour écrire son premier roman, *Qumran*, un thriller théo-
logique, elle a voyagé aux Etats-Unis, en Israël et en Angleterre
où elle a pu se documenter dans les bibliothèques, visiter les sites
archéologiques et observer les différents groupes religieux. *Le Trésor du Temple* (2001) poursuit la quête palpitante de *Qumran*, sur
les traces des Templiers. On lui doit encore *L'Or et la Cendre*, *La
Répudiée* et *Mon père*.

ELIETTE ABÉCASSIS

Le Trésor du Temple

ROMAN

ALBIN MICHEL

À ma mère,
grâce à qui j'ai écrit ce livre.

Assemblez-vous, et je vous raconterai
ce qui arrivera à la fin des jours.

Genèse 49,1.

PROLOGUE

C'était en l'an 5761, au 16 du mois de Nissan, ou, pour ceux qui préfèrent, le 21 avril de l'an 2000, trente-trois ans après ma naissance.

On trouva, sur la terre d'Israël, au beau milieu du désert de Judée, près de Jérusalem, le corps d'un homme assassiné dans les circonstances les plus étranges.

Il avait été ligoté sur un autel de pierre, puis égorgé et brûlé. Sa chair, à demi calcinée, laissait transparaître les os.

Les lambeaux de sa tunique de lin blanc et le turban dont il était revêtu étaient maculés de sang. Sur l'autel de pierre, il y avait sept traînées sanglantes tracées d'une main coupable. Tel un animal, il avait été sacrifié. On l'avait abandonné ainsi, les bras en croix, la gorge ouverte.

Shimon Delam, ex-chef de l'armée israélienne, et actuel patron du Shin Beth, les services secrets intérieurs, était venu voir mon père, David Cohen, afin de lui demander de l'aide dans cette affaire. Mon père, qui faisait la paléographie des rouleaux antiques, et moi — Ary Cohen — avions travaillé ensemble pour Shimon, deux ans auparavant, afin de résoudre l'énigme d'un manuscrit disparu, et de mystérieuses crucifixions.

— David, dit Shimon, après lui avoir exposé la situation, si je fais de nouveau appel à toi, c'est que...

— ... c'est que tu ne sais pas vers qui te tourner,

dit mon père. C'est que tes policiers ne comprennent pas grand-chose aux sacrifices rituels, ni au désert de Judée.

— Et encore moins aux sacrifices humains... Tu avoueras que cela nous renvoie à une période très ancienne.

— Ancienne, dit mon père, en effet. Qu'attends-tu de moi ?

Shimon sortit un petit sac en plastique noir, et le tendit à mon père, qui regarda à l'intérieur.

— Un revolver, dit mon père. Calibre 7-65.

— Cette affaire pourrait nous mener très loin, et je ne parle ni du désert de Judée ni de l'histoire de cette région. Je parle de la sécurité d'Israël.

— Tu peux m'en dire plus ?

— Il y a une grande tension en ce moment sur nos frontières. On nous signale des mouvements de troupes au sud de la Syrie. Une guerre se prépare, mais je ne sais ni où ni pourquoi. Ce meurtre en est peut-être le premier signe.

— Le premier signe, dit mon père. Je ne savais pas que tu croyais aux signes...

— Non, dit Shimon. Je ne crois pas aux signes. La CIA non plus et pourtant nous sommes d'accord. D'après nos enquêteurs, le couteau du crime, retrouvé en évidence près du corps, serait un couteau fabriqué en Syrie au XIIe siècle.

— Au XIIe siècle, répéta mon père.

— La victime est un archéologue qui effectuait des fouilles en Israël. Il recherchait le trésor du Temple, d'après les indications précises d'un manuscrit de la mer Morte...

— Tu veux parler du Rouleau de Cuivre ?

— Précisément.

Mon père ne put réprimer un sourire. Lorsque Shimon utilisait l'adverbe « précisément », la situation était grave.

— Nous savons que le but secret de cet homme était de construire le Troisième Temple. Nous savons aussi qu'il avait des ennemis... Moi, tu me connais, je suis un chef d'armée, les motivations profondes de ce crime me dépassent.

— Allons, dit mon père, viens-en au fait.

— Ce n'est pas une mission comme les autres. C'est pourquoi j'ai besoin d'un homme qui connaisse parfaitement la Bible, l'archéologie, et qui n'ait pas peur de se battre si nécessaire. J'ai besoin de quelqu'un qui soit à la fois un savant et un soldat.

Shimon considéra mon père en silence, puis, tout en mâchonnant calmement un cure-dents, il termina :

— J'ai besoin d'Ary, le lion.

PREMIER ROULEAU

Le Rouleau du Crime

Soyez forts et fermes, ô vaillants soldats
Ne tremblez pas !
Ne vous retournez pas
Car derrière vous est la communauté du crime
Et dans les ténèbres sont tous leurs actes
Et les ténèbres sont leur passion
La vanité est leur refuge
Et leur puissance telle la fumée disparaîtra
Toute leur multitude sera introuvable
Tout l'univers de leur être fanera vite
Soyez fermes pour le combat
Car c'est à présent qu'advient l'œuvre de Dieu
Contre les esprits du crime.

> Rouleaux de Qumran,
> *Règlement de la Guerre*

Je suis Ary le scribe. Je suis Ary Cohen, fils de David.

Il y a plusieurs années, je vivais parmi vous. Comme mes amis, je voyageais dans les contrées lointaines, je sortais dans les soirées folles de Tel-Aviv et j'ai aussi fait l'armée sur la terre d'Israël.

Puis un jour, j'ai laissé mes habits de citadin et je me suis retiré dans le désert de Judée, aux portes de Jérusalem, sur les falaises d'un lieu retranché que l'on nomme « Qumran ».

Dans la quiétude du désert, je mène une existence austère, en nourrissant mon esprit, mais pas mon corps. Je suis scribe. Comme mes ancêtres, je porte à la taille une ceinture sur laquelle est accrochée une boîte en roseau contenant stylos et pinceaux, ainsi que le canif qui me sert à gratter la peau. Je la lisse avec la lame pour en supprimer les taches et les aspérités, et obtenir un poli granuleux, qui absorbera l'encre sans trop la laisser se diffuser. Pour graver le marbre de cette peau, j'utilise la plume d'oie, plus fine que le fruste pinceau de roseau. Je la choisis avec soin parmi les rémiges des volatiles élevés dans le kibboutz, non loin de Qumran. Je préfère celle de l'aile gauche, qu'il faut détremper plusieurs heures afin de la ramollir, avant de la sécher et la durcir dans du sable chaud, puis de la tailler au canif.

Je prends l'écritoire, où se trouve le récipient pour l'eau et l'encre ; dans une fiole, je mélange l'eau et

l'encre, et je commence : *Ma vie est arrachée et empor-
tée loin de moi comme une tente de berger.*

Je grave les lettres sur les parchemins jaunis
comme les livres anciens, pages visitées, vues, et
lues, touchées, tournées, d'année en année, de siècle
en siècle, de millénaire en millénaire. Tout le jour,
j'écris, et la nuit aussi.

A présent, je voudrais dire, raconter mon histoire,
cette histoire terrifiante dont je fus le jouet. Ce n'est
pas un hasard si à la source de mon aventure il y a
la Bible, car j'y ai vu l'amour et la trace de Dieu, et
j'y ai vu la violence, oui j'y ai vu le verbe « être ».

*O fils, écoutez-moi, et j'enlèverai les voiles de vos
yeux pour que vous voyiez et que vous entendiez les
actes du Seigneur.*

Mon père, David Cohen, en ce soir du 16 du mois
de Nissan 5761, vint me trouver dans les grottes de
Qumran, dans le Scriptorium où je poursuivais ma
besogne. C'était une grotte un peu plus large que les
autres, où se trouvaient côte à côte de nombreux parchemins de différente taille, des rouleaux sacrés, une
grande quantité de jarres aux dimensions gigantesques, des tessons et des couvercles brisés, mêlés
à des débris de roche... un amas d'objets antiques au
désordre séculaire, que je n'avais jamais osé pertur-
ber. Cela faisait plus d'un an que je n'avais vu mon
père. Ses yeux brillaient d'émotion. Ses cheveux
sombres étaient abondants, mais l'on pouvait lire sur
son large front comme sur un parchemin où les
lettres s'étaient accumulées, d'année en année. L'une
d'elles s'était creusée depuis la dernière fois que je
l'avais vu : ל. *Lamed*, qui signifie « apprendre et
enseigner ». Cette lettre, la plus haute de l'alphabet
hébraïque, la seule dont la hampe dépasse la ligne
vers le haut, ressemble à l'échelle de Jacob sur
laquelle les anges montent et descendent, pour étudier et pour transmettre.

Il n'en disait rien mais j'étais son fils, son unique, et bien qu'il respectât la voie que j'avais choisie, à moitié forcé par les circonstances dramatiques, à moitié consentant, car c'était là mon chemin, celui de ma vie, il souffrait de ce que je l'avais quitté. Il aurait voulu me voir plus près de lui, à Jérusalem, même si, après l'armée, j'avais quitté sa maison pour aller vivre dans le quartier ultra-orthodoxe de Méa Shéarim. Et si je n'étais pas près de lui, il aurait préféré me savoir à Tel-Aviv, vivant en Israélien moderne plutôt que dans les grottes de Qumran. Et si ce n'était pas Tel-Aviv, il aurait encore préféré que je sois dans un kibboutz, dans le sud ou le nord du pays, en tout cas un lieu où il aurait pu me rendre visite, et non dans cet endroit secret, difficilement accessible, où je menais ma vie d'ascète. Et moi, qui me demandais quand j'allais le revoir, je sentis à quel point ce moment était rare. Sans que je le veuille, les larmes me montèrent aux yeux.

— Allons, dit mon père. Je suis heureux de te revoir. Ta mère aussi t'embrasse.

— Comment va-t-elle ?

— Bien, tu la connais, elle est forte !

J'avais de la tendresse pour ma mère, mais depuis que j'étais devenu religieux, une sorte de mur d'incompréhension s'était dressé entre nous. Pour elle, qui était russe et athée, j'étais religieux, ce qui voulait dire : fou, fanatique, illuminé.

Car depuis deux ans j'avais rejoint une secte secrète aux rites particuliers : celle des « esséniens* ». Au IIe siècle avant la naissance de Jésus, des hommes s'étaient retirés dans le désert de Judée, sur une falaise que l'on nomme Khirbet Qumran, où ils avaient construit un camp dans lequel ils étudiaient, priaient et se purifiaient par le baptême, en vue de la fin des temps. Mais la fin des temps ne vint pas, et après la mort de Jésus et la révolte des juifs, l'His-

---

* Les mots suivis d'un astérisque renvoient au lexique en fin de volume.

toire perdit leur trace. Le camp de Khirbet Qumran fut brûlé, déserté. On crut qu'ils avaient été massacrés par les Romains ; ou qu'ils avaient été déportés. En vérité, ils s'étaient réfugiés dans des grottes retranchées, où ils avaient continué de vivre, dans le secret, et où ils vivaient toujours, à l'insu de tous, occupés à prier, à étudier et à recopier les textes de la tradition, et surtout, à attendre et à se préparer pour le monde futur.

— Alors, dis-je, raconte-moi. Quelles sont les nouvelles du dehors ?

— *La* nouvelle, dit mon père. Un meurtre a été commis dans le désert de Judée, à quelques kilomètres d'ici. Un sacrifice humain, en quelque sorte. C'est Shimon Delam qui a fait appel à moi, pour que je te parle, Ary. Il voudrait te charger de l'enquête. Il dit que tu es le seul à être à la fois soldat et à connaître si bien les écritures.

— Mais, répondis-je, ne sais-tu pas que ma mission est ici, dans les grottes de Qumran ?

— Ta mission, dit mon père. Quelle mission ?

— Hier, les esséniens m'ont élu. Ils ont fait de moi leur Messie.

— Ils t'ont élu, répéta mon père en me considérant d'un air étrange, comme s'il n'était pas surpris par la nouvelle que je lui annonçais.

— Ils pensent que je suis le Messie qu'ils attendaient. Les textes le disent : le Messie devait être révélé en l'an 5760, et on l'appelle « le lion ». Le lion, c'est moi. C'est bien le sens du nom que tu m'as donné.

— Alors, es-tu prêt à laisser ton labeur de scribe et à sortir des grottes ?

— Je suis scribe, pas détective.

— Tu dis que tu as été désigné comme Messie par les esséniens : cela veut dire que ta mission n'est plus dans l'écriture mais dans le combat, dans la lutte du Bien contre le Mal. Dans la guerre des fils de lumière contre les fils des ténèbres, ton rôle est de trouver le meurtrier et de le combattre.

Ainsi parla mon père, et derrière la dialectique de ce savant, je ne pouvais m'empêcher de reconnaître le prêtre, le Cohen. Deux ans auparavant, j'avais découvert que mon père était un essénien qui avait décidé de quitter les grottes lors de la création de l'Etat d'Israël pour aller y vivre, et je compris pourquoi cet homme, d'une force et d'une stature imposantes autant par le savoir que par le courage et la fidélité, avait le charisme et l'allure d'un patriarche, avec ses cheveux bruns, son corps aux muscles fins, ses yeux noirs comme deux flambeaux au milieu de son visage illuminé par un sourire magique. Ce sourire qui exprimait à la fois la vie de l'esprit dont il était inspiré, et la sérénité que lui donnait l'étude des textes antiques. C'est sans doute pourquoi cet homme n'avait pas d'âge, car il avait tous les âges : il était la mémoire des temps.

— Allons, dit mon père. Tu es jeune. Tu peux combattre. Tu as les connaissances et la force nécessaires pour résoudre cette énigme. A moins que tu ne veuilles faire comme le prophète Jonas, et fuir devant ta mission ?

— Ce sont leurs affaires, dis-je.

— Ce ne sont pas *leurs* affaires, mais la vôtre, la nôtre. Cet homme a été sacrifié chez vous, dans votre domaine, vêtu de vos habits rituels. Et si tu ne te lèves pas, sache que c'est vers vous que les recherches se dirigeront, et on ne manquera pas de découvrir le secret de votre existence, peut-être même cherchera-t-on à vous accuser pour vous faire sortir des grottes et vous enchaîner, cette fois à jamais. Il ne s'agit pas de combattre, il s'agit de vous sauver !

— Il est écrit que nous devons nous éloigner du chemin des méchants.

Alors mon père s'approcha du rouleau que j'étais en train de recopier. Paléographe des textes antiques, il s'intéressait aux formes individuelles des lettres afin de déterminer à quelle date les textes avaient été copiés, et, même si la paléographie n'est pas tout à fait une science exacte, puisque aucun manuscrit ne peut servir de référence absolue en ce domaine, mon père parvenait à discerner dans les textes la progression des formes des consonnes les plus récentes vers les formes plus tardives. Il retenait tout ce qu'il déchiffrait, il repérait parfaitement les caractéristiques de chaque fragment étudié, la qualité du cuir, sa préparation comme son support d'écriture, et même le style du scribe, l'encre, la langue, le vocabulaire et les sujets. Ses compétences linguistiques lui permettaient de lire aussi bien le grec que le sémitique, les tablettes cunéiformes que les pointes de flèches cananéennes, inscrites sur des documents phéniciens, puniques, hébreux, édomites, araméens, nabatéens, palmyréniens, thamoudéens, safaïtiques, samaritains ou christo-palestiniens. Il pointa son doigt sur un passage : *La main du Seigneur fut sur moi ; il me fit sortir par l'esprit du Seigneur et me déposa au milieu de la vallée : elle était pleine d'ossements.*

— Il est écrit, depuis le IIᵉ siècle, que ceci arrivera à la fin des jours, dit-il.

J'accompagnai mon père vers la sortie de la grotte. Devant nous, des hommes attendaient. C'était la nuit. Sous le clair de lune, on pouvait voir la falaise abrupte qui nous sépare du reste du monde. Au loin, se découpaient sur le sombre horizon les roches de calcaire qui composent le paysage lunaire de la mer Morte. Là, sur le banc de rochers qui prolonge l'entrée de nos grottes, je reconnus les dix hommes du Conseil suprême : il y avait Issakar, Pérèç et Yov, les prêtres Cohanim, et il y avait Ashbel, Ehi et Mouppîm, les Lévis, ainsi que Guéra, Naamâne et Ard, fils d'Israël, accompagnés de Lévi, le prêtre qui avait été mon instructeur, un homme d'âge mûr, aux cheveux gris et soyeux, à la peau parcheminée, tannée par le soleil, aux lèvres fines et à la démarche altière. Celui-ci s'approcha de mon père :

— N'oublie pas, David Cohen, dit-il, que tu es tenu par le secret.

Mon père acquiesça, et sans un mot il commença, à travers les fissures des roches, la descente ardue qui mène au monde connu.

Le lendemain matin, j'enlevai mes vêtements de lumière et je remis mes vieux habits de Hassid*, que je n'avais pas touchés depuis plus de deux ans : une chemise blanche et un pantalon noir. Puis je partis.

J'avançai dans le désert, solitaire dans la chaleur écrasante, le visage en feu, les yeux éblouis par la lumière, empruntant, à travers les roches et les wadis, le long des fissures et des ravins, le chemin dangereux et secret que seuls les esséniens connaissent.

Devant moi scintillait le grand lac de sel qui s'étend à quatre cents mètres au-dessous du niveau de la mer, où il fait si chaud que l'eau s'évapore, rendant la mer plus amère encore. On l'appelle la mer Morte car ses eaux peu propices à la vie ne portent ni poissons, ni algues, ni bateau, et rarement les hommes.

Sodome, au sud, Sodome détruite, témoigne du cataclysme qui un jour punit la région. Et les odeurs de soufre, et les formes effrayantes sculptées dans le sable et la roche révèlent ici l'empire de la Destruction. Le commencement de la fin. C'est pourquoi, deux mille ans auparavant, les esséniens étaient venus dans ce désert qui s'étend à l'est de Jérusalem jusqu'à la grande dépression du Ghor avec le Jourdain et la mer Morte, dans ce désert calme et silencieux où l'on pouvait croire à la fin des temps. Au sud de notre désert, il en est un autre, et au sud de celui-ci, un autre encore : là où Moïse reçut les Tables de la Loi. Et dans chacun de ces déserts, il est des bergers immémoriaux, témoins des temps, et les hommes se retirent du monde pour venir l'habiter et se laisser habiter par lui.

Il était midi lorsque je parvins sur le lieu du crime. Sur la terrasse marneuse, la chaleur était étouffante.

Je passai devant les grottes qui avaient livré les restes de quelque mille manuscrits ayant appartenu à notre secte, certains remontant au IIIe siècle avant Jésus-Christ. C'est en 1947 que l'on y trouva la première jarre. C'est alors que commença l'étrange histoire des manuscrits de la mer Morte[1] : la découverte archéologique la plus extraordinaire qui eût été faite. Depuis le temps qu'on y faisait des recherches, depuis le temps qu'on y passait et pèlerinait, on croyait qu'il n'y avait rien de nouveau sous le soleil de Judée. Pendant deux millénaires, les hommes étaient passés à côté de ce trésor, ignorant que des manuscrits datant de l'époque de Jésus, miraculeusement conservés dans des jarres, se trouvaient là, bien à l'abri dans les grottes de Qumran, dans le désert de Judée, près de la mer Morte, à trente kilomètres de Jérusalem.

Lorsque, en 1999, le Grand Prêtre Osée, qui avait participé à la mise au jour des rouleaux de Qumran, fut retrouvé crucifié dans l'église orthodoxe de Jérusalem, mon histoire rencontra celle des manuscrits de la mer Morte. L'un de ces rouleaux lui avait été dérobé et Shimon Delam, chef de l'armée israélienne, était venu chercher mon père afin qu'il l'aidât dans cette recherche. Et moi, Ary, son fils, je l'avais accompagné.

Là, dans ces grottes, j'avais découvert que, depuis des générations et des générations, des hommes vivaient, à l'insu de tous, gardant, recopiant les rouleaux de parchemin qui étaient leurs textes sacrés.

Après une demi-heure de marche, je parvins jusqu'aux abords de la mer Morte, sur la grande falaise où se trouvait un ensemble de ruines, Khir-

---

1. Voir *Qumran*, du même auteur, Le Livre de Poche n° 14363.

bet Qumran. L'endroit, mis sous scellés par la police, était désert en cet instant où le soleil culminait. Passant sous la corde qui encerclait le lieu du crime, je m'avançai vers le cimetière qui jouxtait les vestiges.

Oh Dieu ! J'aurais souhaité ne pas m'aventurer dans cette vallée de larmes. J'aurais voulu pouvoir dire : non, je n'y étais pas, je ne sais rien et ne veux rien savoir, je n'ai rien vu, et jamais je n'aurais eu à oublier cette vision. Il y avait là onze cents tombes ; onze cents tombes profanées, avec des ossements alignés sur un axe nord-sud, le squelette étendu sur le dos, la tête au sud. Il y avait là une vallée d'ossements découverts, et je ne savais pas pourquoi.

Il n'y avait pas un souffle de vent, et pourtant il me semblait entendre comme un murmure : c'étaient les voix, les voix des morts qui s'élevaient vers moi, comme si elles venaient des tombes. Les voix des ancêtres attirés par la sainteté, par la pureté de l'acte et de l'intention, qui hantaient les lieux de leur aspiration, où les hommes veillaient ardemment sur la loi de Moïse, où ces esséniens, les derniers des derniers, dans le désert aride, tentaient, par-delà la tombe, d'inspirer la Judée pour que naquît la relève, l'immense progéniture de Juda et de Benjamin, et prenaient soin de répandre le message et de préserver leur histoire.

Puis je remarquai une petite croix près d'un amas rocailleux, et en relevant la tête, je vis l'autel de pierre, dressé au milieu du cimetière profané, où avait eu lieu le sacrifice. Une bande de plastique rouge l'entourait. On y avait tracé, à la craie blanche, la silhouette d'un homme. L'homme qu'on avait tué avait été ligoté tel un agneau sur un autel, égorgé tel un agneau sur un autel, et sacrifié sur un feu qui avait lancé son odeur infamante vers le Seigneur. Il avait fallu l'attacher solidement, afin qu'il ne fît pas de mouvement, il avait fallu que son corps fût tordu, il avait fallu lui saisir le cou et lui ouvrir la gorge d'un couteau tranchant. Il avait fallu que le sang coulât, que sa chair brûlât, et que la fumée s'élevât. Sous l'autel, les traces d'un feu. Partout autour, des cendres. Sur l'autel, sept traces de sang.

Glacé d'effroi, je fis quelques pas en arrière. Ce sacrifice, avec les sept traces de sang, était celui que faisait le Grand Prêtre le jour de Kippour, avant d'entrer dans le Saint des Saints où il devait rencontrer Dieu. Mais il sacrifiait un taureau. Pourquoi avoir tué un homme de cette façon ? Quel était le sens de cet acte ?

A quelques mètres, les ruines de Qumran formaient un grand quadrilatère. Je m'approchai des restes des installations que je connaissais bien, où travaillaient jadis mes ancêtres, dans ce désert où l'eau était aussi cruciale que difficile à acheminer. Mais les voix, qui ne me quittaient pas, s'emplissaient peu à peu de chair, devenaient des corps. Il me semblait les voir s'affairer autour de la grande pipe qui assurait la venue des eaux saisonnières, ainsi que leur stockage, puisant dans l'aqueduc la quantité nécessaire à la consommation et à la purification, tirant des citernes l'eau potable pour la boire, ou s'immergeant dans la piscine d'eau claire pour purifier l'âme et le corps. Je voyais leurs robes d'une pièce blanche se mouvoir solennellement vers la salle des assemblées, qui servait de réfectoire, pour prendre leurs repas, tous placés selon un ordre hiérarchique, les prêtres en premier, les Lévis en second, avant les Nombreux*, et je pouvais presque entendre les cuisiniers occupés à la préparation du repas et les potiers cuisant leurs pots dans les fours de l'atelier de céramique, je pouvais voir les scribes besogneux recopier leurs rouleaux dans le Scriptorium, habiles dans le maniement des instruments faits pour l'écriture, en bronze et en argile. Ils copiaient des textes, des centaines de textes, qu'ils inscrivaient, qu'ils grattaient sur le parchemin, jour et nuit. Et puis ce fut le soir ; et je vis, après les tâches de la journée, les membres de la communauté regagner leurs habitations. Ils vivaient comme nous le faisions, nous les esséniens d'aujourd'hui, héritiers de ceux qui préparaient dans le secret la venue du monde futur.

Le soleil à son zénith donnait une lumière éblouissante. Il n'y avait aucun souffle de vent. Juste la chaleur suffocante que l'on ressent lorsque l'on ouvre la porte d'un four.

Soudain, je tressaillis. Sur mon dos pesait l'ombre d'un regard, mais ce n'était pas une ombre surgie du passé, ce n'était pas une image, et ce n'était pas non plus une présence inconnue.

Je tournai la tête, et mon cœur bondit dans ma poitrine, je sentis mes jambes se dérober. Pendant un instant, il me sembla que c'était un mirage.

Jamais je n'aurais pensé la revoir. Je pensais que la tentation s'était éloignée. Je pensais l'avoir oubliée et je m'étais trompé... Jane Rogers. Deux petites tresses comme des lames de couteau, une bouche fine, des rides minuscules striant les tempes, dessinant les lettres de l'amour, et des yeux cachés par des lunettes de soleil rondes, et puis un teint que je ne reconnaissais pas, une peau tannée par le soleil d'août, au sud de Qumran, là où il frappe le plus fort, là où il frappe à rendre fou.

Jane. N'avais-je pas rêvé d'elle toutes les nuits, depuis ce jour où j'avais rejoint les grottes ? Et autour de son image, combien de remords, combien de regrets... Combien de fois m'étais-je dit : rien n'existe en dehors d'elle, elle est tout ce que je veux, tout ce à quoi j'aspire.

Mon regard embrassa l'ombre de son corps mince, vêtu d'un short kaki et d'un tee-shirt blanc. Je pus enfin lever les yeux vers son regard. Elle enleva ses lunettes.

— Ary.

Sur son visage était dessinée la lettre ʾ. *Yod*, en dixième position de l'alphabet hébraïque, renferme le chiffre 10. *Yod*, symbole de la Royauté et de l'harmonie des formes, et signe du monde à venir. C'est la plus petite lettre de l'alphabet, car *Yod* est humble, en même temps que fondatrice. 10 = 1 + 0, chiffre qui évoque la cause première, le principe de tous les principes... Jane.

— Cela fait longtemps, dit-elle.

Elle esquissa un geste de la main, comme pour me la tendre, puis la reprit. Je restai là, interdit, ne sachant comment la saluer. Il y eut un silence fait de gêne et de surprise, de reconnaissance et de trouble, après une longue séparation dont chacun pensait qu'elle devait durer une éternité. Mais c'était comme si l'éternité venait de s'achever, en cet instant précis.

— Deux ans, murmurai-je.

A nouveau, mon regard croisa le sien, qui me fit tressaillir. Elle avait changé. Non pas physiquement, elle était la même, toujours belle, mais quelque chose s'était passé en elle, qui avait durci ses traits, malgré le sourire qu'elle esquissait, un sourire triste, nostalgique, que je lui rendis, presque malgré moi.

— Tu as appris, pour le meurtre ? dit-elle.

— Oui, répondis-je. Sais-tu qui était cet homme ?

Elle baissa les yeux. Elle fit quelques pas en arrière, sa main effleura son visage. Elle revint lentement près de moi. Son regard se brouilla lorsqu'elle murmura :

— Peter Ericson. Il était le chef de notre expédition. Cela s'est passé avant-hier, dans la nuit. C'est moi qui l'ai trouvé, le lendemain, en me rendant sur le site.

— Qui d'autre l'a vu ?

— Les membres de notre équipe. Ils ont couru immédiatement vers le campement pour prévenir la police. Moi, je suis restée là, sans rien comprendre... Il était aspergé de sang. Sept traces en tout, comme sept signes. Il était vêtu d'une étrange tenue de lin blanc.

Il y eut un silence.

— Il faut partir, Jane.

— C'est donc cela ? répondit-elle brusquement. On veut nous faire peur, et nous éloigner ?

— Mais que cherchiez-vous ici ? murmurai-je.

— Nous suivions les indications de la liste que contient le Rouleau de Cuivre.

— Le Rouleau de Cuivre ?

J'étais surpris. Parmi tous les rouleaux trouvés à Qumran, le Rouleau de Cuivre semblait le plus énigmatique : il était le seul à être en métal et, de plus, il était très difficile à déchiffrer. Il contenait une liste d'endroits où pouvait se trouver un fabuleux trésor.

— Je sais, dit Jane. Certains pensent que ce catalogue ne représente que des trésors imaginaires relevant du folklore juif de l'époque romaine. Mais nous... le professeur Ericson était persuadé que les descriptions du rouleau étaient trop réalistes pour que ce soit le cas.

— Comment en es-tu venue à participer à cette... chasse au trésor ?

— Il y a deux ans, peu après ton départ dans les grottes, j'ai décidé de rejoindre l'équipe du professeur Ericson, qui faisait des fouilles ici.

— Mais comment a-t-il réussi à déchiffrer le Rouleau de Cuivre ? demandai-je. C'est un texte tellement... cryptique.

— Il existe plusieurs façons de le lire. Ericson avait réussi à rétablir des phrases complètes.

— Ah vraiment... Vous avez eu des résultats intéressants ?

— Tu penses que son assassinat est lié à cette recherche, n'est-ce pas ?

— C'est possible, dis-je.

Je la considérai. Elle se tenait droite devant moi, un peu en retrait, méfiante.

— Qui vous soutient ?

— Différents groupes juifs religieux, orthodoxes ou libéraux. Nous recevons aussi une aide internationale de sources privées. Mais ceux qui travaillent ici ne sont pas payés. Nous sommes tous des bénévoles, simplement nourris et logés.

— Vous avez trouvé quelque chose jusqu'ici ?

— C'est long, Ary... Après cinq mois, nous avons trouvé un silo, qui contenait de la kéthorite, un encens utilisé dans le Temple. Mais tout cela semble tellement dérisoire.

Elle sortit une feuille de sa poche, qu'elle me tendit.

— Tiens, dit-elle, c'est une copie d'une partie du Rouleau de Cuivre. Tu vois, le texte est comme une grille. Il faut le lire en diagonale.

Je m'approchai, et lus ainsi qu'elle m'avait dit de le faire.

— *Bekever she banahal ha-kippa...* La tombe qui se trouve sur la rivière du dôme...

Son doigt descendit d'un cran.

— De Jéricho à Sakhara... Il y a deux axes, nord-sud et est-ouest.

— Le trésor serait à l'intersection...

— C'est là que nous avons retrouvé une petite amphore à huile. Ericson pensait qu'il s'agissait de l'huile employée dans le sanctuaire de Jérusalem.

— Mais le trésor lui-même ?

Son visage s'éclaira d'un sourire triste.

— Rien.

Elle fit quelques pas, puis s'assit sur une roche.

— Oh, Ary, je ne sais plus... Depuis hier... Il faisait chaud. Le soleil tapait fort sur nos têtes. On avait l'impression de rôtir en enfer. On avançait pourtant, en se tendant les gourdes, remplies d'eau tiède. On marchait ensemble, sans sentir notre fatigue. On se dirigeait vers Khirbet Qumran. Avec nos cannes, comme un groupe de patriarches, et rien ne pouvait nous arrêter, ni la chaleur, ni les serpents, ni les scorpions. Ce matin-là, il n'était pas avec nous lorsque nous sommes partis du campement, et nous avons cru qu'il nous rejoindrait... On s'est arrêtés pour prendre un casse-croûte. Là, je me suis un peu éloignée du groupe... C'est à ce moment que je l'ai vu.

Je demandai à Jane de m'emmener dans le campement où se trouvaient les archéologues. Sans poser de question, elle me conduisit dans sa Jeep durant quelques kilomètres, à travers un paysage rocailleux, jusqu'au campement, près du kibboutz qui jouxtait Qumran.

C'était un bivouac de fortune — quelques tentes de toile rêche et usée disposées aux abords des rochers —, qu'on avait déserté à la hâte, comme à l'approche d'une terrible menace.

Seul un homme d'une cinquantaine d'années, aux cheveux gris et raides, coiffés avec une raie sur le côté, la peau rougie par le soleil, les tempes brillantes de sueur, était affalé sur une chaise devant une tente. Immobilisé par la chaleur, il paraissait somnoler.

Nous nous dirigeâmes vers la tente de Peter Ericson, au moment où Shimon Delam, accompagné par deux policiers, en sortit. Dès qu'il me vit, il se dirigea vers moi, à pas rapides. Nous nous regardâmes dans les yeux, pour nous juger comme nous avions appris à le faire à l'armée, afin de connaître nos pensées secrètes. Il n'avait pas changé. Brun, les traits fins, presque bridés, petit, trapu, il mâchonnait l'éternel cure-dents qui devait lui faire office de cigarette. Sur son front était dessinée la lettre ‫נ‬ *Noun* représente la fidélité, la modestie et, dans sa forme finale, elle évoque la récompense promise à l'homme droit. Ainsi, le *Noun* est-il la lettre de la justice.

— Ary, dit Shimon, content de te voir ici.

Puis il se tourna vers Jane :

— Jane, dit-il. Comment allez-vous ?

— Ça va, dit Jane.

Il s'approcha d'elle, et lui murmura :

— Mais je vous croyais en Syrie ?

— Non, dit Jane, j'ai préféré rester ici.

Il se tourna vers moi avec un sourire satisfait.

— Ary, heureux de constater que tu as accepté.

— Mais, protestai-je. Je n'ai pas dit que...

— Tu sais combien nous avons besoin de toi, coupa Shimon. Tu t'en es si bien sorti la dernière fois.

— Shimon, dis-je, tu n'as pas ton pareil pour recruter un agent, mais...

— Personne d'autre que toi n'aurait pu résoudre cette affaire, tu le sais. Tout comme maintenant. Vois-tu, il me semble que nous sommes confrontés à une histoire d'un autre temps. Une histoire que seul un archéologue, un scribe, un... essénien, n'est-ce pas ? doublé d'un soldat, peut comprendre.

— Je n'ai pas encore accepté, Shimon.

— Précisément, dit Shimon, en mâchonnant calmement son cure-dents... Je suis ici pour te convaincre définitivement.

— Je t'écoute, dis-je.

— Voici l'affaire.

Il se tourna vers Jane, qui fit mine de partir.

— Non, Jane, vous pouvez rester.

Il fit une pause, retira son cure-dents, qu'il écrasa par terre comme un mégot de cigarette.

— Je ne vais pas y aller par quatre chemins. Un homme a été tué, un archéologue recherchant un trésor à partir d'un manuscrit de Qumran, un trésor qui pourrait appartenir aux esséniens, n'est-ce pas...

— Tu te trompes, Shimon, intervins-je. Les esséniens ne possèdent rien. Ils se nomment « les pauvres ».

— Précisément, dit Shimon, avec un sourire sarcastique. Ce petit pécule serait le bienvenu, non ?

— Bon, dis-je, en haussant les épaules, mais je ne vois pas le rapport.

— Le rapport, c'est que nous sommes convaincus que les esséniens sont impliqués dans cette affaire.

A ces mots, je sursautai.

— Shimon, dis-je brusquement. Qui est ce « nous » ?

— Le Shin Beth.

— *Vous* êtes au courant de l'existence des esséniens ?

— Bien entendu.

— Shimon, murmurai-je en serrant les dents. Tu ne devais pas en parler. A qui que ce soit.

— Bon sang, Ary, nous sommes les services secrets. Ce qui entre au Shin Beth...

— ... ne sort jamais du Shin Beth, dis-je. Mais tu es au courant, Jane est au courant. Cela devient dangereux pour nous.

— Je te rappelle que c'est moi qui suis venu te sauver lorsque tu étais en danger, il y a deux ans. Et c'est moi qui t'ai laissé partir dans les grottes, sans te dénoncer à la police, lorsque tu as tué le Rabbi[1].

— Pourquoi nous soupçonnez-vous ?

— Voyons, Ary, réfléchis une minute. Qui d'autre que les esséniens aurait pu commettre un meurtre rituel dans la région, un sacrifice, si j'ai bien compris, dont les textes enseignent qu'il doit être accompli au jour du Jugement ?

Je ne pus répondre à cette question.

Son visage s'éclaira.

— A la bonne heure, dit Shimon. Il va falloir enquêter de ce côté-là, si tu vois ce que je veux dire.

— Je commence à voir, en effet.

— Tu pourrais aussi interroger la fille du professeur Ericson. Elle habite le quartier où tu vivais.

— Le professeur Ericson n'était pas juif, dit Jane, comme si elle devinait ma pensée. Mais il a une fille qui s'est convertie au judaïsme... Elle est venue me voir, ce matin.

— Bien, dit Shimon, je vous laisse. Et... à bientôt, Ary.

Il fit quelques pas, se retourna, et ajouta d'un air sombre :

— A très bientôt, je pense.

A ce moment, l'homme qui semblait somnoler devant sa tente fit son apparition. Je me demandai s'il avait entendu notre petite conversation, et s'il ne faisait pas semblant de dormir, lorsque nous étions passés devant lui.

— Ary, dit Jane, je te présente Josef Koskka, archéologue.

1. Voir *Qumran*.

— C'est terrible, dit Koskka, en roulant les r à la façon des Polonais, terrible, terrible. Nous sommes tous... Je suis bouleversé par ce qui est arrivé à notre ami Peter. Il était, en plus d'un ami, un chercheur de grande envergure, de renommée internationale. N'est-ce pas, Jane ?

Jane s'assit sur un rocher.

— Oui, dit-elle, c'est terrible.

— Il avait des ennemis ? demandai-je.

— Sans doute, dit Koskka, lentement. Il avait reçu des menaces récemment. Un soir, il avait même été pris dans une embuscade. On avait voulu lui faire peur. Des hommes qui portaient des turbans, comme les bédouins.

— Qui était-ce ?

— Je l'ignore, répondit Koskka, mais pendant son séjour ici, il s'était lié d'amitié avec les prêtres samaritains de Naplouse, il avait travaillé sur la récitation qu'ils faisaient de certains passages bibliques.

Jane hocha la tête, d'un air désolé.

— Avant-hier, il est venu dans ma tente. Il m'a dit qu'il avait dégagé au pinceau et à la truelle un amas de poteries à Khirbet Qumran, dans l'office attenant au réfectoire. Parmi les poteries, il y avait une jarre intacte, dans laquelle se trouvaient des fragments de manuscrit. Il était fou d'émotion, comme s'il allait en sortir un homme de deux mille ans, et qui allait se mettre à lui parler, dans sa langue ancienne...

Jane eut un sourire las.

— C'est dur, ces recherches, je n'aurais jamais cru. Les conditions d'existence, ici, sont précaires : l'eau est rare, il fait chaud, et la plupart du temps, on ne trouve rien d'autre que des monceaux de débris. Après cela, il faut effectuer les recoupements, les combinaisons, les déductions. C'est comme un puzzle ou une énigme...

— Vous disiez qu'il avait trouvé un fragment dans une jarre, reprit Koskka, qui semblait soudain très intéressé par la conversation.

— Ah oui, pardonnez-moi...

Jane marqua une pause. Je la regardai : son visage portait les marques de la fatigue et de l'émotion. Josef Koskka enleva son chapeau, et s'épongea le front avec un mouchoir. Les gouttes de sueur glissaient et suivaient les petites rigoles creusées par ses rides.

Je les comptai : une, deux, trois, disposées en forme de ת. *Tav*, la dernière lettre de l'alphabet, la lettre de la vérité, mais aussi de la mort. *Tav* représente l'aboutissement d'une action, et du futur rendu présent.

— C'est étrange, dit Jane... Il m'a dit que ce fragment parlait d'un personnage de la fin des Temps, Melchisédech, qui l'intriguait. Avant, j'aurais pu croire que ce n'était pas important, mais maintenant... Et après tout ce qui s'est passé ici, depuis si longtemps...

— Vous voulez dire au temps de Jésus ? demanda Koskka.

— Oui, et puis ces stupides disputes, autour de Jésus et du Maître de justice des esséniens...

— Mais nous, nous n'avons rien à voir avec tout cela, dit Koskka. Nous recherchons le trésor du Rouleau de Cuivre, pas le Messie des esséniens.

— Nous pensons, ajouta Jane, que la somme de l'or et de l'argent mentionnée dans le rouleau dépasse 6 000 talents... C'est un chiffre énorme, et sans rapport avec les richesses de la Palestine à cette époque... L'équivalent de plusieurs millions de dollars actuels.

— C'est pour cette raison qu'il n'a pas pu se *volatiliser !* dis-je. Jane, ajoutai-je après un temps, je voudrais visiter la tente du professeur Ericson.

— Je t'y emmène.

La tente d'Ericson jouxtait la grande tente qui servait de réfectoire. Il n'y avait là qu'un lit de camp et une petite table pliante. Des affaires étaient éparpillées sur son lit, des vêtements, des livres et des objets divers, dispersés dans la pièce, qui avait dû être fouillée par la police. Jane, près de moi, avançait d'un pas hésitant. Sur la table, je remarquai la reproduction d'un fragment araméique.

— Ça doit être le fragment que le professeur Ericson a trouvé, dit Jane. De quoi s'agit-il ?

— C'est un fragment de Qumran. Il y est en effet question de Melchisédech... A la fin de l'Histoire, à la libération des fils de lumière, Melchisédech est le patron des justes et le souverain des temps derniers. Melchisédech, c'est le prince des lumières, le Grand Prêtre qui officie dans les temps derniers où se fera l'expiation pour Dieu.

— Oui, dit Jane. Mais pourquoi Ericson s'intéressait-il à ce personnage en particulier ?

— Ça, je l'ignore.

Près de la table, un autre objet attira mon attention. C'était un glaive antique, en métal argenté, dont la poignée noire se terminait par une sorte de visage... En le regardant de plus près, je m'aperçus que c'était une tête de mort. Au bout du manche se trouvait une croix aux bords élargis.

— Et cela ? dis-je.

— C'est un glaive de cérémonie, dit Jane. Ericson était franc-maçon.

— Vraiment ?

— Bien sûr, Ary. Il n'y a pas que les esséniens qui perpétuent la tradition des ordres gnostiques et des religions à mystère.

— Selon toi, est-il possible qu'Ericson ait voulu récupérer le trésor du Temple uniquement pour s'enrichir ?

— Non, je ne crois pas. Ce n'était pas ce genre de préoccupation qui le guidait. Tiens, ajouta-t-elle en me tendant une photographie. Garde-la, elle est pour toi.

Puis elle sortit de la tente, d'un pas rapide, en baissant la tête.

De retour dans ma grotte, après la longue marche sous le soleil déclinant, dans les premières ombres du désert, je considérai la photographie du professeur Ericson, que Jane m'avait remise. Sa chevelure, gris argenté, ses yeux sombres, sa peau imberbe, burinée par le soleil, lui donnaient une certaine prestance. Approchant une loupe de la photographie, je pus discerner la forme des rides sur son front. Elles dessinaient la lettre כ. *Kaf*, la paume de la main, qui représente l'accomplissement d'un effort produit dans l'intention de dompter les forces de la nature. La courbure du *Kaf* est signe d'humilité, d'acceptation des épreuves et de courage. L'aboutissement du *Kaf* est la conséquence d'efforts mentaux et physiques considérables.

Soudain, un détail attira mon attention. A côté du professeur Ericson se trouvait Josef Koskka. Tous deux semblaient faire équipe dans cette chasse au trésor à laquelle ils avaient consacré leur vie, effectuant des fouilles dans des conditions très dures. Leurs mains étaient usées : ils travaillaient sous la chaleur, avec des truelles, des pioches et des pics. Le professeur, le buste légèrement incliné, tenait une pipe dans une main et, dans l'autre, un rouleau qui ressemblait au Rouleau de Cuivre, mais de couleur argentée, celui-là, et qui ne contenait pas de caractères hébraïques. Il s'agissait de lettres gothiques, parmi lesquelles, en approchant la loupe, je distinguai un mot : ADHEMAR. Qu'est-ce que cela pouvait bien signifier ?

Je me rendis dans la grande pièce où se trouvait la piscine d'eau de roche, là où nous prenions nos bains rituels, afin de me purifier, car j'avais été en contact avec la mort, au cimetière et sur le lieu du crime. C'était sous la voûte d'une grande pièce, un bassin creusé dans la roche, assez profond pour que l'on puisse entièrement s'immerger, ainsi que la loi l'exige.

Je me dévêtis. J'enlevai mes lunettes, ma tunique de lin blanc, et je descendis dans le bassin d'eau limpide. Il me semblait que, depuis que j'étais chez les esséniens, mon corps ne cessait de maigrir. Je ne mangeais pas beaucoup et mes muscles saillaient sous ma peau comme des branches d'arbre en hiver. Par trois fois, je m'immergeai dans le bain rituel et considérai le reflet de mon visage dans l'eau claire, seul miroir dans lequel je pouvais distinguer mon image trouble. Ma barbe clairsemée, mes cheveux sombres aux fines boucles encadraient mon visage à la peau claire, presque transparente, aux yeux bleus et aux lèvres fines. Sur mon front vivait la lettre ק. *Qôf*, par laquelle on compose le mot *Kadoch*, saint. Sa barre, qui descend verticalement, indique que l'on peut descendre vers l'impureté en cherchant la sainteté.

Je me hissai hors du bassin, me séchai, revêtis ma tunique de lin blanc et me dirigeai vers le Scriptorium, où je voulais poursuivre le travail que j'avais commencé.

Sur une grande table de bois s'étalaient des fragments de cuir noirci et d'autres écrits. Plus loin, cette chambre se prolongeait par un étroit passage conduisant à une cavité qui contenait des lambeaux de tissus, et encore d'autres cuirs, d'autres jarres, si hautes qu'elles touchaient le plafond de la grotte.

Pour calmer mon esprit, je m'assis devant la longue table de bois où je travaillais. Puis, à l'aide de mon canif, j'entrepris de racler le cuir du parchemin, qui résistait, tant il était rêche, alors même que le parchemin avait été parfaitement nettoyé et lissé.

Je traçai une ligne horizontale, en prenant soin de laisser des marges en haut, en bas et entre les pages, puis je me mis à écrire, en suspendant chaque lettre au-dessous des traits, afin d'obtenir une écriture régulière. Le grain du parchemin doit être uniforme et parfaitement homogène. Ceux que je préfère sont fins, mais solides. Lorsque j'écris, j'aime sentir la peau s'amollir au contact de ma paume, des encres et des couleurs. Le parchemin, c'est la peau, la vie qui perdure, envers et contre la flamme et la putréfaction. C'est pourquoi il conserve si longtemps l'écriture, alors que le cuivre s'oxyde. Sur le parchemin, on peut écrire et réécrire, après avoir trempé la peau dans du petit-lait avant de la gratter : les palimpsestes, comme les Tells, sont à l'image de ce pays pétri d'histoire.

Le cuir résistait-il ou bien était-ce mon cœur qui était troublé ? Dans mon esprit luttaient d'autres mots, d'autres pensées. Je ne parvenais pas à me concentrer sur mon texte, ma tâche me semblait soudain dérisoire... Non loin de moi, dans le désert de Judée, un drame se déroulait et, au milieu de ce drame, il y avait une femme. Dans mon esprit résonnait l'appel de son nom. A coups de canif, je grattais le cuir, pour le lisser. Je tentai de tracer une lettre, mais le cuir résistait à l'emprise, et je n'y parvenais pas. Ma droite glissait, ma main faiblissait.

Je ne parvenais pas à chasser de mon esprit l'image de la victime de cet étrange sacrifice, le professeur Ericson. Je pensai à ce qui était dit dans nos textes, à l'abondance des coups qu'administrent les anges de destruction en la Fosse éternelle, à la furieuse colère du Dieu des vengeances, à l'effroi et à la honte sans fin, à l'opprobre et à l'extermination par le feu des régions, en tous les temps, d'âge en âge, de génération en génération, dans les calamités des ténèbres.

Et je pensais au meurtrier. Etait-ce lui, l'homme mauvais, le suppôt de Bélial, qui se lèvera pour être le filet d'oiseleur pour le peuple, et la destruction pour tous ses voisins ? Si tel était le cas, cela voulait dire que le temps approchait. *Le temps de la fin des temps.*

Sur toute la multitude de Bélial
Et colère sur toute Chair !
Le Dieu d'Israël lève sa main avec sa Puissance merveilleuse
Sur tous les esprits d'impiété ;
Et tous les Vaillants des dieux se ceignent pour le combat,

Et les formations des saints se rassemblent pour le Jour de Dieu.

Faisant le vide en moi, je décidai d'appliquer la méthode que m'avait enseignée mon Rabbin, et qui consiste à prendre une lettre de l'alphabet et à la contempler jusqu'à ce que se brise l'écorce du mot, pour parvenir au souffle primitif qui a inspiré son écriture.

Je me penchai sur le manuscrit. Je repris la copie, et traçai une lettre. C'était la lettre א. *Aleph*, la première de l'alphabet hébraïque. Elle ressemble à la tête d'un taureau ou à celle d'un bœuf. Une faible expiration pour la prononcer, ou un coup de glotte qui ne s'entend que lorsqu'il est accompagné d'une voyelle. *Aleph*, lettre immatérielle, lettre du souffle et du manque, lettre divine. Son absence dans certains mots signifie le défaut de spiritualité et la prédominance de la matière. C'est pourquoi, après avoir péché, Adam perdit l'*Aleph* de son nom.

C'est ainsi qu'il devint *Dam* : Sang.

DEUXIÈME ROULEAU

Le Rouleau de Sion

O Sion ! Lorsque ma mémoire t'évoque je te bénis.
De tout mon cœur, de toute mon âme, de tout
  mon pouvoir,
Car je t'aime, lorsque ma mémoire t'évoque.
O Sion ! Tu es l'espérance.
Tu es la paix et la Délivrance.
En ton sein seront les générations
De ton sein elles se nourriront
Sur ta splendeur, elles s'abriteront
De tes prophètes, elles se souviendront
En toi, il n'est plus de mal.
Les impies et les méchants s'en vont
Et tes fils te célèbrent.
Tes fiancés se languissent de toi,
Ils attendent la Délivrance,
Ils pleurent en tes murs.
O Sion, ils espèrent l'espérance,
Ils attendent la Délivrance.

Rouleaux de Qumran,
Psaumes pseudo-davidiques.

Qu'allais-je donc faire dans cette histoire ? Une histoire dans laquelle j'étais entré presque malgré moi, et qui en réalité commença en 1947, lorsque des manuscrits furent découverts sur le site de Qumran. Trois rouleaux de parchemin, enveloppés dans une étoffe qui tombait en poussière, entreposés dans des jarres cylindriques.

On prit rapidement conscience de leur valeur, et ils furent déposés dans une banque, aux Etats-Unis, pendant plusieurs années. Puis les chercheurs américains confirmèrent officiellement la découverte de ces textes de la Bible, de mille ans plus anciens que ceux que l'on connaissait jusqu'alors. Des équipes d'archéologues américaines, israéliennes et européennes préparèrent alors des expéditions vers le site de Qumran. C'est ainsi que les débris d'une quarantaine de jarres furent mis au jour, contenant des milliers et des milliers de fragments de textes, parmi lesquels on trouvait, tels qu'on peut les lire aujourd'hui, le Pentateuque, le Livre d'Isaïe, le Livre de Jérémie, le Livre de Tobie, les Psaumes, ainsi que des fragments de tous les Livres de l'Ancien Testament, et des écrits apocryphes de la même période, dont certains propres à la communauté essénienne, comme la *Règle de la Communauté*, le *Rouleau de la guerre des fils de lumière contre les fils des ténèbres*, ou encore le *Rouleau du Temple*.

On prit conscience de l'importance de cette décou-

verte. C'était les plus anciens témoignages des textes
bibliques, dans la langue de rédaction d'origine,
alors que nous ne connaissions ces textes que par des
copies, et des traductions de traductions. C'était la
preuve que les textes qui étaient parvenus jusqu'à
notre époque étaient les mêmes que ceux qui étaient
lus deux mille ans auparavant. La preuve tangible
que la tradition que nous perpétuions, nous les juifs,
était celle de nos ancêtres.

Pour moi, ce fut l'occasion de retrouver celle de
mon père, c'est-à-dire celle des esséniens, ce petit
groupe qui, au IIe siècle avant notre ère, s'était séparé
de la masse du peuple, et qui suivait une discipline
stricte et rigoureuse. Ils possédaient un calendrier
qui leur était propre, ils passaient leur journée à étudier et à attendre la fin des temps. Ils pensaient qu'ils
étaient le véritable peuple de Dieu, duquel naîtrait le
Messie. Ils prononçaient des Béatitudes et voulaient
former une Nouvelle Alliance. Lors d'un repas messianique ordonné à la Pâque, ils bénissaient le pain,
le vin et, par ce geste, ils désignaient le Messie, qu'ils
attendaient, le Sauveur qu'ils espéraient, le Maître de
justice qu'ils vénéraient.

Voici que, deux mille ans plus tard, ils m'avaient
oint, car j'étais leur Messie, moi qui, dans les grottes,
tentais d'atteindre le cœur de toute sagesse, et d'y
trouver le réconfort. Pourquoi fallait-il que je sorte,
que je quitte la quiétude de ce désert, et l'austérité
d'une existence dont se nourrissait mon esprit, au
sein de cette communauté que j'avais choisie, qui
m'avait élu, et dans laquelle chacun avait sa place ?
Moi qui recopiais les rouleaux de la Torah*, qui sont
pour nous l'image même du Temple. Ces écritures ne
contiennent ni voyelle ni signes de cantilation, et
tout est scellé à l'intérieur du texte, à l'instar du
secret du Premier Temple, où une chambre sacrée
contenait un mystère que personne n'avait le droit
d'approcher. Moi, en mon labeur, je tentais de percer le mystère du signe car c'était lui que je cherchais

éperdument, dont mon cœur se languissait, et dont mon âme avait soif.

Oui, qu'allais-je donc faire en cette histoire ? Et jusqu'où me serait-il demandé d'aller ?

Ils m'attendaient. Tous les Nombreux s'étaient rassemblés. Ils se tenaient dans la salle de réunion, une grotte sombre, éclairée de torches et de lampes à huile, plus grande que les autres, à la forme cylindrique.

A la lumière vacillante des flammes, ils étaient cent Nombreux, à attendre la fin des Temps, et prêts à combattre. Cent hommes, car toutes les femmes étaient parties en 1948, lors de la création de l'Etat d'Israël, désirant vivre la vie du pays et y fonder une famille.

Et ce soir, tous ceux qui étaient volontaires pour la recherche de la vérité étaient présents, tous vêtus du même vêtement de lin blanc, car chez nous nul ne supporte de posséder ni maison, ni champ, ni bétail, ni vêtement, chacun appartenant à tous, et tous appartenant à chacun. Et c'est pourquoi nous sommes pauvres devant l'Eternel.

J'entrai le dernier, et je les vis, assis en demi-cercle, sur les bancs en pierre de la grande salle, par ordre hiérarchique. Il y avait là des hommes de tous âges, des vieillards centenaires, des hommes d'âge mûr, jusqu'aux plus jeunes, qui avaient tout juste une cinquantaine d'années. Et tous restaient là, silencieux comme des anges, à attendre que je leur parle. Les prêtres au premier rang, les plus âgés avant les plus jeunes, les Cohens avant les Lévis, et enfin le reste du peuple d'Israël, par ordre d'âge et d'excellence. Il y avait les dix hommes du Conseil suprême : Issakar, Pérèç et Yov, les prêtres Cohens, et il y avait Ashbel, Ehi et Mouppîm, les Lévis, ainsi que Guéra, Naamâne et Ard, fils d'Israël, accompagné de Lévi, le Lévi. Il y avait aussi Hanok le vieux Cohen, Pallou,

Héçron, Karmi, Yemouël, Yamîn, les Cohens ; Ohad,
Yakîn, Cohar, Shaoul, Guershon, Qehath, Merari,
Tola, Pouwa, Yov, Shimrôn, les Lévis ; et Sered, Elon,
Yahléel, Cifion, Souni, Eçbon, Eri, Arodi, Aréli,
Yimna, Yishwa, Yishwi, Beria, Serah, Heber, Malkiel,
Bela, Beker, Ashbel, Guera, Naaman, Rosh, Moup-
pîm, Houppim, Ard, Houshin, Yecer, Shillem, Nefeg,
Zikri, Ouzziel, Mishaël, Elçafan, Nadav, Avihou,
Eléazar, Itamar, Assir, Elkana, Aviasaf, Amminadav,
Nahshon, Netanel, Couar, Eliav, Eliçour, Sheloumiël,
Courishaddaï, Elyasaf, Elishama, Ammihoud,
Gameliël, Pedahçour, Guidéoni, Paguiël, Ahira, Shi-
méï, Yicehar, Hébron, Ouzziel, Mahli, Moushi, Cou-
riel, Elifaçan, Qehath, Shouni, Yashouv, Elon, Yah-
léel, et Zerah, le plus jeune, né en 1948.

Alors je m'avançai dans la salle, au milieu du
cercle, précédé par Lévi l'instructeur :

— Voici, mes frères, dis-je, la parole d'un homme
qui a vu l'impureté, commise en notre désert, à nos
portes. Car un meurtre, un sacrifice a été commis,
et les tombes de nos ancêtres, dans Khirbet Qumran,
ont été profanées !

Dans l'assemblée, il y eut des murmures. Certains
prononçaient des prières, d'autres témoignaient de
leur effroi à leur voisin.

— ... Car j'ai circulé parmi les tombes ouvertes, et
j'ai vu les ossements, ils étaient desséchés, sur les
tombes profanées, ouvertes, ils étaient desséchés !
Mais comme le dit le prophète, le jour viendra où le
Seigneur fera venir un souffle sur les ossements, et
il fera croître de la chair, de la peau, et ils vivront,
car je les ai vus vivre, en ma vision, et il y avait sur
eux la chair et la peau, et ils vivaient, nos ancêtres
les esséniens, comme vous, comme moi, et ils se
tenaient debout comme nous, formant une immense
assemblée, une armée prête à combattre !

A nouveau, la salle fut parcourue de murmures et
de chuchotements.

Certains s'étaient levés, qui de leurs bras invo-

quaient le Nom du Seigneur, et d'autres pleuraient
en entendant cela.

— Que se passe-t-il, Ary ? demanda Lévi, alors que
la salle faisait silence et que tous les regards convergeaient à nouveau vers moi.

— Ce meurtre, repris-je, ce crime imite les sacrifices de nos anciens prêtres les Grands Cohens. J'ai
vu sur l'autel ce que seuls les esséniens et les lettrés
savent, car c'est là le rituel du dernier sacrifice avant
la purification, j'ai vu les sept traces de sang sur
l'autel. Ainsi il est dit dans nos textes : *Et il prendra
sur l'autel qui est devant l'Eternel des charbons
ardents dont il remplira l'encensoir ; il prendra une
poignée d'encens en poudre, et se présentera en dedans
du voile. Il mettra l'encens sur le feu, devant l'Eternel ;
la vapeur de l'encens couvrira le propitiatoire qui est
au-dessus de l'arche, et il ne mourra pas. Et il prendra du sang du taureau, et de son doigt il fera une
aspersion sur le propitiatoire à l'Orient, et devant le
propitiatoire, il fera avec son doigt sept aspersions.* Ce
meurtre ne peut avoir été accompli, ou du moins
fomenté que par quelqu'un qui connaît nos rites et
nos lois !

A nouveau, un murmure de terreur parcourut la
salle, comme un écho prolongeant mes paroles, suivi
de près par un second murmure réclamant la vengeance. Un cri d'effroi résonna. Tous connaissaient
le châtiment du coupable : *Il sera exécuté selon la loi
des Païens.*

Lévi l'instructeur se tourna vers moi, et un brouhaha se leva dans la salle ; chacun regardant l'autre,
comme pour être sûr d'avoir bien entendu mes
paroles... Certains fronçaient le sourcil, d'autres se
tiraient la barbe, d'autres encore, terrifiés, s'agitaient
sur leur siège, regardaient leurs voisins tour à tour,
levaient les mains au ciel, ou brandissaient le poing,
demandant vengeance...

Au premier rang, les vieux Cohens se lamentaient,
et les Lévis déjà jetaient l'anathème sur le criminel.

Puis Hanok, le plus ancien des Nombreux, assis au

premier rang, se leva. Vêtu de lin blanc, comme tous
les cent, le crâne chauve, le visage creusé de rides
profondes, et les yeux sombres lançant des éclairs, il
s'écria, levant son bâton vers les cieux :

— Que Dieu soit loué ! *Le peuple qui marchait
dans les ténèbres verra une grande lumière.* Enfin, le
jour est arrivé ! Enfin, tu vas nous sauver. Toute cette
attente, depuis si longtemps, depuis deux mille ans,
toute cette attente va enfin prendre fin et nous allons
accéder au Royaume de Dieu ! Il a fait de toi une
bannière pour les élus de justice, et un interprète de
connaissance pour les mystères ! Mes frères, levez-
vous, et saluez le Messie !

Il y eut un long moment de silence. Quelques bou-
gies s'éteignirent. Des flammes s'agitèrent sous les
murmures et les souffles. Et soudain, comme un seul
homme, tous se levèrent, tous les Nombreux, cent au
total, se levèrent et ils dirent les Psaumes, et ils
dirent : Alleluyah. Tous avaient le visage tourné vers
moi, empreint de lumière et d'espoir, et tous me
regardaient ainsi, alors que moi je les scrutais. Et sur
tous était l'Esprit du Seigneur, l'esprit de sagesse et
d'intelligence, l'esprit de conseil et de force, l'esprit
de science et de piété, et tous étaient remplis de la
crainte du Seigneur.

Le lendemain, je me levai très tôt et, après avoir
fait la prière du matin, saluant l'aube, je me rendis
au campement des archéologues.

Il était vide. Il semblait avoir été évacué ; seuls
deux policiers restaient en faction et montaient la
garde. Devant moi, en bas de la terrasse, la mer
Morte brillait des premières lueurs du soleil, reflé-
tant les silhouettes pastel des montagnes dc Moab.

J'attendis quelques instants, et je la vis. Jane sortait de sa tente. Elle avait les traits tirés ; elle semblait fatiguée, mais ses yeux noirs et profonds
brillaient intensément sous le soleil de l'éveil, et ses
joues rougies par la chaleur du jour, parsemées de
taches de rousseur, n'avaient rien à envier à l'onctuo-

sité des matins du désert. Nous nous regardâmes, heureux de nos retrouvailles, malgré les circonstances dramatiques, comme si nous nous reconnaissions ; mais d'où ? De quand ? *De la veille, de deux ans auparavant, ou d'un temps plus ancien encore ?*

— Bonjour, Ary.

Tout comme la veille, le silence nous enveloppa comme un écrin.

— Il y a du nouveau ? demandai-je.

— La police mène son enquête. Ils sont en train d'inspecter toute la région. Ils ont interrogé les bédouins, près de notre campement, et les membres du kibboutz, en face. Ils nous ont interrogés aussi, une bonne partie de la nuit, individuellement, et puis ensemble, pour confronter nos déclarations. Et ce matin, très tôt, tout le monde est parti.

— Ils ont obtenu des résultats ?

— Ils n'ont rien dit pour l'instant.

Je lui tendis la photographie du professeur Ericson qu'elle m'avait donnée.

— Regarde, lui dis-je en désignant le rouleau qu'il tenait entre les mains. Ce n'est pas le Rouleau de Cuivre.

— Non, dit-elle. En effet.

— Qu'est-ce que c'est ?

— Je l'ignore.

— De quand date cette photographie ?

— Trois semaines environ... C'est moi qui l'ai prise.

Elle sembla hésiter, avant de continuer :

— Si on prenait un café ?

— D'accord, dis-je.

Nous nous rendîmes à la tente principale, qui faisait office de réfectoire, et elle nous servit deux verres de café d'une vieille thermos. Je m'assis près d'elle.

— Parle-moi, dit soudain Jane. J'ai besoin que tu me racontes.

— Que veux-tu savoir ?

— Ta vie, chez les esséniens, te rend-elle heureux ?

— Heureux, répétai-je avec une hésitation que

j'aurais voulu éviter. Ce n'est plus le moment d'être heureux.

— Et pourquoi pas ? Il *faut* être heureux. La vie est courte, et tellement imprévisible...

— Je ferai tout pour t'aider.

— As-tu prononcé tes vœux ? coupa-t-elle abruptement. As-tu accompli la cérémonie de l'initiation ?

— Je me suis engagé dans l'Alliance, définitivement. J'ai accepté solennellement la Règle de la Communauté, et j'ai promis d'agir selon ce qui était prescrit.

— Tu ne peux donc plus jamais partir ?

— Ni sous l'emprise de la peur, ni de l'effroi, ni d'une épreuve quelconque ayant trait à la tentation et à l'empire de Bélial...

Il y eut un silence, durant lequel Jane me considéra gravement, et intimement, comme pour me dire : « Tu vois, tu n'as pas changé, pourquoi prétends-tu que tu peux m'aider ? »

— Ce sont les esséniens qui t'ont envoyé ici ? demanda-t-elle.

— Non. C'est Shimon. Shimon Delam.

— Je m'en doutais, dit Jane. Tu es invisible, personne ne te connaît, tu es donc insoupçonnable. Tu pourrais devenir son agent, sa force secrète.

— Je ne suis pas un agent secret, dis-je. Je suis un essénien.

— C'est curieux, dit-elle. Ericson, avant sa mort, disait qu'il se préparait. On aurait pensé qu'il vous cherchait... Il disait que les esséniens existaient toujours, et que s'ils avaient un Messie, quelque part sur terre, il devait se trouver là, à Qumran.

Jane baissa les yeux, comme si elle se concentrait sur son café. Ses joues s'empourprèrent, ses yeux brillèrent, elle ouvrit la bouche, mais aucun son n'en sortit. Son désarroi retentit sur mon cœur comme un grand coup de gong. Jane Rogers, l'archéologue protestante, fille de pasteur, était sous l'effet d'un choc, et je ne savais que faire pour l'aider. Je ressentis comme une brûlure sur mon cœur, de même qu'une terrible colère contre mon impuissance.

— Ary, murmura-t-elle, ça va ?

— Oui, dis-je, ça va. Et toi, depuis tout ce temps ?

Nous nous regardâmes, les yeux dans les yeux.

— Il y a deux ans, j'étais prête à tout quitter pour toi... Puis je me suis dit que plus rien ne valait la peine... Quand j'ai décidé d'entrer dans cette équipe, ce n'était pas pour l'archéologie, Ary...

— Je pensais que tu m'oublierais, que tu te consolerais.

Elle eut un sourire triste.

— Ne crois pas ça. J'ai seulement réussi à accepter ta vocation.

— Jane, je dois te dire quelque chose...

— Je t'écoute.

— C'était avant-hier...

— La nuit du crime.

— Le soir de la Pâque et le jour anniversaire de ma deuxième année chez les esséniens. D'un geste lent, le prêtre a avancé son bras, et il m'a tendu le pain azyme et le vin, pour que je les consacre selon les rites de la fête. Alors je l'ai fait. J'ai pris le vin, et le pain, et je les ai bénis. J'ai accompli le rituel et j'ai dit : « Ceci est mon sang, ceci est mon corps. »

— La phrase de Jésus...

— La phrase rituelle des esséniens, celle qui désigne le Messie.

Il y eut un long silence.

— Ils t'ont élu ?

— Je suis leur Messie.

Jane me considérait à présent avec une sorte d'incrédulité mêlée d'effroi.

— Ils t'ont élu, répéta-t-elle, comme si elle avait du mal à le croire. Et ils t'ont élu au moment où Ericson a été tué... Tu crois que c'est une coïncidence ?

Nous n'eûmes pas le temps de prolonger cette conversation. Koskka venait d'entrer dans la tente. Il portait, sur un pantalon de toile beige, une chemise de coton blanc qui augmentait encore la pâleur de son visage émacié. Son corps, tels ceux des archéologues qui passent leur vie à effectuer des fouilles, était décharné, mais la poignée de main qu'il me donna montrait sa vigueur.

— Ary, le scribe ! fit-il. Vous allez bien ?

— Bien, dis-je, en l'observant : ses yeux brillaient de curiosité.

— Tiens, dit Jane, vous êtes donc resté ?

— Je pars tout à l'heure...

— Je voulais vous montrer quelque chose, dis-je en lui tendant la photographie que Jane m'avait donnée. Reconnaissez-vous ce rouleau ?

— Mais vous, dites-moi, répondit Koskka en me lançant un regard oblique. Etes-vous bien sûr d'être scribe, ou bien êtes-vous détective ?

— C'est moi, dit Jane, qui ai fait appel à Ary, car il connaît parfaitement la région et les rouleaux de la mer Morte.

— Oui, c'est sûr, on a besoin d'aide, d'autant que tout le monde s'en va. Mais vous, qui êtes perspicace..., ajouta-t-il en considérant la photographie de près. Vous ne savez pas que c'est le Rouleau d'Argent que le professeur Ericson avait rapporté de son séjour chez les Samaritains* !

— Ah, dit Jane. Je l'ignorais.

— Date-t-il de la même époque que le Rouleau de Cuivre ?

Koskka leva les sourcils en signe d'ignorance.

— Pourquoi le professeur n'en a-t-il pas parlé aux autres membres de l'équipe ?

— Parce qu'il contenait des informations sur...

Il sembla soudain hésiter avant de poursuivre.

— Sur quoi ?

— Sur la société secrète. Voyez-vous, ajouta-t-il d'un ton plus grave, le professeur Ericson était franc-maçon.

— Jane me l'a dit.

— Ils forment un ordre très puissant, en Europe et même aux Etats-Unis. On dit qu'ils sont à l'origine de l'indépendance américaine, comme de la Révolution française. La plupart des pères fondateurs, comme George Washington, étaient francs-maçons, tout comme Churchill et bien d'autres figures politiques. Tout cela, parce que cet ordre est fondé sur un savoir ancestral concernant...

— Concernant ? insistai-je.

— Le Temple. Les francs-maçons entendent poursuivre le travail de Hiram, l'architecte du Temple de Salomon. C'est la raison pour laquelle Ericson était venu faire des recherches en Terre sainte. Il pensait qu'il fallait réunir toutes les forces religieuses, guidées par l'intellect et soumises à la justice et au droit. Il croyait dans le Grand Architecte, celui qui a fait l'univers... Il voulait reconstruire le Temple. Oui, le Temple de Salomon, l'âme de Dieu sur la pierre. En son cœur était le Saint des Saints, où Dieu lui-même résidait !

— Est-ce vrai ? demandai-je.

— Pour Dieu, je l'ignore, murmura Jane. Mais il est vrai que beaucoup de progrès en ce monde résultent de l'influence franc-maçonnique, et donc indirectement du Temple.

— Où se trouve-t-il, à présent ? dis-je.

— Qui ?

— Le Rouleau d'Argent.

— Je l'ai cherché hier dans ses affaires, répondit Koskka, mais je ne l'ai pas trouvé.

Nous questionnâmes encore l'archéologue, sans rien en tirer de plus. En le regardant, je me demandais à quel jeu il se livrait, et s'il fallait accorder quelque crédit à ses informations. Quant à la véritable nature de ses relations avec Ericson, je ne savais qu'en penser.

Quelques heures plus tard, nous roulions dans la Jeep de Jane, à la rencontre des Samaritains, cette petite communauté vivant comme au temps de Jésus, au pied du mont Garizim, à Naplouse, l'ancienne Sichem, à une quarantaine de kilomètres de Qumran.

— Pourquoi fais-tu cela ? me demanda Jane en conduisant, les yeux fixés sur la route sinueuse qui descendait du campement.

— Pour eux, dis-je. Pour les esséniens. Et pour toi.

— Ericson ne te connaissait pas, répondit-elle avec un faible sourire, mais il croyait en toi... Le Messie des esséniens..., toi, Ary. Je n'arrive pas à y croire.

Elle appuya sur l'accélérateur après avoir passé le contrôle israélien qui nous permettait d'entrer dans le no man's land, entre les territoires israélien et palestinien.

— Encore un contrôle à passer, dit-elle. A dix mètres. S'ils voient ton passeport, en ce moment, ils risquent de ne pas nous laisser entrer dans la zone palestinienne. Avec ces tensions un peu partout...

— Je n'ai pas pris mon passeport, dis-je.

— Mais pourquoi ?

— Je ne savais pas qu'il y avait « une zone palestinienne ».

— Ah oui, j'oubliais... Deux ans dans les grottes...

Jane freina devant le deuxième poste de contrôle sur lequel flottait le drapeau palestinien. Un garde vêtu d'un uniforme kaki, semblable à l'uniforme israélien, s'approcha de nous.

Jane baissa la vitre en souriant, alors que je tentais de prendre mon air le plus anodin. Elle lui parla en arabe.

Le garde — un homme jeune au teint hâlé — parut aussi surpris que moi par sa connaissance de la langue. Ils échangèrent quelques mots. L'homme sembla hésiter, puis il lui demanda quelque chose en me désignant. Jane, avec un sourire enjôleur, finit par l'amadouer. Il lui fit signe de passer. Elle accéléra.

— Jane, repris-je, tu as parlé de moi à Ericson, n'est-ce pas ?

Elle sourit sans me regarder.

— Je n'ai jamais rien révélé, ni où tu vivais, ni qui

tu étais... J'avais seulement besoin de parler de toi. Tu peux comprendre cela ?

Je souris intérieurement. Si je pouvais comprendre... Combien de fois avais-je pensé à elle durant ces deux ans, combien de fois aurais-je voulu avouer, à n'importe qui, n'importe quand, que je l'avais aimée et que je l'aimais toujours ? Il faut parler quand le sentiment est trop fort, il faut parler quand le verbe brûle et que l'on risque d'être consumé, bien sûr qu'il faut parler...

Nous prîmes la direction de Jéricho, en pleine vitesse sur cette route qui recouvre l'antique voie romaine et qui serpente dans le désert habité seulement par quelques pâtres et quelques bédouins. C'est ici que les brigands, naguère, volaient et tuaient les pèlerins en route vers Jérusalem. La route ne cessait de descendre, et nous nous enfonçâmes entre les crevasses et les grottes, avant de ressortir vers le doux paysage des montagnes de Moab, laissant derrière nous la mer Morte, et nous dirigeant vers la palmeraie où il subsiste de la verdure même pendant la saison de la sécheresse, grâce aux sources naturelles dont les eaux au goût amer s'écoulent jusqu'à la mer : c'était là que vivaient les Samaritains, le peuple des Evangiles. Dans leur Pentateuque, il est dit qu'Adam aurait été façonné avec la poussière de cette montagne où, plus tard, Abel aurait élevé le premier autel. Pour eux, Dieu avait choisi ce lieu pour y énoncer un onzième Commandement : il fallait élever sur le mont Garizim un autel de pierres dédié au Seigneur, et sur lequel devait être consigné chacun de ses commandements. Les Samaritains actuels, six cents âmes environ, héritiers des dix tribus disparues, perpétraient ce commandement comme ils n'avaient jamais cessé de le faire.

Nous garâmes la Jeep à quelques mètres du site, et nous marchâmes jusqu'au campement : une trentaine de tentes faites d'une toiture couleur sable, près desquelles jouaient des enfants.

De la fumée s'élevait des abords du camp. L'odeur

pénétra dans mes poumons, et dans toutes les fibres de mon corps, me faisant suffoquer. Pourquoi cette odeur était-elle si forte ? Non point apaisante, comme l'odeur d'un mets délicat, non point bienfaisante comme l'odeur de l'herbe verte, non point piquante et profonde comme celle des épices, non point enivrante comme l'odeur d'un parfum suave, non point pesante comme l'odeur du soufre. Cette odeur comme un mystère s'insinua en moi, insidieusement, faisant frissonner tous les pores de ma peau, me donnant jusqu'au vertige d'exister.

— Que se passe-t-il, Ary ? me demanda Jane.

— Allons-y, dis-je, sans savoir ce qui nous attendait.

Nous nous avançâmes vers la tente principale du campement, qui se trouvait au milieu de toutes les autres. Là, nous fûmes reçus par une très vieille femme à la bouche édentée, portant des vêtements sombres, qui nous demanda ce que nous voulions.

— Nous voudrions voir le chef des Samaritains, dis-je.

— Mais toi, qui es-tu ? demanda-t-elle.

— Je suis Ary Cohen, fils de David Cohen.

Pendant qu'elle nous faisait patienter, je ne pus dire un mot. Je sentais toujours cette odeur bizarre, et j'avais envie de fuir, alors qu'il en était encore temps. Mais déjà j'entendais des murmures. La vieille femme réapparut, qui nous fit signe d'entrer.

C'était un endroit sombre sous la tenture, éclairé d'une simple torche, où il y avait une paillasse, et une lourde chaise de bois incrusté de pierreries. Là, majestueux, se tenait un vieil homme. Vêtu d'une robe blanche resserrée à la taille par une riche ceinture et décorée de douze pierres précieuses, il avait l'allure d'un patriarche, avec des cheveux et une barbe d'une blancheur étonnante, qui contrastait avec le cuir brun de sa peau tannée par le soleil. Ses rides étaient si profondes et si riches qu'il m'était impossible de lire sur son visage : ç'aurait été comme déchiffrer tout un parchemin. A côté de lui, était la femme qui nous avait reçus. Ses yeux embués de larmes étaient fixés sur moi.

— C'est toi, dit-il, d'une voix grave.

Jane me regarda d'un air surpris. Je ne répondis pas. Il y eut un silence pesant, que je finis par rompre.

— Nous recherchons des informations sur un homme, dis-je. Un archéologue, un professeur du nom de Peter Ericson.

Il me considéra sans dire un mot.

— Nous cherchons à en savoir plus sur lui, ajoutai-je, car il est mort.

Il y eut un autre silence.

— Cet homme est-il venu vous voir ? insistai-je.

L'homme ne répondait pas, et je commençais à me demander s'il entendait mes paroles. Je jetai un bref coup d'œil à Jane, dont le regard était empreint d'inquiétude.

— Qui est cette femme ? demanda enfin le chef des Samaritains.

— Une amie qui m'a conduit vers vous.

A nouveau, mes paroles furent accueillies par le silence qui dura plusieurs minutes, pendant lesquelles je considérai ce visage aux si nombreuses rides : c'est alors que je compris qu'il était âgé, très âgé, et qu'il ne vivait pas dans le même temps que nous. Quand on est vieux, on entre dans un autre temps, et la vitesse, si essentielle à la jeunesse, devient dérisoire.

— Le meurtrier, dit lentement le chef des Samaritains, c'est le prêtre adversaire, qui sera livré par Dieu à ses ennemis, pour être humilié et maltraité jusqu'à la mort. La fin de l'impie qui a agi iniquement sera ignominieuse, et l'amertume de l'âme et la douleur l'assailleront jusqu'à la mort ! Car cet homme s'est révolté contre les commandements de Dieu et c'est pourquoi il sera livré à ses ennemis afin que soient versés sur lui des maux terribles qui exerceront la vengeance sur son corps de chair !

— De qui parlez-vous ? demandai-je.

Le chef des Samaritains se leva, et, s'appuyant sur sa canne, il me considéra, les lèvres entrouvertes et les yeux mi-clos, avant de pointer vers moi une main tremblante :

— Je parle du personnage désigné tantôt comme le débiteur de mensonges, tantôt comme le prêtre impie qui a égaré une multitude d'hommes, pour bâtir dans le sang une ville de vanité, en vue de sa propre gloire ! Je parle de l'impie, du criminel, celui qui fait trembler la terre sur ses bases, je parle du guerrier de la colère, du Dévastateur, et de sa nation pécheresse, son peuple chargé de crimes, je parle de celui qui a abandonné le Seigneur, et méprisé le Saint d'Israël, celui dont la tête est si malade qu'il doit encore frapper, je parle du fils du Malheur, de l'esprit égaré, du tyran clairvoyant, du railleur, je parle de celui qui tend des pièges et qui attire l'innocent dans l'abîme, je parle du manipulateur qui se sert du bien pour assouvir son esprit de vengeance, et je parle de ses adeptes enivrés par ses œuvres de tromperie, qui se consacrent éternellement à faire le mal et à répandre le néant ! Je parle de celui qui donne sa vie pour prendre celle des autres. Je parle de l'Assassin* !

Le chef des Samaritains se rassit et, d'une voix plus faible :

— Maintenant, écoutez-moi, car j'ouvrirai vos yeux pour vous donner à voir et à comprendre les vœux de Dieu, et choisir celui qui Lui a plu afin qu'il marche dans ses voies et qu'il n'erre pas selon les desseins des mauvais penchants et les excès de la luxure. Les veilleurs célestes, les géants, les fils de Noé ont transgressé les commandements et ils ont encouru la colère de Dieu ! Par contre, la Torah* est loi, révélation et promesse, et toi, tu es l'Enfant de la Grâce, l'Envoyé de Dieu, et moi, je t'ai reconnu ! Le jour viendra où leurs crimes seront vengés. Ils seront frappés d'épouvante, ils seront saisis par les crampes et les douleurs, et ils se tordront comme des femmes en travail.

Je lançai un regard à Jane, qui se tenait immobile, pétrifiée devant cet homme d'un autre temps.

— Ainsi, répondis-je, le professeur Ericson est venu vous rendre visite.

— Toi aussi, dit le vieil homme, tu veux savoir...

— Oui, je le veux. Si tu m'as reconnu, tu dois tout me dire.

Le vieil homme me considéra, le visage inexpressif. Puis sa voix s'assourdit.

— Cet homme est venu vivre parmi nous, afin d'étudier nos textes. Nous lui avons ouvert notre Scriptorium et notre armoire sainte. Ainsi il a découvert le Rouleau d'Argent. Alors il est revenu pour nous demander de le lui donner.

— Que contient le Rouleau d'Argent ? demandai-je.

— Un texte qui était gardé dans un endroit connu de nous seuls. Il nous était interdit de le lire avant la venue du Messie. Le professeur Ericson est revenu en nous apportant la nouvelle !

Il se tut un instant, puis :

— Ici, nous avons quatre principes de foi. Un Dieu : le Dieu d'Israël. Un prophète : Moïse. Une croyance : la Torah. Un endroit saint : le mont Garizim. Mais à cela, il faut ajouter le jour de la Vengeance et de la Rétribution : la fin des temps, lorsque le Thaeb, le fils de Joseph, le prophète sera révélé. Et le professeur nous a appris que le Thaeb est arrivé !

— De quoi parle ce rouleau ? demandai-je.

— Nous ne savons pas le lire. Il n'est pas écrit dans notre langue. Mais le professeur, lui, le savait. Il devait nous livrer son secret. Mais on l'a tué avant qu'il n'ait pu le faire...

Sur ces mots, il fit un geste vers la femme, qui lui prit le bras pour le guider hors de la tente. C'est alors que nous comprîmes qu'il était aveugle.

Nous nous éloignâmes de la tente, sans que personne se soucie de nous, jusqu'à un petit autel où brûlaient les restes d'un animal. Là, deux prêtres officiaient devant une trentaine de fidèles, tous des hommes. Les Samaritains étaient en train d'offrir un sacrifice. La fumée sombre, presque noire, qui montait au ciel, dégageait une odeur âcre à l'arôme puissant, l'odeur de la chair brûlée, celle qui m'avait donné des frissons. Je m'approchai de l'autel. Jane resta en arrière. Alors je vis : les animaux ligotés, les pattes attachées deux à deux, la gorge ouverte, les yeux exorbités, la chair à moitié calcinée, les os noircis. Et cette odeur, terrible, écœurante, à la fois âcre et douceâtre, sucrée et salée, chaude et froide, celle du sang qui coule. Sur le sol, sur l'autel, des ruisselets écarlates couraient sur la pierre. Devant l'autel se tenaient douze prêtres, dans de longues tuniques blanches, la tête couronnée, les pieds nus. Face à eux, le maître du sacrifice était vêtu d'une tunique de lin, ceint d'une étole et coiffé d'un turban de la même matière. Il se tourna vers l'autel, où l'un des prêtres tenait un bélier, puis le maître du sacrifice posa sa main sur la tête de l'animal. Alors le sacrificateur leva son couteau tranchant, et l'égorgea.

Les deux prêtres recueillirent le sang du bélier dans un bassin, tandis que les autres, déjà, écorchaient l'animal. Le sang et la chair furent apportés au sacrificateur, qui versa une petite quantité de sang sur l'autel. Puis il préleva les entrailles, brûla la graisse et laissa la chair rôtir sur le feu de l'autel.

Plus loin, un taureau était ligoté, prêt à être sacrifié.

Au temps du Temple, un taureau était offert en sacrifice rituel pour le jour du Jugement. Mais pourquoi aujourd'hui, alors que ce n'était pas le temps de Kippour ? A quoi les Samaritains se préparaient-ils ? A quel événement, quel jugement ?

Je m'éloignai rapidement, et regagnai la Jeep où m'attendait Jane. Elle démarra en trombe, alors qu'une voiture de police arrivait, qui semblait se diriger vers le site samaritain.

— Qu'est-ce que tout cela signifie ? dit Jane, bou-

leversée, en conduisant trop vite sur la route chaotique, comme si elle s'enfuyait.

— Cela veut dire que les Samaritains se préparent,
eux aussi. Ericson est venu pour leur annoncer la
nouvelle.

— Mais pour qu'ils y croient, il leur a bien fallu
une preuve, une preuve tangible ?

— Il me semble, Jane, que la preuve tangible,
c'était... moi !

— Que veux-tu dire ?

— Ce que je veux dire, c'est que cet homme me
connaissait ou, plus exactement, il savait qui j'étais.

— Il l'a deviné, tu crois ?

— Non. Il a dû le savoir par Ericson. Pour obtenir le Rouleau d'Argent, Ericson a dû lui dire que le
Messie était arrivé chez les esséniens.

— Mais, dit Jane, interloquée, comment Ericson
aurait-il su que le Messie était arrivé ?

— Il devait être en rapport avec *un* ou *des* esséniens...

— Crois-tu vraiment ?

— C'est la seule explication.

— Nous devons récupérer ce Rouleau d'Argent,
dit Jane. Et pour cela, il nous faut rencontrer Ruth
Rothberg, la fille du professeur Ericson. Elle est
venue avant-hier sur le campement. Elle est restée là
toute la soirée, et elle est repartie hier matin, avec
les affaires de son père. Elle a peut-être emporté le
rouleau avec elle.

Nous prîmes la route qui serpente vers les grottes,
et là commença la descente dans la fournaise de la
plus profonde des dépressions terrestres. Nous
entrâmes dans le désert blanc cassé où ondulent les
dunes sous le miroir étincelant de la mer Morte.

Au bas de la cuvette, nous approchâmes du rivage,
puis nous prîmes le virage qui mène à droite sur la
terrasse et ses falaises rocheuses.

La mer Morte devenait de plus en plus sombre. Le
jour tombait sur les falaises de Qumran, aux pentes
découpées par les ombres du dernier soleil. La Jeep

s'enfonça dans la plage de marne salée, qui se prolongeait en pente douce vers la mer, et remontait vers
la première terrasse, qui portait la ruine de Qumran.
Une profonde rigole tombait de la terrasse, en creusant la marne. Je fis signe à Jane de s'arrêter là. Je
ne voulais pas qu'elle sache où j'habitais.

J'hésitai un temps avant de sortir de la voiture.

— Quand vais-je te revoir ? dis-je.

Elle ne répondit pas.

— Vais-je te revoir ?

— Certainement. Je vais continuer l'enquête. Je
vais peut-être vendre l'article à la *Biblical Archeological Review*.

— Pourquoi pas à la presse à sensation...

— Sérieusement, Ary, je voudrais que nous fas-
sions équipe. Retrouvons-nous demain, à Jérusalem.

Elle arrêta le moteur, avant d'ajouter :

— Es-tu sûr d'être en sécurité là-bas ?

— Oui, dis-je, ça ira.

— J'ai peur, moi.

— Tu ne devrais pas dormir au campement.

— J'ai pris un hôtel à Jérusalem.

— Lequel ?

— Le Laromme, près du King David...

— Alors, à demain.

— Ary ?

— Oui ?

— Lorsque j'ai dit que j'avais peur... Je voulais
dire... peur pour toi.

Elle me regardait m'éloigner, seul au milieu du
désert. Et moi, de temps à autre, je jetais un regard
en arrière, pour m'assurer qu'elle était bien là, que
je la reverrais, que je n'allais pas la voir s'éloigner
pour toujours dans le paysage flou de l'absence, et ne
plus jamais la reconnaître.

De retour dans les grottes, je me rendis directement au Scriptorium. Je voulais examiner la copie

que nous possédions du Rouleau de Cuivre, où se trouvaient les indications concernant le trésor du Temple.

J'entrai dans ce que nous appelions la bibliothèque, petite pièce attenante au Scriptorium.

Je trouvai le parchemin qui m'intéressait : la copie du Rouleau de Cuivre était un rouleau assez fin, à l'écriture serrée, que je commençai immédiatement à décrypter. Il décrivait de nombreux endroits, des cachettes diverses où se trouvait un fabuleux trésor de barres d'or et d'argent... Jane avait parlé de plusieurs millions de dollars, elle ne se trompait pas. Les lieux dans lesquels était disséminé le trésor formaient un système complexe de wadis qui s'étendait depuis Jérusalem jusqu'au désert de Judée, vers la mer Morte. Tous étaient repérables géographiquement sur une carte, et atteignables par plusieurs routes et passages que nous connaissions.

Contrairement à ce que j'avais cru, l'expédition du professeur Ericson n'était pas aussi folle qu'elle le paraissait, et pouvait se révéler éminemment lucrative.

Le lendemain, je décidai de partir pour Jérusalem, afin de rencontrer Ruth Rothberg. Je pris le bus qui gravit cette route qui, sur trente kilomètres à peine, accompagne le désert vers la ville : elle monte peu à peu et se jette tout d'un coup dans Jérusalem, au sud de la Mosquée de Nebi Semoul et des quelques immeubles tout neufs qui l'entourent, sur les pentes de l'université, en haut de la vallée de la Croix, vers la ville nouvelle aux artères décaties et au trafic si intense qu'on se croirait dans une forme curieuse de mégapole orientale. La montée vers Jérusalem est nécessaire, elle permet de s'habituer, pour ne pas être frappé de stupeur devant sa beauté, et de se réjouir, lorsqu'on la connaît, tel le fiancé qui va accueillir sa fiancée. Le désert de Judée enveloppe Jérusalem, qui est son oasis. Après la plaine stérile, recouverte de pierres, après les ceintures de collines rocailleuses, après le silence.

O mes amis, comment vous dire, comment décrire mon sentiment, et comment même le comprendre ? J'arrivai à la station centrale des bus dans un brouhaha de jeunesse et d'uniformes et un flot de passagers, entre les taxis collectifs qui hélaient les arrivants pour tenter de remplir la dernière place et les bus simples et doubles qui attendaient leur heure de départ. Je retrouvais enfin cette ambiance chaotique, qui m'enveloppait, chaleureuse, la même exactement que celle de mon enfance, et qui me paraissait soudain si familière et si abstraite, maintenant que je vivais dans le désert. J'étais venu aux abords de Jérusalem, j'étais venu si souvent.

Pour comprendre, il faudrait vous arrêter un instant et contempler en votre âme et conscience ce petit coin de Jérusalem qui réside en chacun de nous. Et Jérusalem s'ouvrira comme un isthme, comme une main, comme un bouquet de fleurs roses, rouges et violettes. Jérusalem d'Isaïe, couronnée de gloire, inondée de beauté, remplie d'or, de perles et d'odeurs — parfums de l'âme —, Jérusalem, ma ville, ma lueur, mon matin et mon soir, avec sa lumière reflétée sur les pierres écrasées de soleil et embuées de rosée, Jérusalem m'ouvrait ses bras, et je retrouvais, par la magie d'une mémoire sensorielle bien plus forte que la mémoire, tous les matins de Jérusalem réifiée par la nuit, et toutes les nuits de Jérusalem illuminée comme au crépuscule, Jérusalem parcourue par les hommes au pas pressé. Alentour il y a le désert, alentour il n'est rien, et il n'est rien qu'elle, Jérusalem, mon amie. Parmi elle j'habite, c'est là que je réside, parmi l'or et les perles, au creux du nid d'aigle, au milieu des rochers solitaires, des vallons arides, des ravins profonds, dans l'oasis du désert, Jérusalem, au cœur de mes pensées et que mon âme désire, Jérusalem, très belle cime, joie de toute la terre, mont Sion, profondeur du

Nord, cité du grand roi, Jérusalem céleste m'ouvrait ses bras et j'étais sien.

Je m'engageai dans la rue de Jaffa, parvins à l'angle nord-ouest de la vieille cité ; puis je longeai les remparts turcs, jusqu'au port de Jaffa, qui continue jusqu'au pied du mont Sion d'où l'on rejoint la route vers Bethléem et au-delà.

Je longeai Sion, le cœur attaché à ses murs, et Sion dorée par le soleil me longea, arrêtant mes pas à ses portes, devant la paix des murs, enfin mes pieds s'arrêtaient, j'entrerai, j'entrerai par la Grâce, et j'entrerai, voyez mes malheurs, j'entrerai splendide dans la cité glorieuse, hors du mensonge et de l'abomination, heureux de ma nouvelle, j'entrerai et je prononcerai les louanges aux portes de la ville de Sion, transporté sur la très haute montagne, j'entrerai, portant la ville sur mes épaules, habité par les générations, en homme pieux selon la parure, j'entrerai pour l'Eternité.

C'est ainsi que je m'élevai, mes amis, gravissant Jérusalem, montant sur le sommet du mont Moriah, et cette ascension devait s'accomplir, sur la colline aux très belles pentes, aux vallées ocre et argent. Sur le mont Moriah se dressait le Temple de Salomon. Devant moi, au sud, il y avait la colline de l'Ophel, à la forme alanguie. Au nord du Moriah, s'élevait la colline de Bezetha, et plus à gauche, le Gareb, en dessous duquel se tient le mont Sion, et autour duquel s'enroule le torrent du Cédron qui se prolonge vers la vallée de la Géhenne. Et loin derrière, l'horizon se ferme par le mont Scopus au nord-est et par le mont des Oliviers à l'est.

Là, sur le mont Moriah se trouvait l'Esplanade du Temple, encadrée à l'est par la vallée du Cédron, au sud par la Géhenne, à l'ouest par le Tyropéon, et au nord la colline de Bezetha qui ferme l'Esplanade. A considérer ces vallées, du haut de l'Esplanade, je fus pris de vertige. C'est du Pinacle du Temple, où un prêtre annonçait la venue du chabbat d'une sonne-

rie de chofar, que Jésus fut tenté par le Diable. Sous
le Dôme de la Roche, au sud-est, où Abraham fit le
sacrifice de son sacrifice, se trouve une grotte, où
étaient conservées les cendres de la Vache rousse,
cendres sacrées utilisées pour l'eau lustrale.

A l'époque de Salomon, quatre portes s'ouvraient
le long du mur Occidental du Second Temple à Jérusalem. Par une grande porte, on entrait dans la rue
du Tyropéon, puis on empruntait la rue des faiseurs
de fromage et, par un grand escalier en L reposant
sur des arches de vingt-cinq mètres, on accédait à la
porte qui ouvrait sur la grande basilique qui s'étendait sur toute la longueur de l'Esplanade. Une
seconde et une troisième portes, monumentales,
ouvraient sur l'Esplanade.

Et je vis le Temple, entouré de parvis, formé de son
palais, appelé Forêt du Liban, au vestibule à grandes
colonnes, et de sa Maison aux trois chambres, et son
Porche, aux vingt coudées de large et dix de profondeur, et son Sanctuaire, Hekhal, aux vingt coudées
de large sur quarante de profondeur. Et en son sein
était le Saint des Saints, Debir, qui mesurait vingt par
vingt coudées, soit un carré parfait.

Et sur trois côtés s'ouvraient trois étages de
chambres, soutenus par de grandes poutres de cèdre.
Tout était fait de nobles pierres, de dorure et de
bronze, de marbre et d'or. Et je vous le dis, mes amis,
le Temple resplendissait jusqu'à l'aube, sous la lune
et sous le soleil, sa pierre crayeuse et blanche polie
par la lune, lustrée par le soleil, ses portes monumentales de bronze et d'airain, sous la lueur de l'aube, et
ses lourds piliers qui, telles les colonnes de la Nuée,
guidaient les Hébreux dans le désert, jaillissaient du
sol pour s'élever vers le Très-Haut, dans le cœur de
la nuit. Et devant les colonnes se trouvait l'Autel des
Holocaustes, sur lequel reposaient le grand socle et
le petit socle, où il y avait le foyer. Et derrière les
colonnes, vers l'ouest, les salles du Temple, lambris-
sées de cèdre, recouvertes d'or, abritaient en leur
cœur le Saint des Saints, avec ses chérubins ; deux

grandes statues dorées qui gardaient l'Arche d'Alliance avec les Tables de la Loi ; le bâton d'Aaron et la manne du désert.

Et le Temple était d'une beauté sans égale, et sa magnificence, sa grandeur, d'est en ouest, d'ouest en est, ses colonnes grandioses, ses piliers, ses marches et ses portes d'olivier, ses murs épais abritant d'épais secrets éblouissaient tous ceux qui l'approchaient, depuis les temps de Salomon qui fit construire le Premier Temple, réparé sous Joas, restauré sous Josias, détruit par Nabuchodonosor, reconstruit sous Hérode, agrandi et embelli, jusqu'aux temps de la guerre juive contre les Romains, jusqu'au moment où Jésus chassa les marchands de son parvis, avant que le Temple ne fût incendié et pillé en 70, lors de la première révolte juive, et avant que soit reconstruit le Troisième Temple, lors de la venue du Messie. Oui, mes amis, le Temple était d'une beauté sans égale, et je vis devant moi, à l'emplacement du Temple, la Mosquée Al-Aqsa. Car c'est là, précisément là, pensai-je, au-dessous du grand dôme, qu'en son temps se dressait le Temple.

Je sortis de l'Esplanade, empruntai les rues étroites, et m'approchai de la porte de Sion, où j'aperçus un attroupement. Un groupe de chrétiens écoutait une sœur en paroles. C'était une petite femme d'une soixantaine d'années, au regard intense, aux cheveux pris dans un foulard noir, aussi noir que sa robe sur laquelle pendait une croix de bois. Elle s'adressait à des pèlerins venus en Terre sainte à la suite des millions d'hommes qui, depuis les premiers siècles de votre ère, entreprirent le long voyage afin de découvrir les lieux où s'origine leur foi, afin de méditer et relire les textes de la Bible.

— ... Et qu'advienne la paix dans ses murs, pour l'amour de mes frères, de mes amis, laissez-moi vous dire : que la paix soit en ses murs, pour l'amour de la Maison, prions pour son bonheur dans le

Royaume des Cieux, car bientôt, je vous le dis, la Jérusalem terrestre sera Jérusalem céleste !

J'écoutais les paroles de la sœur, vibrantes d'émotion, quand soudain je sentis une lame froide contre mon dos. Je voulus faire volte-face, mais j'entendis une voix murmurer à mon oreille :

— Ne fais pas un geste.

— ... Mais pour accéder au Royaume des Cieux, nous devons faire repentance, et prendre conscience de ce que nous sommes indignes, continuait la sœur que les autres appelaient sœur Rosalie. J'appartiens à la génération qui a grandi sous le IIIe Reich et, à cause des crimes de notre nation, le Jugement de Dieu a frappé l'Allemagne. C'est dans la ruine de la Seconde Guerre mondiale, il y a cinquante ans, que notre Communauté des Sœurs de Marie a pris naissance. Dès son origine, elle a été vouée à la repentance. Qu'avons-nous fait, qu'avons-nous fait aux juifs ? Aux fils et aux filles d'Israël ? Qu'avons-nous fait au peuple de l'Alliance ?

— Que voulez-vous de moi ? murmurai-je, sans me retourner.

— Quand je te ferai signe, tu marcheras devant moi. Fais un geste, un seul geste, et tu es mort.

— Un lourd fardeau pèse encore sur notre cœur : nous devons confesser notre culpabilité. Il est temps, mes amis, avant l'Apocalypse, il est temps de nous repentir de notre indifférence et de notre manque d'amour.

La sœur me regardait. Elle avait des yeux bleu-vert clair, des pommettes hautes et roses, une figure ronde et une petite bouche mince comme une poupée. Je m'efforçai de lui faire un signe en levant mes sourcils et en indiquant de mes yeux mon assaillant, mais plus je faisais une grimace, et plus elle me regardait, d'un air intense, comme si elle s'adressait à moi, pour répondre à mon cri muet.

— Silence, poursuivit-elle, il faut faire silence, pour méditer et pour admettre notre faute.

Dans la foule, on entendait des murmures, certains étonnés, d'autres indignés. Certaines personnes quittaient l'assistance, mais personne ne semblait s'apercevoir que j'étais en danger.

— Maintenant, dit l'homme.

Je tournai la tête : une voiture aux vitres fumées semblait nous attendre sur la route, devant la porte. Aussitôt, je fis volte-face et me mis à courir. Je m'engageai dans la Via Dolorosa, trébuchai et tombai ; une vieille femme m'aida à me relever, et je repris ma course, mes assaillants toujours à ma suite. Car, au bruit qu'ils faisaient, je compris qu'ils étaient plusieurs. Je tombai une seconde fois, puis une troisième fois.

Epuisé, à bout de souffle, j'entrai dans le quartier blanc. Mes muscles, sous l'effort de la course, me faisaient mal et je sentais mes jambes se dérober, mais la douleur était si lancinante que je ressentis une sorte d'ivresse. Jérusalem, telle une épouse aux yeux dorés comme des soleils, lançait des rayons qui perçaient mon âme, et de sa voix suave faisait tressaillir mon cœur. Sa bouche cinabre avait le goût de la grenade et son corps sentait l'aloès et le cinnamome. Comme habité, je courais, j'avais la tête qui tournait. Je respirais de plus en plus bruyamment, je voyais tous les arômes ; exhalaisons des mûres chauffées au soleil et vapeurs épicées, chaudes et salées, je sentais toutes les couleurs qui étaient en elle ; le jaune sur sa peau, le brun, l'ambre, le rouge et le violet... Entre lumières et ténèbres, j'avançais au bord de l'évanouissement, dans une pénombre où scintillaient mille et mille étoiles et la lumière venue des plus hauts sommets, et la peur de voir ma vie ainsi risquée, et les soupirs rauques que je poussais m'aidaient à avancer, et la lumière du soleil couchant et son souffle chaud sur mon visage augmentaient le mystère de ma survie.

Il fallait que je m'arrête, que je souffle... J'étais parvenu au Saint-Sépulcre, où je me faufilai entre la foule de pèlerins et l'imbroglio de constructions appartenant aux chrétiens latins, grecs, arméniens,

coptes et éthiopiens, espérant semer mes poursuivants. Mais ils étaient toujours derrière moi. Je me
dissimulai dans une encoignure, juste pour entrevoir
deux hommes au visage masqué se faufilant dans les
ruelles, fendant la foule à ma suite. En haletant, je
passai devant l'immense coupole, l'Anatasis, longeai
la basilique dans laquelle était intégrée la roche du
Calvaire, et me dirigeai vers la chapelle du Calvaire.
Près de l'autel, on voyait la roche où la Croix avait
été plantée. Je ne me retournai pas, je savais qu'ils
étaient là, deux hommes en noir aux visages dissimulés par des keffiehs rouges. Devant la plaque de
marbre rappelant l'endroit où fut placé le corps de
Jésus, je me laissai glisser derrière une colonne, les
yeux rivés sur l'entrée, dans l'attente et la crainte de
voir surgir l'ennemi... Je vis les deux silhouettes se
dessiner à contre-jour. Avant même de comprendre,
je courais de nouveau vers l'Esplanade du Temple, où
l'on accède par huit escaliers, surmontés chacun
d'un portique à quatre arches. Au sud de l'Esplanade
se trouvait la Mosquée Al-Aqsa, précédée d'un vestibule à sept arcatures. Mais je n'avais pas le droit
d'entrer dans la Mosquée, et je ne pouvais m'y réfugier, de peur de fouler de mes pieds le Saint des
Saints qui se trouvait juste en dessous.

Alors, sortant du quartier arabe, j'entrai dans le
quartier juif, courant à perdre haleine jusqu'au mur
Occidental, le dernier lieu, le seul qui restait pour ma
survie. Je me dirigeai vers la gauche, dans la petite
salle voûtée qui fait office de synagogue, et m'y
engouffrai. Là, une dizaine d'hommes priaient. Mes
poursuivants restèrent à l'entrée. J'en profitai pour
prendre la petite porte arrière et la poudre d'escam-
pette.

Alors je fis silence, et ils arrachèrent mes membres,
et ils plongèrent mes pieds dans la boue. Mes yeux se
voilèrent devant le Mal, mes oreilles se bouchèrent,
mon cœur se souleva ; par leurs mauvais penchants,
Bélial apparut.

Enfin je pus m'enfuir, profitant de la relève de la police qui surveillait le Mur. Je suivis les gardes jusqu'à la porte de Sion, où je m'engouffrai dans un taxi, vers l'hôtel où Jane était descendue, près du King David, au cœur de la ville nouvelle, un hôtel blanc comme les murs du Temple.

Aussitôt entré, j'appelai Jane qui me donna rendez-vous au King David. Là, dans l'atmosphère feutrée du vaste salon, les touristes américains discutaient à voix basse. Là, enfin, dans ce luxe anglais des années 30, patiné de velours et enrichi de boiseries précieuses, je trouvai un peu de répit.

— Ary, que t'est-il arrivé ? dit Jane en entrant et en voyant les efforts que je déployais pour trouver une position confortable, car je sentais encore mes muscles endoloris par la course.

— Ce n'est rien, dis-je, en regardant la carte que nous tendait le serveur. Je me suis fait poursuivre par des hommes masqués.

Je me rendis compte que cela faisait vingt-quatre heures que je n'avais pas mangé, et même si j'étais habitué aux jeûnes, j'avais faim et soif. Je commandai, pour Jane et pour moi, un plat de Houmous et de Falafels, les seuls mets israéliens qu'offrait la cuisine très occidentale de l'hôtel, et que je n'avais plus goûtés depuis que j'étais à Qumran.

— Es-tu sûr de vouloir continuer, Ary ? demanda Jane avec inquiétude.

Je lui montrai le journal posé sur la table basse en face de nous.

— On dit que les recherches de la police s'orientent vers le site de Qumran. Ils risquent de nous découvrir, Jane. De nous découvrir, et de nous soupçonner. Bien sûr que je dois continuer.

— Ils disent aussi qu'ils sont en train de faire des investigations chez les Samaritains, à cause de leurs sacrifices. Tu crois que le coupable n'est pas seul ?

— Cela ne fait plus de doute. Ils étaient deux à mes trousses, tout à l'heure, plus le conducteur de la voiture. Il ne s'agit pas d'un homme, mais d'un groupe.

— Mais qui sont-ils ?

— Je l'ignore.

— En tout cas, c'est maintenant à *toi* qu'on en veut.

— Et tu crois que je peux me cacher et refuser d'affronter le combat ?

— Oh bien sûr, dit Jane, tu es le Choisi, l'Elu, le... Messie ! C'est pour cette raison que tu dois souffrir, n'est-ce pas ? Souffrir et mourir ? Jusqu'où vas-tu aller, Ary ?

Jane me considérait à présent avec une curieuse expression. Je reconnus dans ses yeux le même effroi que la veille, lorsque je lui avais révélé quelle était ma mission.

— Comme ma mère, répondis-je, tu ne reconnais pas mon aspiration. Mais il existe d'autres buts dans la vie que de jouer au journaliste archéologue qui cherche un trésor perdu.

— Il s'agit d'un fabuleux trésor...

— C'est donc une question d'argent.

Elle haussa les épaules mais ne me regardait plus dans les yeux. Je compris que je l'avais blessée.

Elle ouvrit la petite mallette qu'elle transportait, et en sortit son ordinateur portable.

— Que fais-tu ?

— Je travaille, dit-elle. Seule.

— Mon Dieu, Jane, pardonne-moi. Je ne voulais pas... Je ne pensais pas ce que je t'ai dit.

Sans répondre, elle pianota sur quelques touches et bientôt le texte se déroula, comme nos manuscrits. Ainsi, me dis-je, après un millénaire de codex, on en revenait au rouleau.

— Tiens, dit-elle, voici le texte de référence sur le Rouleau de Cuivre.

Le fameux Rouleau de Cuivre contient des descriptions d'artefacts et de trésors avec les indications géographiques des lieux où ils se trouvent. Découvert dans la grotte 3 en 1955, il a permis une grande avancée dans la recherche sur les Rouleaux de Qumran. Thomas Almond, de l'université de Manchester, en utilisant une machine à coudre pour débiter le rouleau en tranches, l'a restauré, avant d'effectuer des photographies des bandes, aidé du professeur Peter Ericson, qui a participé à son lavage et à son déchiffrage.

Le texte contient un total de douze colonnes, avec cinq inventaires, chacun écrit en idiome hébraïque non littéraire. Les endroits incluent des grottes, des tombes, des aqueducs. Il y a une grande quantité de trésors, qui varient en taille et caractère, les uns des autres. La raison pour laquelle il a été écrit sur un matériau résistant comme le cuivre est inconnue. On ignore également qui a écrit le texte, et si le trésor mentionné est réel ou imaginaire. La plupart des chercheurs pensent que la liste décrite dans le Rouleau de Cuivre est symbolique et fictive. Ce qui explique pourquoi à ce jour, en dépit des recherches entreprises, on n'a trouvé aucune pièce du fameux trésor dans le désert de Judée.

— Le mystère reste complet, dit Jane. Mais je ne comprends pas pourquoi les esséniens de Qumran se seraient donné la peine de graver dans le cuivre, qui à cette époque était très onéreux, une liste concernant un trésor, si ce trésor est fictif.

— Ce rouleau, dis-je, n'appartient peut-être pas aux esséniens.

— Mais pourquoi le Rouleau de Cuivre a-t-il été découvert dans les grottes ?

— Sans doute quelqu'un l'aura-t-il déposé là. Quand et pourquoi, je l'ignore.

— Ce qui veut dire que...

— ... que ce rouleau a été déposé dans les grottes par des gens qui n'étaient pas esséniens...

— Ce qui explique le caractère différent et unique du document.

— Peut-être que l'on s'est servi des grottes de Qumran comme d'une Genizah*.

— Comme dans la synagogue du Caire ? Il est vrai que chez vous, les juifs, on ne jette pas les livres dont on ne veut plus. Les lettres qui sont inscrites dessus sont sacrées, n'est-ce pas ?

— Oui, dis-je. C'est pourquoi on les enterre. Ou alors... si ce rouleau provenait des bibliothèques du Temple, à Jérusalem, il aurait pu être caché à Qumran en prévision de l'attaque romaine imminente ?

— Mais ceux qui l'ont déposé là, qui sont-ils ?

— Pour en savoir plus, il nous faudrait l'avis d'un spécialiste, d'un homme qui connaisse parfaitement les rouleaux de Qumran, d'un homme qui sache tout expliquer...

— A qui penses-tu ? dit Jane, en pianotant sur son clavier.

Sur l'écran, apparut un texte :

Selon les manuscrits découverts à Qumran, près de la mer Morte, les esséniens formaient une communauté partageant les possessions, mangeant, priant et travaillant ensemble, dans le site de Khirbet Qumran. La caractéristique essentielle des esséniens est leur vision apocalyptique du monde : l'Apocalypse n'étant pas seulement l'attente des derniers jours et le passage à l'ère messianique, mais, selon l'étymologie de ce mot, le « dévoilement de ce qui est caché ». L'Apocalypse est donc la révélation des mystères, que ce soit les mystères de l'histoire ou du cosmos.

Les esséniens sont connus grâce à un certain nombre de descriptions d'auteurs anciens, Pline, Philon et, par-dessus tout, Flavius Josèphe. L'origine des esséniens se situe probablement dans le mouvement hassidique de révolte des Maccabées, contre l'hellénisation du Temple de Jérusalem, deux cents ans avant l'ère chrétienne.

IDÉES CLEFS : déterminisme, structure hiérarchique, noviciat pour préparer les nouveaux venus, vie commune, richesse commune, stricte observance des lois de la pureté rituelle, repas communs et célibat des membres, Temple, Fin des Temps.

— Fin des Temps, murmura Jane. Ne dit-on pas qu'à la Fin des Temps, le Temple sera reconstruit ?

— En effet.

— Mais, pour qu'il soit reconstruit, il faut bien qu'il y ait ses objets, ses trésors, non ?

— En effet.

— Mais pourquoi chercherait-on à reconstruire le Temple, Ary ?

— Pourquoi ?

— Oui. S'il existait à notre époque des gens qui veulent reconstruire le Troisième Temple, dans quel but le feraient-ils ?

— Nous, les esséniens, ne vivons que pour cette raison depuis plus de deux mille ans. En effet, comme le dit ton texte, le mouvement essénien est né lorsque le Temple a été envahi par les Grecs, et que certains prêtres révoltés l'ont quitté pour habiter près de la mer Morte.

— Pour quelle raison les esséniens étaient-ils si attachés au Temple ?

— Le Temple permettait d'ouvrir certaines portes... Il était construit selon les règles d'une géométrie sacrée, par exemple le Saint des Saints formait un carré parfait. Le Temple était construit avec les matériaux les plus fins et les plus riches, le marbre, les pierres précieuses, et les tissus les plus délicats... On y écoutait la musique céleste de la harpe, et il s'en échappait l'odeur délicieuse des encens. Le Temple, Jane, permettait le passage entre le monde du visible et celui de l'invisible.

— Autrement dit, c'est grâce au Temple, et plus précisément au Saint des Saints, que l'on peut rencontrer Dieu...

Jane me considérait à présent d'un air étrange.

— Je crois que c'est pour cette raison, dit-elle, que le professeur Ericson recherchait ces trésors.

— Que veux-tu dire ?

— Je veux dire que son but n'était pas du tout scientifique, comme il le prétendait, mais bien... spirituel, si l'on peut dire.

— Et alors ?

— C'était cela qu'il voulait. Rencontrer Dieu. C'est pour cette raison qu'il recherchait tous les objets du Temple. Pour le reconstruire, et pour rencontrer Dieu... Cela explique... sa volonté de persévérer. Sa volonté d'y consacrer toute sa vie. Comme si... Comme s'il menait une bataille, une *guerre*.

— Mais toi, Jane, que recherchais-tu ?

Il y eut un silence. Elle baissa le regard, sembla réfléchir un instant :

— Je dois te dire la vérité, dit-elle. Je n'y crois pas. Je ne crois pas en Dieu. Je n'ai plus la foi. Je trouve que la religion, les religions, toutes les religions se trompent et n'engendrent que la terreur et la violence.

— Ah, dis-je, c'était donc cela.

— Quoi donc ? Que veux-tu dire ?

— Lorsque je t'ai vue, hier, j'ai su que quelque chose avait changé en toi. Mais pourquoi ?

— Pourquoi ? répéta Jane.

Elle se leva, fit quelques pas, et me désigna le paysage.

— Mais c'est Qumran, Ary. Trop de violence, trop de meurtres depuis Jésus, trop d'injustice pour tous ceux qui Le recherchent. En voyant Ericson sur l'autel, j'ai compris que ce n'était pas juste, que ce n'était pas vrai, tu comprends ? J'ai compris que tout ceci n'était qu'une histoire d'hommes et de guerres, dans laquelle Dieu est absent.

— Il n'intervient pas, répondis-je, cela ne veut pas dire qu'Il n'existe pas. Et Il est présent même — et surtout — dans ta révolte, est-ce que tu comprends cela ?

Je la regardai. Ses yeux plongèrent dans mes yeux. Comme aveuglé, je retirai mes lunettes. *Et mon cœur en moi fut alors grandement changé.*

Je baissai les yeux, et contemplai l'ordinateur. Sans lunettes, c'était un halo lumineux au milieu duquel dansaient des signes noirs. Entre eux, des espaces blancs dessinaient la forme d'une lettre : ⊐. La deuxième lettre de l'alphabet, *Bet*, graphiquement, représente une maison, d'où le nom *Baït*, maison, demeure, foyer. C'est par le *Bet* que Dieu créa le monde, par le mot *Berechit*, au commencement. Si l'on inverse les termes, on obtient « Rechit Bet », c'est-à-dire : la maison d'abord. Avant il n'y avait rien, tout était néant, la terre était déserte et vide, et la ténèbre était à la surface de l'abîme. Après, il y avait tout.

Elle était si belle, en cet instant, que je ne pus retenir un geste vers elle, comme pour l'approcher.

Elle m'arrêta d'un regard.

— Mais que veux-tu de moi ? dit-elle.

Sa voix s'était durcie, comme lorsque je l'avais vue la veille.

— Tu me dis que tu as prononcé tes vœux, que tu as été oint, tu me dis que tu es le Messie et que Ton Dieu est entre nous, alors que nous est-il permis d'espérer ?

— Je veux t'aider.

— Tais-toi ! Tais-toi, s'il te plaît..., dit-elle en se levant. Tu ne veux pas m'aider. Ce que tu veux, c'est rencontrer Dieu.

— Et toi, dis-je, que veux-tu ?

— Moi, je t'ai aimé, je me suis brûlée, je me suis consolée, et maintenant je ne veux plus d'amour.

Tous les fondements de mon corps s'ébranlèrent, et mes os craquèrent ; et tous mes membres furent comme un bateau dans la fureur de la tempête.

TROISIÈME ROULEAU

Le Rouleau du Père

Alors je l'ai su, il y a de l'espérance
Pour celui que tu as tiré de la poussière
Par un mystère éternel.
Tu as purifié l'espoir pervers de ses fautes
Pour qu'il se tienne dans l'armée des Saints,
Pour qu'il entre dans la communauté des fils des
* cieux.*
Tu as doté l'homme de l'esprit du savoir
Afin qu'il loue ton Nom dans l'allégresse
Et qu'il raconte les prodiges de tes œuvres.
Mais moi, créature de glaise, qui suis-je ?
Pétri avec l'eau, qui suis-je ?
Quelle est ma force ?

Rouleaux de Qumran,
Hymnes.

Lorsque j'écris, c'est tout mon corps qui participe à l'action, et mon corps doit être en accord parfait avec mon esprit. Ainsi je peux me rappeler chaque mot, chaque bruit, chaque voix. Ainsi je peux attendre. Attendre, telle est mon activité, attendre exclusivement, attendre et prier, telle est ma destinée. Son appel est si fort que de Le vouloir je me meurs, et je serais sans doute mort aujourd'hui si un signe ne m'avait tiré de cette grotte où je m'étais réfugié, sans savoir que je suivais ma destinée, et que l'Histoire plus grande que moi m'avait appelé là, dans le désert de Judée, au cœur de la terre d'Israël, pour m'attribuer un rôle unique, mystérieux et sacré.

Avec Jane, nous rassemblions les éléments, essayant de progresser dans l'enquête. Nous savions maintenant que le professeur Ericson était à la recherche du trésor du Temple, à partir du Rouleau de Cuivre, trouvé dans les grottes de Qumran, et que, afin d'obtenir un second rouleau, il avait fait savoir aux Samaritains qu'un Messie était né en terre de Judée, et que la Fin des Temps approchait. En d'autres termes, il avait fallu, pour qu'Ericson soit au courant de l'avènement du Messie chez les esséniens, qu'il ait été en contact avec eux, mais de quelle façon ? Et quel était le rôle des francs-maçons dans sa recherche ? Et surtout : qui avait tué Ericson ? Les Samaritains, qui se seraient sentis trompés en voyant que la Fin des Temps n'était pas venue ? Un chercheur de l'équipe, intéressé par la fortune que représentait le trésor du Temple ? Ou Koskka, qui semblait si bien connaître les francs-maçons ? Quoi qu'il en soit, la clef de l'énigme se trouvait dans un parchemin, une écriture, un des manuscrits gravés deux mille ans plus tôt. C'était notre seule certitude.

Cette nuit-là, une crainte supplémentaire s'ajouta à mes doutes. Seul, dans ma chambre d'hôtel, en chantant le psaume du soir, je tapai du pied, et le rythme entra dans mon cœur, il était lent, juste une voix chantant un air sans paroles, un air doux et voluptueux ; mais la tristesse me gagnait. Cet air parlait de vérité et de soif non étanchée, cet air parlait du Dieu qui s'éloigne, du Dieu caché qui disparaît et s'enfuit après s'être laissé entrevoir. Oui, cet air était l'air de la tentation.

Je l'attendais, ô comme je l'attendais, mon oreille tressaillait au moindre bruit, mon corps frémissait de son attente. Car j'avais connu la joie la plus intense, oui j'avais connu le délice, et voici que venait le temps du désespoir le plus profond et le plus mystérieux, celui de l'attente déçue, de l'ardeur déjouée, de la folie tempérée. Et la voix se lamentait, la voix humiliée désespérait, et mes yeux pleuraient sans fin, car j'étais séparé, séparé et seul, mon cœur saignait de son délit, et moi l'orgueil, moi la fierté, moi l'incompréhension, j'étais la plaie qui se creusait, seule.

Transe. Danse, danse sur mon âme, et chante, et encore plus vite, de plus en plus vite, ne perds pas le rythme, mais ne garde pas le rythme, et soudain, virevolte, que la joie monte, ainsi est le bonheur, second par rapport à la joie qui est sa maîtresse, ainsi est le bonheur, ainsi soit-il, sur la félicité de mon cœur, de mon âme qui se retrouve elle-même, dans les accents graves, les accents tristes, les encens beaux des violons de mon âme, qui grince, pleure et souffle, mon âme si violemment triste, mon âme nostalgique comme un violon, scandée par le rythme des

mots, sur mon cœur dansant, s'envolant et se reposant, et lève, lève-toi, mon âme, sur le rythme infini,
danse de mes pieds, danse et lève, lève-toi, plus haut,
encore plus haut, plus vite, toujours plus vite, lève,
soulève, élève-toi vers la beauté qui t'emporte, fris-
sonne, du plus profond de toi, toutes les trilles vire-
voltent, petites vrilles légères, entre ciel et terre,
encore plus haut, plus loin, et prends, et reprends et
suspends la phrase qui se répète, se souvient, car
mon âme longue s'alanguit et se languit, et mon âme
rêve dans sa trêve, et mon âme cueille, et se recueille,
et mon âme rime, s'arrime, mon âme pose, se repose,
se dispose à recevoir sa paix, et mon âme habite et
quitte, et mon âme réjouie, et mon âme mobile, mon
âme gaie, futile, reprend, prend la pose, et prend le
rythme, réitère, mon âme emplie s'amplifie, et mon
âme, soumise, soupire et s'aiguise, et mon âme tranchante se lève et mon âme pugnace s'éveille, et lève,
soulève les voiles et se défait des chaînes, et mon âme
trouble et mon âme pure et mon âme gaie, et mon
âme triste, pose, se repose, et mon âme encore,
encore lève, lève-toi et rencontre, pose, et dispose,
car je te veux, infiniment, je te veux si fort, je veux
te voir et voir ton visage infini contre mon visage et
dans ton murmure, m'insuffler le souffle de la tristesse, du vague de mon âme, des vagues submer-
geant mon cœur, je te veux, je te vois, viens, viens à
moi, je t'appelle, je t'espère, toi que j'aime, je te rêve,
je te souhaite, je te prends, te surprends, te
méprends, te séduisant, aimant, aimant de l'amour
des amants, je t'aime, ô toi que j'aime, je t'aime
d'amour, je t'aime, du séjour des âmes dans le temps,
passante des présages, laisse tes ailes aplanir mon
âme, laisse mon cœur te rêver encore, et sache, ô
combien je t'approche, et sache ô combien je t'aime,
de la danse de mon corps emportant mon corps, car
mon corps, c'est mon âme.

Du fond de la mémoire, voici que surgit la belle
amie. Voici Jane sous le soleil aveuglant. Par un
effort de volonté, je remontai la pente du souvenir.

Quelques minutes avant, je me trouvais là, sur le lieu du crime, que j'étais en train de considérer... Je revis le cimetière profané, je revis l'autel et les traces de sang, au nombre de sept, et soudain, les yeux fermés, je me transportai en ce lieu quelques secondes *avant* la rencontre, et, prolongeant la méditation, l'approfondissant dans une tension plus grande encore, je vis l'ombre : l'ombre de Jane, car c'était elle que je cherchais, dans les arcanes de ma mémoire. Je voulais précisément l'instant entre la vision de l'autel et celle de l'ombre. Je savais, sans savoir pourquoi, que dans cet instant enfoui existait quelque chose de précieux, d'inouï, que l'importance de la rencontre, de sa rencontre, avait effacé. Alors, une nouvelle fois, je fermai les yeux, et soudain je vis.

Près des scellés, presque enterrée, une petite croix rouge, une croix gothique aux extrémités évasées, peinte sur une sorte de métal cuivré. Au moment exact où cette croix me parvenait à la conscience, avec l'idée de tendre la main et de la prendre, Jane fut derrière moi, et je voyais son ombre. Puis elle s'était placée devant moi, sur la croix, qu'elle avait piétinée. Intentionnellement ? Telle était la question. Celle que j'aimais se trouvait toujours dans les endroits dangereux.

Je sortis de la transe brusquement, au moment où une voix intérieure me suggérait : *dans les endroits dangereux, à masquer les preuves*.

Je m'éveillai dans un sentiment de terreur. Je ne savais plus où j'étais. Je croyais me réveiller dans ma petite grotte de Qumran, sur ma paillasse, comme je l'avais fait durant deux ans, et voilà que je ne reconnaissais plus rien. Il me fallut un long moment avant de reprendre mes esprits, et me souvenir des événements de la veille — et ceux de la nuit. Fallait-il que je parle à Jane, fallait-il que je lui demande des explications ?

Je lui avais suggéré de parler à mon père, et à présent, j'avais la conviction qu'il fallait le faire : non seulement parce qu'il était le spécialiste capable de nous éclairer sur le mystère du Rouleau de Cuivre, mais parce que j'avais besoin de le voir, de parler à quelqu'un en qui j'avais toute confiance. Mon père avait consacré sa vie au Texte, et il disait toujours que l'hérésie juive est l'ignorance, mais la connaissance n'est-elle pas dangereuse et n'était-ce pas le mettre en danger que de l'appeler ?

Je pris le téléphone et composai son numéro, en hésitant. La sonnerie retentit plusieurs fois, et lorsque j'entendis sa voix assurée, rassurante, tous mes doutes s'évanouirent, et je lui demandai de venir à l'hôtel.

Je joignis également Jane dans sa chambre.

— Jane.

— Oui ? répondit-elle d'une voix tendue.

— J'ai donné rendez-vous à mon père, dans une demi-heure, à l'hôtel.

— D'accord, dit Jane. Je vous rejoindrai. Si tu n'y vois pas d'inconvénient.

— Il peut nous éclairer, j'en suis certain. Mais... il ne faut pas qu'il coure de grand danger.

— Je comprends. Je sais ce que tu ressens. Moi aussi... Moi aussi, j'ai peur.

Lorsque je descendis dans les salons de l'hôtel, où se mêlait tout un monde de jeunes touristes de toutes nationalités, mon père était déjà là, qui m'attendait. Il se leva en me voyant et me sourit.

— Alors ? demanda-t-il. As-tu des nouvelles ?

— Oui, dis-je. Tout d'abord, Jane faisait partie de l'équipe d'archéologie du professeur Ericson.

Mon père parut surpris.

— Ainsi, une fois de plus, vos chemins se croisent.

— C'est une troublante coïncidence.

— Peut-être pas, Ary, dit mon père.

— Que veux-tu dire ?

— Je ne crois pas aux coïncidences. Je pense que

Jane n'était pas là par hasard, pas plus qu'il y a deux ans, lorsque nous l'avons croisée à Paris.

— Que ferait-elle alors ?

— Je l'ignore, dit mon père.

— La victime, le professeur Ericson... Il dirigeait l'équipe qui faisait des recherches...

— Sur le Rouleau de Cuivre, je sais.

— Que sais-tu de ce texte ?

— Tu veux savoir s'il offre réellement la description d'un trésor, ou s'il s'agit d'une liste symbolique ?

Mon père se cala dans son siège, et sembla réfléchir intensément. Son regard se perdit un instant, au loin, en direction des collines de Judée. A ce moment arriva Jane, vêtue d'un tailleur sombre. Ses yeux cernés, ses pupilles immobiles, la couleur assombrie de ses yeux noirs lui donnaient une apparence étrange, presque fantasmagorique.

— Bonjour, Jane, dit mon père, en se levant pour l'accueillir.

— Bonjour, David, dit-elle en lui tendant la main.

— Je suis désolé pour le professeur Ericson. Vous le connaissiez bien ?

— Bien sûr, dit Jane, il était plus qu'un chef, pour moi...

Jane eut un faible sourire.

— Mais peut-être étions-nous à nouveau en train de fouiller un endroit qui n'était pas le nôtre[1]...

— Ary m'a dit que vous vouliez en savoir plus sur le Rouleau de Cuivre ?

— Oui, dit Jane. Je crois que nous aurions dû venir vous trouver plus tôt, avant cette catastrophe, mais le professeur Ericson avait des idées bien arrêtées sur la question, il voulait informer le moins de monde possible.

Je regardai mon père qui la considérait avec un mélange de sollicitude et de curiosité. Jane, quant à elle, s'était assise, et avait calmement croisé ses jambes.

1. Voir *Qumran*.

— Eh bien, dit mon père, j'ai eu ce rouleau entre les mains, il y a des années de cela. Le caractère non littéraire, le catalogue brut des expositions, l'écriture, et le fait qu'il ait été trouvé dans les grottes de Qumran prouvent bien qu'il s'agit d'un document authentique. Le texte est mystérieux et très difficile à déchiffrer, car il est impossible de différencier certaines lettres, presque similaires. De plus, il contient beaucoup de fautes, et les directions indiquant les cachettes sont à la fois vagues et ambiguës. Quand on sait que ce rouleau a été écrit environ quarante ans après les autres, on est en droit d'être perplexe. Les traducteurs se sont beaucoup contredits, certains indiquaient un lieu, d'autres désignaient la direction opposée. Lorsqu'on est enfin parvenu à le déchiffrer, on s'est aperçu que l'on se trouvait en présence d'une liste fabuleuse : un trésor avait été dissimulé en 63 lieux, décrits avec précision, et tous situés autour de Jérusalem. L'ensemble ne représentait pas moins de quelques milliers de talents d'or et d'argent, 165 lingots d'or et 14 d'argent, deux marmites pleines d'argent, des vases en or et en argent, contenant des aromates, des vêtements sacrés, des objets de culte, soit une fortune considérable. Les chercheurs se demandèrent quelle valeur accorder à tout cela, et ils doutèrent que ce trésor soit réel.

— Mais toi, insistai-je, qu'en penses-tu ?

— Quoi qu'en disent toutes les versions officielles, ce n'est pas une légende.

— D'où vient ce trésor ? demandai-je.

Mon père nous regarda intensément, comme s'il se demandait s'il devait répondre à cette question. Au bout de quelques secondes, il murmura :

— C'est le trésor du Temple, Ary. Le trésor du Temple, constitué des objets sacrés provenant du Temple de Salomon, à la splendeur inégalée, à quoi il faut ajouter toutes les contributions et les dîmes que l'on apportait au Temple, lors des fêtes et des sacrifices. Tout a été converti en métaux précieux, puis rassemblé en un lieu central dans le Temple de Jérusalem.

— C'est ce qui explique la considérable quantité d'or et d'argent mentionnée dans le rouleau ! s'exclama Jane, dont les yeux s'étaient mis à briller.

— Et il est probable que le trésor, peu après le début de la guerre contre les Romains, ait été caché hors de la ville, juste avant que l'armée n'entre en Galilée, ajoutai-je.

— Comment pouvez-vous être sûr qu'il s'agit là du trésor du Temple ? demanda Jane.

— Pour plusieurs raisons, Jane. D'abord, le trésor est si considérable qu'il ne peut pas avoir été amassé par un seul homme, ni une seule famille. Ensuite, le trésor du Temple a mystérieusement disparu, à peu près à l'époque où a été gravé le Rouleau de Cuivre. De plus, on trouve dans le Rouleau de Cuivre de nombreux termes liés à la fonction sacerdotale, comme, par exemple, le lagin, qui était un type de récipient parfois utilisé pour contenir des céréales provenant de la part attribuée aux prêtres, ou encore l'Ephod, qui était un vêtement sacerdotal.

— Un vêtement de lin blanc ?

— Exactement.

— Le Grand Prêtre portait-il un turban sur la tête ?

— En effet, oui. Pourquoi cette question ?

Jane et moi échangeâmes un regard.

— Parce que le professeur Ericson était vêtu ainsi, lorsqu'on l'a retrouvé sur l'autel.

— Tout cela, ce sont des hypothèses, continua mon père. Mais je peux vous prouver que le trésor est réel.

— Vraiment ?

A cet instant, il prit une feuille et un stylo dans son sac, et les tendit à Jane.

— Tenez, écrivez quelque chose. N'importe quoi, mais faites une phrase entière.

Alors Jane écrivit : « La solution du mystère se trouve dans le Rouleau d'Argent. » Puis elle tendit la feuille à mon père qui la prit, et la lut en fronçant les sourcils.

— Voyez, seulement d'après cette phrase, on peut déceler de nombreux éléments de votre personnalité, de vos motivations, et aussi votre état psychologique. Votre écriture a un tracé ferme et nourri, montrant une personnalité décidée, active, un sens aigu des responsabilités, voire une certaine rigidité. La barre de vos « t » indique une volonté certaine, et votre accent sur le « e » une grande attention aux détails. Le tracé horizontal de vos hampes inférieures tels le « y » ou le « g » montre cependant une grande agressivité, et je dirais même une certaine violence. Vous êtes capable de saisir les situations et de réagir très vite. Actuellement, vous êtes dans un état de méfiance, comme l'indique la dernière lettre de votre phrase, plus grande que les autres. Vous êtes aussi extrêmement secrète, comme le montrent les boucles fermées de vos « o ». La terminaison haute de vos lettres montre que vous êtes tenace, et que vous avez une réelle volonté de puissance. La zone médiane non prédominante dans l'ensemble de l'écriture montre que vous tentez de contrôler vos émotions, et que vous n'avez pas de penchant pour l'exaltation...

— Mais où veux-tu en venir ? demandai-je.

— J'y viens, justement. C'est moi qui ai eu l'idée d'apporter une copie du Rouleau de Cuivre à un expert graphologue. Il a analysé l'écriture, et en a conclu que le rouleau avait été écrit par plusieurs personnes, car il y avait cinq styles différents. De plus, il a décelé, dans l'écriture, une grande tension nerveuse. En somme, nous avons appris que le rouleau n'était pas essénien, mais qu'il avait été écrit juste avant la destruction du Second Temple, et ceci, dans un état de panique.

— Dans ce cas, pourquoi le Rouleau de Cuivre se trouvait-il dans les grottes des esséniens ? dit Jane. Et pourquoi avoir ainsi dispersé le trésor ?

Mon père la considéra un moment, avec un regard amusé :

— Imaginez, Jane, que vous ayez un fabuleux trésor à cacher. Un, vous prenez soin d'éviter d'attirer l'attention sur vous. Deux, vous n'allez pas tout cacher au même endroit, donc vous le morcelez, afin de le transporter et de rendre sa découverte plus difficile.

Il y eut un silence. Mon père commanda un café au serveur qui s'était approché, un jeune homme brun, habillé de blanc.

Lorsqu'il s'éloigna, mon père le suivit d'un regard perplexe.

— C'est étrange, dit-il. J'ai l'impression que cet homme nous écoutait.

— Mais non, dis-je, il attendait juste que nous lui passions la commande.

— Je ne pense pas, dit simplement mon père.

— Que sais-tu sur la famille Aqqoç ? Car j'ai lu dans le Rouleau de Cuivre qu'une partie de ce trésor se trouve dans leur domaine...

— Aqqoç était le nom d'une famille de prêtres dont le lignage remonte au temps de David, une famille extrêmement influente à l'époque du retour des juifs exilés à Babylone, et qui conserva toute son importance durant la période hasmonéenne. La propriété familiale des Aqqoç se trouvait dans la vallée du Jourdain, non loin de Jéricho, donc au centre de la région où sont situées la plupart des cachettes décrites par le Rouleau de Cuivre.

— C'est l'endroit où vivent actuellement les Samaritains, dis-je.

— Après leur retour d'exil, les membres de la maison Aqqoç ne purent établir leur généalogie avec des preuves suffisantes, et de ce fait, ils ne furent plus qualifiés pour les fonctions sacerdotales. C'est pourquoi, dans ces circonstances, une autre responsabilité leur fut confiée, toujours dans l'organisation du Temple, mais ne requérant pas le plus haut degré de pureté généalogique nécessaire à la prêtrise. A l'époque de la reconstruction des murs de Jérusalem dirigée par Néhémie, il est dit que le chef de la famille Aqqoç était Mérémoth, fils d'Uriyya, fils d'Aqqoç. C'est à cet homme que fut confié le trésor du Temple.

— En somme, on peut dire que les Aqqoç étaient les trésoriers du Temple.

— Il reste à savoir s'il y a un lien autre que géographique entre les Samaritains et les Aqqoç, dit Jane.

— Savais-tu que les Samaritains pratiquaient encore des sacrifices animaux ?

— Oui, répondit mon père en fronçant le sourcil. Mais pas dans n'importe quelle circonstance. As-tu assisté récemment à un sacrifice ?

— Lorsque nous sommes allés les voir, ils étaient en train de sacrifier un bélier, et un taureau attendait.

— Un bélier et un taureau ?

Mon père se cala au fond de son siège, pour mieux réfléchir.

— Oui, pourquoi ?

— C'était au temps du Temple, commença mon père. Le Grand Prêtre se préparait pendant dix jours à l'œuvre solennelle de l'expiation. Le jour venu, il se plongeait dans une onde pure, puis il se couvrait de vêtements de lin éclatants de blancheur, avant de s'approcher du lieu saint. Il n'entrait au Saint des Saints qu'une fois dans l'année, à l'heure du Kippour, le jour du Jugement. Dix jours auparavant, c'était le jour de Roch Ha-chanah, le Premier de l'An.

La cérémonie commençait par le sacrifice d'un bélier et d'un taureau désignés pour l'Eternel, sur lesquels le Grand Prêtre traçait sept traces de sang. Puis il s'avançait vers le bouc émissaire, destiné à Azazel, et il prononçait auprès de lui la confession des péchés commis par le Peuple. Il imposait ses deux mains sur le bouc et disait : « O Seigneur, ton peuple, la Maison d'Israël, a péché, tes enfants ont été coupables devant toi. De grâce, pour l'amour de ton nom, accepte l'expiation des péchés, des fautes, des iniquités dont ton peuple, les enfants d'Israël, s'est rendu coupable devant toi, car il est écrit dans la loi de ton serviteur Moïse : "En ce jour aura lieu l'expiation qui doit vous purifier de tous vos péchés devant l'Eternel". » En cet instant, le Grand Prêtre prononçait le nom ineffable du Seigneur. Les prêtres et le peuple qui étaient debout dans le parvis du sanctuaire, en entendant de la bouche du pontife le nom majestueux dans toute sa sainteté, dans toute sa pureté, s'agenouillaient et se prosternaient profondément la face contre terre. Et le Grand Prêtre, après leur avoir laissé achever cette bénédiction, concluait en disant : *Vous êtes purs*. On dit que lorsqu'il entrait dans le Saint des Saints, devant le Propitiatoire qui couvre l'Arche, il pouvait mourir, car Dieu se manifestait en cet endroit.

— En effet, dis-je. Mais il n'y a là-bas ni Grand Prêtre ni Saint des Saints, ajoutai-je, après un silence.

— Et pourtant, tout semble s'être déroulé comme dans les temps où le Temple existait.

Autour de nous, le brouhaha s'amplifiait, un groupe venait de faire son entrée dans l'hôtel.

— Je crois, finit par dire mon père, que ce meurtre est un signe, comme une lettre ou un parchemin qu'il faut déchiffrer patiemment afin d'en saisir le sens.

Le serveur revint, et posa la tasse de café devant moi.

— Non, dis-je, en lui désignant mon père. C'était pour lui.

— Ah pardon, fit le jeune homme.

Il se pencha sur moi et, d'un mouvement circulaire, il emporta la tasse de l'autre côté de la table.

— Selon vous, l'auteur du manuscrit est-il essénien ? demanda Jane.

— La calligraphie du scribe ne rappelle que de très loin l'art d'écrire de Qumran, répondit mon père, après que le serveur fut parti. C'est une main hésitante et inexpérimentée qui a écrit ces rouleaux. De plus, il y a un mélange curieux de différents types d'alphabets, de formes calligraphiques et cursives, ainsi que de divers corps de lettres. On note aussi peu de souci pour la disposition ordonnée du texte. L'examen de l'orthographe de ce document conduit aux mêmes rapprochements. L'auteur du catalogue ne connaissait ni l'écriture néoclassique des manuscrits de Qumran, ni l'araméen, ni le mischnique littéraire qu'utilisaient les écrivains esséniens. C'est l'hébreu parlé dans sa région.

— Quelle est la date de la composition ?

— Entre les deux Révoltes, c'est-à-dire vers l'an 100, en chiffres ronds.

A nouveau, il y eut un silence.

Mon père se leva au milieu de la rumeur générale, et s'approcha de moi.

— Le Rouleau de Cuivre, dit-il en passant la main sur le col de ma chemise, n'est pas un texte essénien.

— Mais alors, d'où vient-il ? demanda Jane.

Mon père eut une lueur amusée dans le regard, comme s'il avait une idée.

— Connaissez-vous Massada, Jane ?

— Oui, j'y suis allée...

— Demain, je viendrai vous chercher, dit-il. Je vous y emmènerai.

Il se pencha vers moi, et me tendit un minuscule objet de forme ronde :

— Tiens, murmura-t-il. C'était sur le col de ta chemise.

Je considérai l'objet avec perplexité.

— Qu'est-ce que c'est ?

— Un micro, Ary. Placé par le serveur, qui a d'ailleurs disparu.

Il le plaça devant ses lèvres et émit un sifflement strident.

— Voilà, quelqu'un, quelque part, doit avoir les tympans percés.

Puis il le jeta par terre et l'écrabouilla comme un mégot de cigarette.

Ce fut ainsi que mon père, comme deux ans auparavant, se lança sans hésiter dans cette aventure.
Cette histoire était la sienne, puisqu'il avait vécu
toute sa jeunesse dans les grottes de Qumran, et
même s'il ne m'en avait jamais parlé, et qu'il avait
gardé ce secret enfoui au fond de son cœur jusqu'à
ce que nous y allions ensemble, je savais que c'était
là son origine, sa famille, sa patrie. Deux ans auparavant, nous nous étions lancés à la poursuite d'un
rouleau perdu qui contenait des révélations sur
Jésus, et qui avaient passionné le paléographe qu'il
était. J'avais vu la même lueur s'allumer au fond de
son œil, cette fois encore, lorsque je lui avais parlé
du Rouleau de Cuivre. Mais pourquoi voulait-il nous
emmener à Massada ? Etait-ce parce qu'il pensait
que les esséniens, qu'on croyait pacifistes, avaient
participé aux activités révolutionnaires des zélotes ?
Je savais que les fouilles à Qumran avaient permis
de retrouver des forges qui servaient à fabriquer des
armes, ainsi que des flèches non romaines, et même
des fortifications. Cela signifiait-il que Qumran
n'était pas un monastère, mais une forteresse ? Etait-
il possible que les Romains aient fait sortir ces
prêtres, ces moines de leurs grottes mystérieuses, si
bien qu'ils avaient été, de gré ou de force, partie pre-
nante de la Révolte juive ? Il y avait bien un rouleau
sur la guerre, à Qumran, qui prouvait que les esséniens s'étaient préparés à combattre, non pas seulement spirituellement, mais physiquement. Il y avait
aussi, parmi les rouleaux de la mer Morte, un
manuscrit appelé le *Rouleau du Temple*, qui révélait
que les esséniens avaient un rêve, fou et visionnaire :
reconstruire le Temple, car ils détestaient le Temple
d'Hérode, opulent et fastueux, grec et romain, sad-
ducéen. Enfin, quel était le lien avec le Rouleau de
Cuivre et le meurtre d'Ericson ?

Nous devions d'abord retrouver Ruth Rothberg, la

fille du professeur Ericson, à l'endroit où elle travaillait : elle était conservatrice du Musée d'Israël.

— Nous y allons ensemble ? dit Jane avant de partir. Ou peut-être serait-ce mieux que tu y ailles seul ? Elle te parlerait plus volontiers qu'à moi.

— Non, dis-je. Elle ne me connaît pas. Allons-y ensemble, mais d'abord je dois te poser une question, ajoutai-je brusquement en la regardant au fond des yeux. Est-ce que tu connaîtrais la provenance d'une croix rouge gothique ?

— Ça dépend, répondit-elle sans se troubler. Cela peut être une croix de chevalier, au Moyen Age... Qu'y a-t-il, ajouta-t-elle, pourquoi me regardes-tu ainsi ? On dirait que tu m'en veux... ou que tu me soupçonnes de quelque chose.

— J'ai peut-être mes raisons.

— Ecoute, dit Jane, d'un ton ferme. Dans cette affaire, nous formons une équipe, toi et moi. S'il n'y a pas de confiance entre nous, alors il est clair que nous ne pourrons pas avancer.

— D'accord, dis-je.

— Je t'écoute.

— Quand nous nous sommes vus sur le lieu du crime, l'autre jour, il y avait une petite croix rouge, au pied de l'autel, à moitié enfouie dans le sable. Cette petite croix, tu as marché dessus, et je pense que c'était intentionnel.

Jane me considéra d'un air décontenancé.

— Eh bien, c'est vrai. Je l'ai vue, et je ne savais pas si tu l'avais vue ou non, mais je voulais en effet la prendre, ce que j'ai fait, à ton insu.

— Pourquoi ?

— Ary, je préférerais ne pas t'en parler maintenant. Il faut me faire confiance.

— Ah bon ? Et je croyais qu'on formait une équipe, tous les deux, qu'on devait tout se dire.

— Ary, je te jure que je te le dirai plus tard ; tu le sauras, je te le promets, mais je ne peux rien dire à présent.

— Très bien. Alors nous allons redéfinir toutes les règles de cette collaboration.

A ces mots, Jane se troubla. Son regard se brouilla, lorsqu'elle dit :

— C'est parce que... cette croix, il l'avait toujours sur lui. Elle appartenait à sa famille depuis des générations. Et moi, je voulais la garder avec moi... En souvenir.

— Et s'il s'agissait de quelque chose d'important pour l'enquête ?

A ces mots, elle leva les sourcils au ciel, comme si elle n'avait que faire de ce que je lui disais. Son explication ne tenait pas, elle ne voulait pas me répondre. *Oh Dieu !* Comme je la haïssais parfois, et combien j'étais malheureux, ainsi submergé par des sentiments mauvais, et de vils penchants.

Nous prîmes un taxi qui nous mena à notre lieu de rendez-vous, le Musée d'Israël, situé dans la ville nouvelle, au sud du quartier bourgeois de Rehavia. A l'entrée du Musée, il y avait un bâtiment blanc en forme de jarre aux dimensions gigantesques : c'était le Mausolée du Livre, qui abritait les rouleaux de la mer Morte. Là, autour d'un grand tambour, se trouvait exposé le Rouleau d'Isaïe, la plus ancienne prophétie de l'Apocalypse, qui date de 2 500 ans. La jarre blanche, de forme cylindrique, avait été conçue par l'architecte Armand Bartos, de telle sorte que le tambour pût automatiquement descendre au niveau inférieur ; où il serait recouvert par des plaques d'acier, dans l'éventualité d'une attaque nucléaire, afin de protéger ce texte où était annoncée la terrible Apocalypse à venir, dans la vision terrifiante d'une guerre future. Ainsi donc, si tout devait périr, le texte, lui, resterait à jamais.

— Armaggedon, murmurai-je. La fin du monde.

— Qu'est-ce que Armaggedon ? dit Jane.

— Le mot « Armaggedon » vient originellement du dernier Livre de l'Ancien Testament : les esprits des morts, accomplissant des prodiges, iront chercher les rois de la terre et du monde entier pour les mener à la bataille lors de ce grand jour du Tout-Puissant. Il est dit qu'ils se rassembleront dans un lieu que l'on appelle en hébreu Armaggedon.

— Sait-on où se trouve ce lieu ?

— Armaggedon est le nom grec d'une ancienne cité d'Israël, Megiddo.

— Qui existe encore ?

— C'est à Megiddo que se trouve l'une des plus importantes bases aériennes d'Israël, Ramat David.

— Au nord, dit Jane, tout près de la Syrie. Alors Megiddo serait...

— Elle serait en première ligne de n'importe quelle guerre réelle dans le Moyen-Orient moderne.

— Armaggedon pourrait donc commencer quand les Syriens viendraient faire la guerre en terre d'Israël ?

— En effet, oui.

Jane sembla réfléchir pendant un instant.

— Je connais bien la Syrie, dit-elle. J'y ai fait des fouilles.

Elle n'en dit pas plus. Pourtant, en cet instant, je sentis qu'elle avait envie de me parler, mais pour des raisons que j'ignorais, elle ne se décidait pas.

Devant nous, marmoréenne, s'étendait la cité pour laquelle on avait combattu le plus dans le monde, depuis les temps où le roi David la conquit, Jérusalem, qui fut incendiée par les Babyloniens, détruite par les Romains, assiégée par les croisés. Jérusalem, aux trois mille ans de conflits sanglants, allait-elle être la ville où commencerait la fin, ou bien, suivant le projet de son nom, la cité du Salut ?

M'arrachant à mes réflexions, Jane m'entraîna à l'intérieur du grand bâtiment moderne qui jouxtait le Mausolée du Livre : le Musée d'Israël, où se trouvaient exposés les différents textes et arts de toutes les époques concernant Israël. Nous suivîmes un dédale de couloirs vers un ascenseur qui nous mena à l'étage des bureaux administratifs. Là, sur une porte entrouverte, figurait une petite plaque au nom de Ruth Rothberg.

Je frappai. Une voix féminine nous répondit :
— Entrez !
— Bonjour, dit Ruth, alors que nous entrions dans son bureau, une pièce exiguë et sobre, égayée de quelques dessins d'enfants.

Un homme était debout, près du bureau, tenant deux petits garçons par la main.

Les deux femmes se saluèrent.
— Ruth, je vous présente un ami, Ary Cohen, qui est scribe.
— Bonjour, Ary, dit Ruth, voici mon mari Aaron, et mes fils. Asseyez-vous, je vous en prie.

Ruth Rothberg était une femme assez maigre, aux yeux bleus et aux cheveux dissimulés par un foulard pourpre, comme le font les femmes ultra-orthodoxes qui n'ont pas le droit de montrer leurs cheveux à d'autres hommes que leur mari. Son visage très pâle, ses yeux aux longs cils, son nez un peu épaté lui donnaient l'air d'une petite poupée russe. Elle devait avoir à peine vingt ans, et semblait bien plus jeune que son mari, qui en avait facilement dix de plus. C'était un homme à l'allure sérieuse, à la longue barbe prématurément grise qu'ont parfois les étudiants assidus des yeshivas, et aux cheveux coupés court et cachés par une calotte de velours noir, d'où descendaient deux papillotes qui formaient sur ses tempes des trilles parfaites. D'épaisses lunettes en écaille cachaient deux grands yeux bleus à l'air particulièrement vif. Près d'eux se trouvaient deux petits garçons aux papillotes virevoltantes et aux yeux rêveurs. Je scrutai le visage d'Aaron Rothberg et de son épouse, me livrant à l'interprétation des traits de leurs visages. Le front d'Aaron Rothberg était barré à la verticale par une lettre qui symbolise l'union, la création, l'origine de la vie, ו. *Vav*, par sa faculté de liaison dans les phrases, relie les choses entre elles, en les unifiant, tels l'air ou la lumière. Mais la fonction la plus remarquable du *Vav* est sa capacité à changer les temps : à convertir le passé en futur, ou le futur en passé. C'est pourquoi le *Vav* a une place

essentielle dans le Nom de Dieu, le Tétragramme
imprononçable.

Sur le front de Ruth Rothberg, à un endroit iden-
tique à celui de son mari, se trouvait un ‫ד‬. *Daleth*,
dont la forme représente la porte d'une maison,
d'une ville ou d'un sanctuaire. *Daleth*, dont la valeur
numérique est le quatre, est la lettre du monde physique avec ses quatre points cardinaux et, plus généralement, du monde de la forme.

— Voici la raison de notre visite, dit Jane, d'un ton
hésitant. Nous enquêtons sur la mort de votre père,
et nous pensions que vous aviez peut-être des éléments à nous communiquer.

— Oh, murmura Ruth. Je crois que je n'arrive pas
encore à le comprendre. Cela me paraît irréel.

— C'est pour cette raison que nous sommes ici.
Pour comprendre.

— C'est gentil, Jane, dit Ruth, mais la police
enquête et elle fait son travail... N'est-ce pas, Aaron ?

— Oui, ils sont venus nous voir hier, ils nous ont
posé beaucoup de questions au sujet du professeur
Ericson. Nous leur avons répondu, du mieux que
nous le pouvions. A présent, nous ne pouvons rien
faire d'autre qu'attendre.

Jane les considéra, désarçonnée.

— Je suis sûr également, intervins-je, que la police
fait son travail, mais comme le dit le Rabbi Moïse
Sofer de Przeworsk, « grande est l'étude qui conduit
à l'action ». Autrement dit, il est des moments où il
nous est demandé d'agir sur le monde et non pas
seulement d'attendre, et il me semble que nous
sommes à l'un de ces moments.

— Vous êtes hassid ? demanda Ruth, en me considérant avec surprise, car je n'étais pas vêtu comme
un Hassid, mais comme un essénien, avec ma chemise de lin blanche sur mon pantalon de la même
matière, et la grande kippa de laine blanche qui couvrait ma tête n'était pas la calotte de velours noir des
Hassidim.

— En effet, dis-je. J'ai étudié à Méa Shéarim. J'y

ai vécu, aussi. C'est là que j'ai appris mon métier de scribe.

Aaron était absorbé dans ses pensées. Ses yeux immobiles brillaient intensément, il était clair qu'il nous observait de son regard malicieux.

— Je pense, dit-il, en s'asseyant sur l'un des sièges qui étaient devant le bureau, et en prenant sur ses genoux l'un des petits garçons, je pense que Peter Ericson a été tué parce qu'il était impliqué dans la recherche du trésor du Temple...

— Oui, dis-je. Mais pourquoi ?

— Cela, nous l'ignorons. Mais je peux vous dire que j'ai étudié la Bible avec Peter, pendant de longs moments. Je pense... Nous pensons qu'il y a une bible sous la Bible, c'est-à-dire que l'on peut la lire comme un programme, un programme d'ordinateur.

— Aaron, expliqua Ruth, est spécialiste de la théorie des groupes, le domaine des mathématiques sur lequel repose la physique quantique. Mais il travaille également sur la Bible. Selon lui, la Bible est construite comme une gigantesque grille de mots croisés. Elle comporterait, du début à la fin, des mots codés qui nous racontent une histoire cachée.

— Vous avez visité le Musée, dit Aaron. Vous avez vu le manuscrit original de la théorie de la relativité d'Einstein ?

— Oui, dit Jane. C'est assez troublant, il est ici, dans le même endroit que les manuscrits de Qumran.

— Je suis sûr, dit Aaron, de la voix mélodieuse des étudiants de yeshivas, que la distinction entre le passé, le présent et le futur n'est qu'une illusion, aussi tenace soit-elle. Mes recherches m'ont conduit à mettre en évidence que la Bible révèle des événements survenus des milliers d'années après qu'elle fut écrite.

— Que voulez-vous dire ?

— La vision de notre avenir est dissimulée dans un code que personne ne pouvait percer... jusqu'à ce que l'ordinateur soit inventé. Je crois que, grâce à l'informatique, nous pouvons ouvrir ce livre scellé et le lire enfin comme il se doit, c'est-à-dire comme une prophétie.

— Mon mari pense que si le code de la Bible est vrai, il existe au minimum une possibilité de guerre... dans un avenir très proche. C'est pourquoi...

Elle s'arrêta, comme si elle avait peur d'en avoir trop dit.

— C'est pourquoi vous vous préparez ? dis-je.

Aaron alluma l'ordinateur portable qui se trouvait sur le bureau. Il chercha un fichier, puis me tendit l'engin. Je lus : « *Toute la ville fut instantanément anéantie. Le centre aplati ; les incendies déclenchés par le souffle chaud commencèrent à former une tempête de feu.* »

— Qu'est-ce ? demandai-je avec perplexité, car si ce texte me semblait familier, je ne savais pas d'où il pouvait provenir. Dans quel rouleau cela se trouve-t-il ? Je veux dire : à quel endroit de la Bible ? Quelle prophétie ?

— Ce n'est pas une prophétie, dit Aaron. C'est la description du bombardement nucléaire d'Hiroshima. Surprenant, n'est-ce pas ?

Jane me lança un regard interrogateur. Je hochai la tête, surpris.

— La destruction du monde par un gigantesque tremblement de terre est une menace constante, exprimée dans la Bible en termes clairs, reprit Aaron. Et l'on peut même en connaître l'année : 5761.

— Mais alors, répondis-je, si tout est prédit, que nous est-il permis de faire, et que pouvons-nous espérer ?

— Tout ce que nous pouvons faire, dit Aaron, c'est, comme vous le dites, nous préparer.

— Nous préparer à quoi ?

— Vous connaissez le Mont du Temple, murmura Aaron. On l'appelle aussi « l'Esplanade des Mosquées ». Là se trouve le Dôme du Rocher, qui n'est pas une mosquée mais un lieu de commémoration. C'est là, dit-on, que Dieu demanda à Abraham de sacrifier son fils Isaac. C'est autour de ce rocher sacrificiel que Salomon a construit son Temple, tout comme le Second Temple.

— Autrement dit, c'est sous ce rocher que se trouverait le Saint des Saints ?

— Exactement. Vous savez que l'année dernière un rabbin a décidé de faire ouvrir la porte de Kiphonus, afin d'explorer le tunnel qui se trouve sous l'Esplanade du Temple. Un soir, je me suis rendu dans le tunnel afin de voir l'avancée des travaux. Il y avait trois hommes... ils m'ont tabassé. Ce qui était étrange, c'est que les agresseurs n'ont pas pu passer par l'entrée que j'avais prise, qui ouvrait sur un passage secret, puisqu'ils venaient du côté opposé : c'est-à-dire de l'Esplanade des Mosquées. Dès le lendemain, le Waqf, l'autorité musulmane qui surveille les lieux saints, a fait venir des camions qui ont rempli le tunnel de béton et ils ont muré la porte. Je pense que si l'on avait pu continuer à creuser derrière la porte de Kiphonus, on aurait pu découvrir le Saint des Saints.

— Vous croyez ? dis-je. Réellement ? Le Saint des Saints ne se trouverait donc pas sous la Mosquée Al-Aqsa ?

— Je crois que le Temple était beaucoup plus au nord. J'ai tous les arguments archéologiques pour cela. Je peux vous remettre le dossier complet, si vous le souhaitez.

— Quels sont vos arguments ?

— Tout repose sur l'observation précise de l'Esplanade, où il y a un petit édifice, le Dôme des Esprits ou Dôme des Tables. On l'appelle Dôme des Tables, car il est consacré au souvenir des Tables de la Loi. La tradition juive indique que ces Tables, ainsi que le bâton d'Aaron et la coupe contenant la manne du désert, étaient conservés dans l'Arche d'Alliance qui se trouvait dans le Saint des Saints. D'autres textes indiquent que les Tables étaient placées sur une pierre, la Pierre de Fondation, située au centre du Saint des Saints. Tout cela incite à penser que le

Saint des Saints ne se situait pas sous la Mosquée Al-Aqsa, comme on l'a cru, mais bien sous l'Esplanade.

— Vraiment ?

— La surface de l'Esplanade était beaucoup plus grande que l'espace actuel. Les fouilles au sud de l'Esplanade ont permis de découvrir des escaliers et des remparts qui desservaient des parvis allant jusqu'au mur Occidental.

— Qu'en pensait votre père ? demandai-je à Ruth. Est-ce pour cette raison qu'il recherchait le trésor du Temple ? Pour éviter la Troisième Guerre mondiale, ou bien... Pour construire son arche de sainteté, comme Noé lors du déluge ?

— Ne vous moquez pas, s'il vous plaît, dit Ruth. Ignorez-vous que la situation actuelle est explosive à Jérusalem ? Nous, nous œuvrons au développement de notre ville, en dépit des attentats et des menaces constantes. D'ailleurs, le Premier ministre, qui a accepté de faire beaucoup de concessions pour la paix, a refusé de céder sur les lieux saints en expliquant que, lorsque Jésus s'est rendu à Jérusalem, il y a deux mille ans, il n'y a vu ni église ni mosquée, mais seulement le Second Temple des juifs.

— Avez-vous connaissance de l'existence d'un Rouleau d'Argent, qu'avait en sa possession le professeur Ericson ?

— Tiens, dit Ruth, c'est étrange. C'est la deuxième fois que l'on me pose cette question aujourd'hui. En effet, je l'ai rapporté avec ses affaires.

— Où se trouve-t-il à présent ?

— A Paris, je pense. C'est un collègue de mon père qui est venu le chercher ce matin. Il disait qu'il avait un grand intérêt d'un point de vue archéologique.

— Vous connaissez son nom ?

— Koskka. Josef Koskka.

— Qu'en penses-tu ? demanda Jane, alors que nous descendions les marches du Musée d'Israël.

— Eux aussi, dis-je, ils cherchent à construire le Temple pour rencontrer Dieu. Je pense qu'ils étaient liés au professeur Ericson, qu'ils formaient une sorte d'équipe : Ericson avait entrepris de retrouver le trésor du Temple, et eux avaient pour charge de calculer exactement l'emplacement du Temple. Il manque à présent la troisième pièce du puzzle...

— Les bâtisseurs.

— Exactement.

— C'est-à-dire ceux qui apportent les pierres pour la reconstruction du Temple ? Les architectes, les constructeurs ? Les... maçons ?

— En effet, dis-je. Ou les *francs-maçons*...

— Cela expliquerait, dit Jane, pourquoi Ericson se trouvait à Khirbet Qumran... Il savait l'emplacement, grâce aux recherches de son beau-fils, il lui restait à trouver le trésor.

Perdus dans nos pensées, nous ne vîmes pas que Aaron et Ruth étaient en train de sortir du Musée avec leurs enfants, jusqu'au moment où ils passèrent devant nous, sans nous voir. C'est alors qu'une voiture arriva en trombe vers nous. Je fis un bond de côté, mais la voiture pilait face à la famille Rothberg, pendant que retentissait un bruit effroyable, un bruit de mitraillette. La voiture s'éloigna aussi vite qu'elle était arrivée, laissant derrière elle un bain de sang. Pétrifiés, nous ne pûmes réagir. Tout s'était déroulé trop vite.

O Dieu ! Une sueur froide tomba de mon front, glissant sur mes yeux, brouillant ma vision. Qui pouvait être assez fou pour avoir commis cette atrocité, et pourquoi ? Comment même le penser, et comment le comprendre ? Devant un tel acte, il n'y avait que la stupeur, la douleur, la lamentation. Oui, je me lamentais. Le temps était venu. Soyons forts, me dis-je, soyons robustes, montrons-nous des hommes valeureux, et n'ayons pas peur. *O mon cœur ne sois pas faible.* Et surtout, ne jamais regarder en arrière, *car ils sont une communauté de méchants, et toutes leurs actions sortent des ténèbres*. Nous étions suivis, suivis et espionnés, cela ne faisait plus de doute. Et moi, j'étais battu, abattu par cette force trop grande pour moi, incommensurable, omnisciente et omniprésente : la force des ténèbres. D'où venaient-ils ? Qui étaient-ils ? Etaient-ils les méchants, les fils des ténèbres, dont il est dit : *le miroitement de leur épée est comme le feu qui ravage les arbres, et le son de leur voix rappelle la tempête sur la mer* ? Il est dit aussi qu'ils souffriront de la torture et de la damnation, car Dieu finira par mettre fin à toute méchanceté, par les moyens de la vérité, Il purifiera les hommes de leurs chemins pervers, en aspergeant ceux qui sont impurs, si bien que les justes auront à apprendre la connaissance des plus hauts, et ceux qui sont parfaits seront instruits dans la sagesse des fils de l'Eternel.

Soudain, une voix vint de l'intérieur de moi et me dit : « Réveille-toi, lève-toi, résous ce mystère et frappe le méchant, sinon il tournera sa main contre les petits et il adviendra dans tout le pays que deux tiers en seront retranchés et un tiers y sera laissé. Et ils seront comme une torche de feu dans les gerbes, et ils dévoreront à droite et à gauche tous les peuples alentour ! Ne vois-tu pas comme la colère prend les hommes tel un brasier, les enivre et les dresse les uns contre les autres, irrémédiablement ? Vous êtes dans les grottes, mais vous devez vous renseigner sur ce qui se passe au-dehors, et attendre le moment propice. Le temps est arrivé, Ary, le moment est venu pour toi de sortir des grottes. Si tu es le Messie, si tu as été consacré, il te faut combattre. »

Dans le taxi qui nous ramenait à l'hôtel, depuis le poste de police, plusieurs heures plus tard, Jane avait l'air terrifié. Ses lèvres se pincèrent lorsqu'elle dit, comme pour répondre à mes doutes :

— Je crois que ce n'est pas à toi qu'on en voulait, l'autre jour, dans la vieille ville.

— A qui alors ?

— Je pense qu'ils voulaient t'enlever, Ary, pas te tuer. Sinon, ils l'auraient fait. Tu vois, ils sont prêts à tout. Leur méthode est l'attentat, public et retentissant. Rien ne les arrête.

— Mais pourquoi chercherait-on à m'enlever ?

— Je l'ignore.

— Et si c'était toi, Jane, que l'on cherche à enlever ?

— Mais pour quelle raison ?

— Peut-être pensent-ils que c'est toi à présent qui possèdes le Rouleau d'Argent. C'est toi qui devrais t'écarter de cette affaire. Après tout, ni toi ni moi ne sommes détectives.

— Si tu veux arrêter, libre à toi de renoncer, dit Jane. Moi, il n'en est pas question.

Je me mordis les lèvres.

— Peux-tu me dire une chose ? demandai-je. Comment le professeur avait-il pris la conversion de sa fille ?

— Je pense, si tu veux savoir, que le fruit n'est pas tombé très loin de l'arbre. Le professeur Ericson est venu en Israël parce qu'il s'était pris de passion pour le judaïsme. Il m'a souvent dit que, lorsqu'il a compris que bien des interprétations des Evangiles étaient antijuives, il a entrepris des études juives, et il s'est mis à apprendre l'hébreu et l'araméen. Puis il a étudié le judaïsme dans les écoles juives.

Lorsque je surpris son regard lointain, elle m'assura qu'elle allait bien et, au lieu de rentrer, elle tint à m'entraîner dans la vieille ville de Jérusalem, mais pas dans le quartier que je connaissais, où j'allais, lorsque j'étais étudiant, prier, étudier et danser dans les yeshivas. Elle me mena d'un pas pressé dans un dédale de rues de la ville arabe, qu'elle semblait connaître à la perfection.

Nous arrivâmes à une intersection d'où partaient trois rues, qui dessinaient la lettre ש, *Chin*.

— Là, dit Jane, tu dois enlever ta kippa. Autrement, cela pourrait être dangereux pour toi.

D'un geste de la main, elle m'enleva la kippa brodée que je portais. Ce contact éphémère me troubla, au point que je le ressentis dans tout mon corps, parcouru par un léger frisson, comme si soudain j'étais nu.

Alors je compris que je désirais cette main sur mon front, sur mes joues et sur mon corps. Et que je désirais cette femme qui avançait devant moi, dont les formes étaient belles et attirantes, dont les cheveux, telle une cascade, appelaient la main et la bouche, et ses épaules et son cou étaient un refuge pour le visage, et sa taille si fine, et ses jambes élancées étaient un gouffre pour l'homme qui s'y perd, et soudain, je la voyais telle une biche, avancer en sa nudité, et le désir me brûlait le front, les joues et le corps.

Chin : vient de *chen*, dent, symbole de force vitale. Esprit d'énergie, action héroïque. Crépitement du feu, éléments actifs de l'univers, et mouvement de tout ce qui existe. La maîtrise du *Chin* permet d'utiliser et de diriger les forces de l'univers. Mais *Chin* évoque aussi les dents des méchants. Ses trois barres sont les trois forces du mal : *jalousie, concupiscence, orgueil.*

Le Rouleau du trésor

Avec ses fidèles, Il contracta à jamais une alliance
  avec Israël,
Lui dévoilant les mystères
Qui ont étonné tout le peuple :
Les shabbaths sacrés, les fêtes de gloire
Les manifestes, les chemins de vérité.
Par les vœux de Sa volonté
Ils creusèrent les puits aux eaux intarissables.
Quiconque les combattra ne vivra pas.

                    Rouleaux de Qumran,
                       Ecrit de Damas.

Seul, face au texte, je suis seul, sans ami. L'absence et l'exil dans ma grotte creusent mon âme, et je m'absorbe dans la tâche qui est la mienne. Scribe en folie, je m'envole dans le monde des lettres, dont je suis le démiurge et le maître, et j'ai vu la plus belle et la plus vraie des vies secrètes. La concentration, c'est l'ouverture vers la simplicité et l'évidence, c'est ma façon de communier, au plus profond du souvenir. Pour y parvenir, je fais le vide, comme si tout, autour de moi, disparaissait d'un coup et que je me retrouvais seul au monde. Alors, je n'entends plus ni le moindre bruit, ni la moindre voix, ni le moindre souffle qui perturberait cette vie propre et mystérieuse qu'est la vie de l'Esprit, et ma concentration est si forte, que chaque jour passé en écriture me rapproche du Créateur. Mais comme le désert est immense ! Long comme l'exode d'Israël en route vers la Terre promise. Et comme la vie dans le désert est nue ! Depuis le moment de l'éveil, jusqu'à celui du repos, ainsi se déroule ma vie tout entière vouée à l'étude de la Loi, dans l'attente du Jour à naître.

Dans cette enquête que nous menions, il fallait aller vite, griller les étapes, mais c'était irrémédiable, ce qui était fait l'était à jamais et ne pourrait être dénoué. Il fallait néanmoins continuer, sans avoir peur du danger qui sensiblement se rapprochait de nous à mesure que nous progressions. Car nous n'étions pas seuls : nous étions traqués par les assassins.

Nous savions que le professeur Ericson cherchait à reconstruire le Temple, avec l'aide des Rothberg, et que son expédition archéologique n'était qu'un prétexte pour mener à bien sa mission : élever un Temple, pour rencontrer Dieu. Dans cette recherche, les francs-maçons devaient jouer un rôle, mais lequel ? Celui d'architectes, de bâtisseurs ? Quel était leur lien avec le mystérieux Rouleau de Cuivre ?

Le soir, en tant que principaux témoins de l'assassinat de la famille Rothberg, nous étions à nouveau convoqués au commissariat, où nous nous sommes rendus, encadrés par deux policiers venus nous chercher à notre hôtel.

Nous y avons passé une bonne partie de la nuit, à écouter les questions des enquêteurs, à répondre de ce qui s'était déroulé devant nos yeux, et dont nous avions été les témoins impuissants ; mais les témoins ne sont-ils pas toujours impuissants ?

Il fallut raconter, encore et encore, ce que nous avions vu, comment la voiture était arrivée droit sur eux, comment les hommes à l'intérieur avaient tiré, comment les corps s'étaient écroulés. Il fallut aussi énoncer les raisons pour lesquelles nous nous trouvions là, sans dire vraiment pourquoi, et je sentais les soupçons se rapprocher de moi, mais je ne pouvais rien dire, car l'enquête était tenue hautement secrète. Les policiers, qui pressentaient un lien avec le meurtre du professeur Ericson, ne cessaient de me demander pourquoi je m'intéressais à cette affaire, d'où je venais, ce que je faisais, toutes questions auxquelles j'avais le plus grand mal à répondre. Ils semblaient connaître mes aventures précédentes, concernant la disparition du rouleau de la mer Morte. Mais pour eux, cette affaire avait été classée sans être élucidée, puisqu'ils n'avaient pas connaissance de l'existence des esséniens, et ils restaient persuadés, à tort ou à raison, qu'existait un lien, un rapprochement, une trame entre le sacrifice du professeur Ericson et les crucifixions des chercheurs des rouleaux de la mer Morte, et que ce lien, ce commun dénominateur, c'était moi. Finalement, à 4 heures du matin, épuisé de fatigue, je fus contraint de jouer ma dernière carte : ainsi je demandai la permission de passer un coup de téléphone, et je réveillai en pleine nuit, à son domicile, le chef des services secrets, Shimon Delam.

Une demi-heure plus tard, je le vis arriver, devant les yeux éberlués des policiers.

— Bonjour, Ary, bonjour, Jane, dit-il.

Après quelques minutes, nous sortions du commissariat.

— Alors, dit Shimon en me prenant le bras, que se passe-t-il ?

— Eh bien, répondis-je, c'est la famille Rothberg...

— Je sais, dit Shimon.

— Nous étions là juste avant le drame.

Je le considérai d'un air embarrassé.

— Il me semble que nous sommes suivis, Shimon.

Shimon leva un sourcil.

Je lui racontai mon aventure dans la vieille ville ainsi que le micro détecté au King David. Nous nous étions arrêtés sur le trottoir.

— Pas de panique, Ary, dit-il, en sortant son étui à cure-dents. Le micro, c'était nous.

— Quoi ? dis-je, non sans soulagement.

— Mais bien sûr, répondit-il.

— Mais pourquoi ?

— Pour nous protéger ? demanda Jane.

Shimon eut un air gêné, avant d'ajouter précipitamment :

— Ary, je ne te cache pas qu'il s'agit d'une mission dangereuse. Je veux dire... bien plus dangereuse que l'affaire des crucifixions, il y a deux ans.

— Il faut m'en dire plus, Shimon.

— Nous avons affaire à des criminels d'un autre calibre. Secrets, efficaces, rapides, et surtout... invisibles, ce qui les rend...

— Invincibles ?

— En tout cas, c'est ta vie que tu risques... Au début, dans cette affaire, je ne le pensais pas, Ary, sinon, je n'aurais pas mêlé ton père à tout cela. Je pensais à une provocation, un meurtre isolé. Mais maintenant, je sais qu'ils sont prêts à tout.

— Qui, « ils » ?

— C'est là que le bât blesse, dit Shimon, tout en mâchonnant son cure-dents. Nous, le Shin Beth, ne savons pas qui ils sont. Ce que je vais te dire est assez incroyable, mais c'est pourtant la vérité. Ils ne semblent apparaître que pour tuer. Aussitôt leur mission accomplie, ils disparaissent sans que nous ayons aucune idée de leur repaire.

— Israël est pourtant un tout petit pays, où il n'est pas aisé de se cacher...

— C'est là où tu te trompes, Ary. Depuis deux ans, les choses ont beaucoup changé.

— Que veux-tu dire ?

— L'ouverture des frontières avec la Jordanie, après l'Egypte, rend les fuites possibles. Dans les Territoires, nous avons des agents, bien entendu, mais nous ne contrôlons plus la situation. Hier, nous avons mis en alerte la base aérienne de Ramat David, à Megiddo. Tu me suis ?

— Parfaitement, dis-je.

— C'est pourquoi je vais te demander d'être prudent, Ary. Très prudent. N'est-ce pas, Jane ?

Le lendemain, nous nous retrouvions, Jane, mon père et moi, à l'hôtel, d'où nous nous apprêtions à partir pour Massada.

Je n'avais pas compris pourquoi mon père avait décidé de nous emmener dans cet endroit, ni quelle idée lui trottait dans la tête, mais je lui faisais confiance, et je savais qu'il attendait le moment propice pour nous dévoiler son plan.

Tout en conduisant sur la route escarpée qui sortait de Jérusalem pour mener au désert de Judée, il répondait aux questions que Jane, assise près de lui, lui posait.

— Massada est surtout connue comme le bastion des zélotes, qui résistèrent vaillamment aux Romains, lors de la chute du Second Temple, en 70, jusqu'au moment où, voyant qu'ils allaient être pris par les Romains, ils préférèrent se suicider collectivement.

En prononçant ces derniers mots, mon père amorça un virage, si brusquement que la voiture pila, et s'arrêta. Derrière nous, une voiture aux vitres fumées nous dépassa. Mon père redémarra et se mit à suivre la voiture qui partit en trombe.

— Que fais-tu ? dis-je.

— Je suis en train de suivre ceux qui nous suivent.

— Mais pourquoi ? demandai-je, effaré.

— Comme ça, on les empêche de nous suivre, répondit sèchement mon père en écrasant l'accélérateur.

— Mais, objectai-je, et si c'était le Shin Beth ?

Je lui avais révélé l'identité de ceux qui avaient posé le micro.

— Je ne pense pas, dit mon père en hochant la tête et en continuant de foncer.

Nous étions à cent soixante kilomètres-heure, sur la route en lacet qui jouxtait la mer Morte. Jane, à côté de lui, boucla nerveusement sa ceinture de sécurité, pendant que je me cramponnais sur le siège arrière.

Mon père, mû par je ne sais quelle farouche ardeur, se plaça soudain portière contre portière.

— Qui est-ce ? dit-il.

— On ne peut rien voir, dit Jane. Les vitres sont fumées... A moins que...

Elle sortit de son sac un petit instrument qui ressemblait à des jumelles.

— Des lunettes à infrarouge, remarqua mon père en appuyant sur l'accélérateur.

— Ils sont masqués par des keffiehs rouges... Ils sont... Nom de Dieu !

Soudain, des coups de feu firent éclater la vitre avant, atteignant Jane qui plongea vers le plancher.

Du sang avait giclé sur le pare-brise.

— Jane ! hurlai-je.

— Ça va, dit-elle dans un souffle, en se redressant.

Mon père rétrograda, et finit par laisser la voiture filer.

Il nous arrêta au bord de la route, et nous sortîmes, haletants. Je me précipitai vers Jane, dont le bras, effleuré par une balle, saignait abondamment. Mon père prit une trousse de secours dans le coffre. Jane retroussa sa manche, et je lui fis un bandage, après avoir nettoyé son bras ensanglanté.

— Ça ira, dit-elle. La balle m'a seulement frôlée. Mais votre voiture, elle...

La vitre avait volé en éclats.

— Ce n'est rien, dit mon père. Mais je crois que si vous voulez continuer cette enquête, il serait plus sage de vous armer. Tiens, Ary, dit-il, en joignant le geste à la parole.

Il me tendit un petit revolver.

— Shimon me l'a remis pour toi.

— 7-65, dis-je en le prenant. Merci.

— Encore une fois, je ne crois pas qu'on cherchait à nous atteindre, dit Jane.

— Comment ? dis-je. Et cette balle ?

— Je les ai vus, dit Jane. J'ai vu leurs armes : ce sont des tireurs d'élite. S'ils avaient voulu me tuer, ils l'auraient fait. C'est un avertissement.

— Un de plus, dis-je.

— Et cette fois, ce n'est pas le Shin Beth, ajouta mon père.

— Pas sûr. J'ai comme l'impression qu'on cherche à attirer l'attention sur nous.

— Que veux-tu dire, Ary ?

— Pourquoi Shimon est-il venu nous chercher ?

— Parce que nous sommes les seuls à avoir les compétences nécessaires à cette enquête...

— C'est ce qu'il nous a dit.

— Quelle est ton idée ?

— Et si Shimon se servait de nous comme appâts ?

Ma question resta en suspens.

— Bien, dit mon père. Que fait-on ? On rentre ?

Vu du nord, c'était un rocher immense, précipité sur chaque flanc et inaccessible, excepté en deux endroits par des chemins escarpés. Comme Qumran, pensai-je en arrivant en bas de Massada, un promontoire, mais encore plus que Qumran une forteresse — une forteresse imprenable.

— Sous la direction de Ygaël Yadin, qui était chef d'armée et archéologue, dit mon père, les chercheurs ont découvert le site de Massada, au lendemain de la guerre d'indépendance, en 1948, ainsi que le palais de Hérode. Sur les ruines, ont été trouvés des pièces de monnaie, des jarres avec les noms des propriétaires, des fragments d'une quinzaine de textes hébraïques. Lorsque, en 1960, certains rouleaux de Qumran furent publiés, la ressemblance avec les fragments trouvés à Massada a paru si étrange aux chercheurs qu'ils se sont demandé si les rouleaux de la mer Morte n'étaient pas l'œuvre d'une secte particulière vivant à Massada. D'autres prétendirent que les esséniens de Qumran auraient rejoint les défenseurs de Massada, dans les derniers mois de la Seconde Révolte juive, en l'an 70. Mais pour moi, c'est le contraire.

— Que veux-tu dire ?

— Je crois que ce sont les zélotes qui ont fini par rejoindre les esséniens ; ou plus exactement par se réfugier chez eux. La description que fait Flavius Josèphe des circonstances du siège romain de Jérusalem montre que la Galilée avait fini par se rendre totalement aux Romains, sauf les fugitifs de Massada, les zélotes. Le groupe de Massada, en résistant si bravement et pendant si longtemps aux Romains, a fait paraître les Romains comme des faibles, et les a ridiculisés. Tous, dans le pays, savaient ce qui se passait à Massada. Les jeunes furent séduits par les harangues des zélotes, et les esséniens aussi, qui n'habitaient pas très loin de là. Dans ces circonstances dramatiques, les habitants de Jérusalem n'avaient pas le choix ; ils ont caché leurs richesses, leurs livres et même les phylactères que l'on a trouvés dans les grottes de Qumran en abondance. Le siège et sa menace expliquent pourquoi il fallait cacher les rouleaux au loin, en dépit des nombreux obstacles.

— C'est pourquoi on n'a trouvé à Qumran que des copies, et non des originaux ?

— La raison pour laquelle on n'a trouvé que des copies à Qumran et non des écrits avec autographes ? Les prêtres de Qumran savaient ce qui allait se produire. Il était clair dans leur esprit que le Temple serait détruit, et que ce n'était plus le culte du Temple qui allait assurer la continuité du judaïsme, mais le seul Livre en association avec tous les autres livres, dans lesquels reposait la vie spirituelle et intellectuelle du judaïsme. C'est pourquoi ils ont tenté de sauver leurs parchemins.

— Et le trésor ? demanda Jane.

— Venez, dit mon père sans répondre à cette question, nous allons faire l'ascension de Massada.

— Mais, objectai-je. Il est presque midi. Peut-être devrions-nous prendre le téléphérique !

— Voyons, Ary, dit mon père, nous n'avons jamais pris le téléphérique.

— Au moins Jane ! m'écriai-je. Elle est blessée !

Jane hocha la tête. Je la savais têtue, et je compris que cette phrase n'avait fait que piquer son orgueil. Mon père eut un sourire énigmatique.

— Je vais acheter de l'eau, dis-je.

Au stand où l'on vendait de l'eau, il y avait la queue.

— Allons, dit mon père. Nous n'allons pas attendre tout ce temps.

Nous commençâmes l'escalade, en prenant le che-

min dit « du serpent », qui avait effectivement
l'allure d'un reptile au corps long et alambiqué. Nos
membres trempés de sueur, écrasés de chaleur, devenaient des poids insupportables. C'était comme si
nous étions pris en étau entre l'attraction terrestre
qui nous tirait vers le bas, et la force du soleil qui
nous comprimait. Il fallait lutter, par la seule volonté.

Avec nos têtes découvertes, nous risquions l'inso-
lation, qui pouvait être fatale. Le vertige me gagnait,
à cause de la hauteur, de l'effort et de la déshydrata-
tion. Mon père montait vaillamment, presque sans
effort, en parlant de temps en temps, en racontant
les temps forts de la révolte des zélotes contre les
Romains, et nous, derrière lui, nous comprenions
pourquoi les Romains ne purent accéder au faîte du
rocher. Jane suivait en haletant, et je fermais la
marche, une sueur froide descendant le long de mon
échine.

Sous le soleil de midi, personne ne s'était risqué
sur la piste escarpée. Nous étions les seuls. A plusieurs reprises, Jane regarda en arrière, comme pour
évaluer la distance parcourue, mais la marche était
longue, et la terre ne semblait jamais s'éloigner.

— Il est encore temps de redescendre, dis-je à
Jane.

— N'avons-nous pas parcouru la moitié du chemin ? dit mon père.

Jane ne disait pas un mot. Elle était pâle, et des
petites taches rouges empourpraient ses joues. Elle
avait ralenti le pas.

L'ayant dépassée, je m'approchai de mon père.

— Mais que cherches-tu donc à prouver ? murmurai-je, inquiet. Tu veux la *tuer ?*

Il ne répondit pas. Il grimpait, obstinément. Il suivait le chemin du serpent. C'était de la folie, cette
montée sous le soleil de midi, alors que nous
n'avions même pas d'eau. *C'était de la folie, et il le
savait parfaitement.*

Au bout de deux heures d'escalade, nous parvînmes enfin au sommet.

Jane, qui par un sursaut de volonté avait gravi le dernier tronçon, s'écroula sur l'un des bancs à peine ombragé par une tente sommaire. Je courus chercher de l'eau, que je lui fis boire, à petites gorgées. Peu à peu, ses joues pâles reprirent de la couleur, et elle me sourit.

Laissant Jane reprendre des forces, je pris mon père à partie.

— Alors ? Tu es content ? dis-je. Tu peux me dire *pourquoi* ? Pourquoi as-tu voulu lui infliger cela ?

Mon père ne répondait pas.

— Vas-tu enfin me dire quel est le sens de tout cela ?

— Je pense que Jane a suivi un entraînement spécial.

— Un entraînement spécial ? Mais... de quoi veux-tu parler ? Et qu'est-ce que tu connais à ces choses-là ?

— Ary, tu sais parfaitement que personne n'aurait tenu la moitié de ce qu'elle a tenu, blessée et sans eau.

— Que veux-tu dire exactement ?

Hélas ! je n'obtins pas la réponse à cette question : déjà, Jane s'avançait vers nous.

— Ça va ? lui dis-je.

— Ça va très bien, oui. Alors, on continue ?

— Voilà, dit mon père en nous découvrant l'étonnant paysage de Massada. De là, vous voyez Qumran et la mer Morte sur votre gauche, et vous avez l'Hérodium, l'ancien palais d'Hérode le Grand. Ce palais devint, au moment de la Seconde Révolte contre les Romains, en 132, la résidence du nouveau — et dernier — Prince d'Israël, qui se nommait Bar Kochba. Et d'ici, vous pouvez voir toutes les cachettes du trésor mentionnées dans le Rouleau de Cuivre.

— Vraiment ? dit Jane. Mais vous les connaissez à coup sûr ?

— Pour savoir lire le Rouleau de Cuivre, il faut une bonne connaissance de la littérature rabbinique, et toutes les techniques d'ordinateur ne suffisent pas pour cela... La première phrase, par exemple, « dans les désolations de la vallée de l'Achor », fait allusion à un endroit particulier, géographique et géologique.

Ce fut alors que mon père commença devant nous une formidable exposition des objets du Rouleau de Cuivre, qu'il semblait connaître par cœur. C'était comme s'il se mettait à dérouler le rouleau devant nous, dévoilant avec la majesté de la simplicité tout son contenu, c'était comme si mon père était le rouleau vivant et parlant, comme si le paysage immense qui s'étendait devant nos yeux était un palimpseste que mon père grattait pour nous révéler le texte plus ancien et plus sacré que celui du copiste, comme si nos yeux entendaient et nos oreilles voyaient le mystérieux rouleau livrer un à un tous ses objets.

— Dans la colonne 1 du Rouleau de Cuivre, dit mon père, en pointant le doigt, alternativement, vers l'est, l'ouest, le nord et le sud, il est mentionné la ruine de Horebbah, qui est dans la vallée d'Achor, sous les marches allant vers l'est, il y a là un coffre d'argent, qui pèse dix-sept talents.

« Dans la tombe aux pierres, il y a une barre d'or qui pèse neuf cents talents, et qui est cachée par des sédiments. Au fond d'une grande citerne, dans le cours du péristyle, dans la colline de Kohlit, sont enterrés des habits de prêtres. Dans le trou du grand réservoir de Manos, en descendant sur la gauche, quarante talents d'argent. Quarante-deux talents sous les escaliers d'un trou de sel. Soixante barres d'or sur la troisième terrasse dans la grotte des vieux laveurs. Soixante-dix-sept talents d'argent dans la vaisselle en bois qui se trouve dans la citerne d'une chambre mortuaire dans la cour de Mathias. A quinze mètres des portes de l'Est, dans une citerne, il y a un canal où sont cachées six barres d'argent sur le bord d'un rocher. Sur le côté nord de la piscine, à l'est de Kohlit, deux talents de pièces argentées. De la vaisselle sacrée et des habits sur le côté nord de Milham. L'entrée se trouve du côté ouest. Treize talents de pièces argentées dans une trappe au fond d'une tombe au nord-est de Milham. Dois-je continuer ?

— Oui, s'il vous plaît, dit Jane, qui avait sorti son calepin, et qui commençait à dessiner le site avec les cachettes.

— Quatorze talents d'argent sont sous un pilier au côté nord de la grande citerne, à Kohlin. A quelques kilomètres, à côté d'un canal, se trouvent quarante-cinq talents d'argent. A nouveau, dans la vallée d'Achor, deux pots remplis de pièces d'argent. Au sommet de la grotte d'Aslah, deux cents talents d'argent. Soixante-dix-sept talents d'argent dans le tunnel au nord de Kohlin. Sous une pierre tombale de la vallée de Sakaka, douze talents d'argent. Inutile de prendre des notes.

Jane s'arrêta, la main légèrement tremblante.

— Pourquoi ?

— Sous un conduit d'eau, au nord de Sekaka, continua mon père, sous une large pierre au sommet du conduit, il y a sept talents d'argent. De la vaisselle sacrée se trouve dans la fissure de Sekaka, sur le côté est du réservoir de Salomon. Vingt-trois talents d'argent sont enterrés près du canal de Salomon, près de la grande pierre. Plus deux talents d'argent sous une tombe dans le lit de la rivière asséchée de Kepah, qui se trouve entre Jéricho et Sekaka.

Nous l'écoutions, à présent, Jane et moi, étonnés autant par sa mémoire que par la diversité des lieux et le trésor considérable qui semblait s'étaler à quelques kilomètres de là, sous nos yeux.

Mon père se tourna, et indiquant la direction de Qumran, il poursuivit :

— Quarante-deux talents d'argent sous un rouleau dans une urne enterrée sous l'entrée de la grotte aux piliers qui a deux entrées, celle qui fait face à l'est. Vingt et un talents d'argent sous l'entrée de la grotte, sous une large pierre. Dix-sept talents d'argent sous le côté Ouest du Mausolée de la Reine. Sous la pierre tombale du Fort du Grand Prêtre, vingt-deux talents d'argent. Quatre cents talents d'argent sous le conduit d'eau de Qumran, vers le réservoir du nord aux quatre côtés. Sous la grotte de Beth Qos, six barres d'argent. Sous le coin Est de la citadelle de Doq, vingt-deux talents d'argent. Sous le rang de pierre à l'entrée de la rivière de Kozibash, soixante talents d'argent, et deux talents d'or. Une barre d'argent, dix morceaux de vaisselle sacrée, et dix livres sont dans l'aqueduc sur la route à l'est de Beth Ashor, à l'est d'Ahzor. Sous la pierre tombale à l'entrée du ravin de Potter, quatre talents d'argent. Sous la chambre mortuaire au sud-ouest de la vallée de Ha-Shov, soixante-dix talents. Sous la terre irriguée de Ha-Shov, soixante-dix talents d'argent. J'ai dit : inutile de prendre des notes.

Cette fois, Jane, qui avait repris sa besogne, s'immobilisa.

— Sous la petite entrée, au bord de Nataf, sept talents d'argent. Sous la cave de Chasa, vingt-trois talents et demi d'argent. Sous les grottes faisant face à la mer des chambres de Horon, vingt-deux talents d'argent. Sur le bord du conduit, dans le côté Est au sein de la cascade, neuf talents d'argent.

Mon père fit une pause. Il se tourna, et indiquant la direction de Jérusalem, il continua :

— Soixante-deux talents d'argent, en comptant sept pas depuis le réservoir de Beth Hakerem. Trois cents talents d'or à l'entrée de l'étang dans la vallée de Zok. L'entrée en question est sur le côté Ouest, près d'une pierre noire posée sur deux supports. Huit talents d'argent sous le côté Ouest du tombeau d'Absalom. Dix-sept talents sous le conduit d'eau en bas des latrines. De l'or et de la vaisselle sacrée sont dans les quatre coins de la piscine. Près de là, au coin Nord du portique de la tombe de Zadok, sous les piliers du hall couvert, dix pièces de vaisselle sacrée en résine, ainsi qu'une offrande. Des pièces d'or et des offrandes sous la pierre d'angle à côté des piliers près du trône et vers le haut du rocher, à l'ouest du jardin de Zadok. Quarante talents d'argent sont cachés dans la tombe sous les colonnades. Quatorze pièces de vaisselle sacrée en résine sous la tombe du peuple de Jéricho. De la vaisselle en aloès et en bois de pin blanc à Beth Esdatain, dans le réservoir qui se trouve à l'entrée de la petite piscine. Plus de neuf cents talents d'argent près du réservoir du ruisseau, à l'entrée Ouest de la chambre de la sépulture. Cinq talents d'or et soixante talents de plus sous la pierre noire à l'entrée. Quarante-deux talents de pièces d'argent à proximité de la pierre noire de la chambre de la sépulture. Soixante talents d'argent et de la vaisselle sacrée dans un coffre sous les marches du tunnel supérieur du mont Garizim. Soixante talents d'argent et d'or près du ruisseau de Beth-Sham. Un trésor de soixante-dix talents sous le tuyau souterrain de la chambre mortuaire.

Mon père s'arrêta, et s'assit sur un rocher.

— Un trésor considérable, vous voyez, et un travail considérable pour le cacher, dit-il. Ce qui s'est passé...

Il se tut pour prendre son souffle. Ses yeux remplis d'émotion se mirent à briller d'une intensité particulière. C'était le signe qu'il allait nous emmener dans l'un de ses fabuleux voyages à travers le temps, car personne comme mon père ne savait raconter les histoires du passé comme si elles étaient présentes.

Autour de nous, un attroupement s'était formé, des touristes et des Israéliens en promenade, attirés par cet homme de parole dont les mots dévoilaient un trésor, qui peut-être existait — ou qui n'était peut-être rien d'autre que ses mots.

— C'était dans des temps anciens, vers l'an 70 de notre ère, quarante ans après la mort de Jésus, commença mon père. Jérusalem était assiégée par les Romains. Dans la détresse et la ténèbre sur la terre, le grand fracas et la poussière, le feu avait pris dans Jérusalem. Titus était arrivé à la Ville sainte, avec 60 000 hommes. Il avait commencé par attaquer le

Nord et l'Ouest avec ses béliers, puis, faisant une première brèche dans le mur, il avait envoyé Flavius Josèphe pour offrir une reddition, mais les rebelles avaient refusé. Alors les Romains avaient bouclé la ville, en bâtissant des murs autour d'elle, et la famine avait commencé. Puis ils avaient lancé leurs béliers contre la Tour Antonia, et les juifs avaient été contraints de se replier dans l'enceinte du Temple, aux murailles inviolables. Alors le siège avait commencé. Les Romains, six jours durant, lancèrent leurs béliers, mais il n'y avait rien à faire, la muraille résistait. Construite par Hérode, l'infatigable bâtisseur, elle semblait imprenable. Les pierres blanches étaient si lourdes que chacune pesait une tonne.

« L'homme qui était responsable du trésor du Temple, Elias, le fils de Mérémoth, cet homme appartenait à la famille Aqqoç, mais il était très jeune pour sa fonction, étant le dernier survivant de sa famille. Les Romains, qui voulaient saccager le Temple et piller son trésor, les avaient tous tués. Elias, lorsqu'il vit la déroute inévitable face aux envahisseurs, décida de ne pas faire comme son père et ses oncles, qui gardaient le Temple coûte que coûte, au péril de leur vie. Il comprit que le Temple, pour la seconde fois, serait détruit, et que personne ne pouvait empêcher cela. La seule chose que l'on pouvait sauver, c'était ce qu'il contenait : les textes, d'abord, les textes gravés sur les parchemins, et puis tous les objets rituels, ainsi que l'or et l'argent, qui constituaient un trésor fabuleux. Alors Elias réunit les prêtres du Temple, Cohens et Lévis, dans la grande Salle de Réunion : "Mes amis, dit-il, moi, je ne suis pas prêtre, comme vous, car ma famille a été déchue depuis l'exil de Babylone, mais je viens d'une longue lignée de prêtres, c'est pourquoi vous devez m'écouter, même si je ne suis que le trésorier du Temple. Le Temple va être détruit, c'est inévitable. Chaque jour, les envahisseurs se rapprochent de nous, chaque jour, ils font des brèches supplémentaires dans nos murailles, et le jour viendra où le Temple sera incendié, et tout ce qu'il contient brûlera et sera consumé par les flammes. Alors, mes amis, nous serons tous déportés, comme nos aïeux, à Babylone, nous serons dispersés à travers le monde, et si le Temple est détruit, et si nous n'avons plus de pays, et si nous perdons Jérusalem, plus rien ne pourra nous unir, et ce sera la fin de notre peuple." Il y eut alors un silence, et tous se regardèrent, effrayés. "Nous ne pouvons pas empêcher la destruction du Temple, mais il y a une chose que nous pouvons sauver, une chose essentielle qui nous rassemble." Tous les yeux convergeaient vers Elias, dans l'attente de ce qu'il allait dire. Il reprit son souffle, et il dit : "Ce sont nos textes. Alors, mes amis, je vous en conjure, confiez-moi les parchemins, les rouleaux saints de la Torah, afin que je puisse les sauver et les abriter dans un endroit que je connais, au désert de Judée. Là, ils seront en sécurité pour des années, jusqu'à ce que nous revenions, et que nous reconstruisions le Temple. Mais si vous ne me donnez pas les textes, alors ils disparaîtront à jamais, ils seront poussière, et sans les textes, c'est le judaïsme tout entier qui disparaîtra, et avec lui notre histoire et notre peuple !" Lévis et Cohens hochèrent la tête, et murmurèrent des paroles d'approbation car ils étaient émus par son discours ; ils n'étaient pas nombreux à l'écouter, juste une dizaine, mais une dizaine d'hommes forme déjà une Assemblée. Alors le Grand Cohen se leva :

"Elias, fils de Mérémoth, de la famille Aqqoç, dit-il, tu es le trésorier du Temple, tu l'as dit. Depuis l'exil, ta généalogie est trouble, et nous ne pouvons te considérer comme étant des nôtres. C'est pourquoi tu emporteras avec toi tous les objets du Temple, ainsi que le trésor dont tu as la charge, mais les textes, tu ne peux pas les emporter. Les textes, nous les garderons ici, jusqu'à la fin, car l'Eternel, comme il a sauvé les Hébreux d'Egypte, nous tendra la main, et il y aura un miracle ! Il y a deux mille ans, le peuple d'Abraham s'était établi dans le pays de Canaan, entre le Jourdain et la Méditerranée. Plus tard, une partie des Hébreux émigra en Egypte, mais, sous la conduite de notre prophète Moïse, ils s'en revinrent à Canaan. Il y a sept cents ans, les royaumes issus de David et Salomon furent détruits par les Assyriens, et le peuple hébreu fut emmené en captivité à Babylone. Une fois encore, nous sommes revenus ici par la grâce de Cyrus, roi des Perses. Puis, il y a cent trente ans, notre terre fut conquise par les Romains, et gouvernée par un simple procurateur. Nous sommes à nouveau menacés d'être déportés, loin de notre terre, mais nous reviendrons, comme nous sommes toujours revenus ! De Babylone ou d'Egypte, de la Gaule ou de la Perse, nous reviendrons.

— Lorsque nous reviendrons, nous aurons besoin de nous réunir, et de prouver au monde notre légitimité sur cette terre, dit Elias, la voix vibrante d'émotion. Et seuls les textes nous permettront de prouver que cette terre nous appartient. Et seuls les textes nous permettront de toujours nous souvenir de notre pays, et de ne jamais oublier Jérusalem.

— Elias, fils de Mérémoth, tu es un zélote", dit le Grand Prêtre.

« Le Grand Prêtre savait qu'en l'accusant d'être un zélote, il discréditait son interlocuteur. A la différence des Pharisiens et des grands prêtres, les zélotes, extrémistes d'origine populaire, ne supportaient pas les compromissions avec l'occupant et ils voulaient hâter la réalisation des promesses divines.

"Je n'ignore pas que les zélotes ont organisé une révolte générale et qu'ils veulent s'emparer de Jérusalem, dit Elias. Mais ce n'est pas mon but." Elias n'osait pas regarder le Grand Cohen en face. C'était lui qui, le jour de Kippour, entrait dans le Saint des Saints, et parlait à Dieu. A ce que le Grand Cohen disait, il ne pouvait point y avoir de réplique, et certainement pas d'objection. Aussi Elias n'en dit-il pas plus, mais les larmes coulèrent sur ses joues, car il voyait venir la fin de son peuple. Lorsqu'il sortit du Temple, la peine était sur son cœur. Il fit quelques pas sur l'Esplanade. Au loin résonnait le bruit des béliers romains qui tentaient de percer les murailles. Alors il se dirigea vers le Pinacle, et il regarda en bas, tout en bas, et il eut le vertige. Et le vide l'attirait, le tentait, l'appelait à lui.

"Elias, Elias, dit une voix derrière lui, je sais pourquoi ton cœur est triste, et je pense que tu as raison. Mais, s'il te plaît, ne te jette pas dans le vide !" Elias se retourna. C'était Tsipora, la fille du Grand Cohen, qui se glissait toujours dans le Temple, parmi les hommes ; et comme elle n'était qu'une petite fille, on la laissait aller. "Mon père, dit Tsipora, ne veut pas te donner les textes sacrés, mais tu prendras les copies, qui sont faites par des bons scribes, à la main experte, tu réuniras toutes les copies que tu peux trouver chez les prêtres, dans leurs familles, chez les amis, et les amis de tes amis, et tu les emporteras loin du Temple pour les cacher !"

« Alors Elias, en entendant ces paroles, se réjouit en son cœur, car il avait trouvé une réponse à sa question. Il fit selon ce que Tsipora lui avait dit. Il réunit toutes les copies des textes saints qu'il trouva, celles qui se trouvaient dans la bibliothèque du Temple, celles qui étaient chez les prêtres, et celles que possédaient les habitants. Tous lui donnèrent leurs textes, qui étaient des bonnes copies, faites par d'excellents scribes. Puis il réunit tous les objets du Temple, les vases, les ustensiles, les encensoirs, ainsi que tout l'or et l'argent du Temple, et il se prépara à partir.

L'assemblée, autour de mon père, l'écoutait avec attention. Des petits enfants s'étaient glissés au premier rang, pour mieux entendre. Mon père baissa la voix, et continua :

— C'était la nuit. Une longue caravane empruntait silencieusement un tunnel sous le Temple, qui passait sous la muraille de la ville. Dix chameaux et vingt ânes transportaient un précieux chargement. Quinze hommes les accompagnaient, à leur tête était Elias. Deux d'entre eux s'étaient déguisés en

Romains, car ils étaient des espions qui parlaient parfaitement leur langue. Ils sortirent de la ville, entrèrent au désert, dans lequel ils restèrent durant plusieurs jours. Quand la nuit venait, ils s'arrêtaient en certains lieux. Elias possédait la carte où se trouvait la liste des objets, avec chaque cachette où les dissimuler. Il n'avait plus de parchemin, car avec le siège les bêtes qui restaient dans la ville avaient été tuées pour être mangées. Alors il eut l'idée de prendre un rouleau qui ne serait pas détruit par le temps, qui ne serait pas mangé par les rats, qui ne serait pas recopié, ou effacé. Un rouleau en cuivre.

Mon père s'arrêta un instant. Jane le regardait, bouche bée.

— Il n'y avait plus de scribe non plus, tous étant morts, tués par les Romains, alors il prit cinq hommes qui connaissaient l'écriture, et à qui il avait dicté la liste.

— Pourquoi ? demanda une voix dans l'assistance.

— Pourquoi ? répéta mon père. Mais pour reconstruire le Temple, bien sûr, avec tous ses objets, pour le reconstruire dans les temps futurs, proches ou lointains. Car c'est par l'étude que se perpétue le peuple, mais c'est par le Temple que l'histoire se fait chair et s'incarne.

— Oui, mais pourquoi avoir pris cinq scribes et pas un seul ?

— Pour qu'aucun ne connaisse la liste exhaustive des cachettes où se trouvait le trésor du Temple, répondit mon père. Et que le secret ne soit jamais divulgué. Sur leur chemin, ils parvenaient aux endroits où devaient être cachés les objets. Chaque fois, Elias prenait un chameau ou un âne, puis il s'éloignait de la caravane, car personne d'autre que lui ne devait savoir où se trouvaient exactement les cachettes. Un jour — c'était l'aube —, alors qu'Elias venait de cacher les objets se trouvant sur le vingt et unième animal, il revint vers la caravane, et trouva les deux faux Romains en train de parler avec de vrais Romains. Ces derniers commencèrent à examiner le chargement des animaux restants. Il y en avait neuf, quatre ânes et cinq chameaux, qui transportaient des parchemins, car tous les objets du Temple avaient déjà été cachés. Alors les Romains commencèrent à dérouler les parchemins... Ils ne comprenaient pas ce qui se passait, ils s'attendaient à découvrir de la nourriture, de l'or ou de l'argent, et voilà qu'ils trouvaient une caravane avec des parchemins. Ils retournèrent vers leur patrouille qui se trouvait juste devant : il y avait là une dizaine d'hommes. Elias, lui, se tenait à l'abri, pendant tout ce temps, car il ignorait ce qui allait se passer. Allaient-ils les laisser poursuivre leur route ? Qu'avaient dit ses hommes, et les Romains les avaient-ils crus ? Plusieurs minutes s'écoulèrent, chacun retenant son souffle. Mais dans le désert, il n'y avait pas un souffle, pas un bruit, juste le soleil qui frappait sur les têtes, à échauffer les sangs, à rendre fou.

« Soudain, les Romains se mirent en rang. Quelques minutes plus tard, ils chargeaient la caravane. Sur leurs chevaux, ils avaient l'avantage. Elias, impuissant derrière son rocher, horrifié, vit la bataille commencer, les Romains massacrer sans pitié ses hommes, les transpercer de leurs épées, et ils n'épargnèrent pas les faux Romains qui s'étaient mis à défendre la caravane. Ce fut un massacre. Lorsque la patrouille s'éloigna, il ne restait que les chameaux, les ânes et leurs rouleaux. Les Romains n'avaient pas épargné une vie.

« Alors Elias sortit de sa cachette. Il détacha les bêtes qui ne transportaient rien. Il emmena les autres, sur lesquelles reposaient de lourdes jarres, remplies de rouleaux. Il reprit la marche dans le désert, prenant des chemins de traverse pour ne pas rencontrer de Romains. Derrière lui, les bêtes avançaient, assoiffées, épuisées comme lui, et lentement progressaient dans le désert, sur la pierre et sur la roche, et lui, il les guidait, et les manuscrits lentement avançaient sous le soleil du désert, afin de se réfugier, de s'abriter, de s'éterniser.

« Au sommet d'un rocher, il aperçut la mer. En plein désert, mais ce n'était pas un mirage. Il vit la mer, et il sut qu'il était arrivé. Là, il se trouvait un groupe à nul autre pareil, un groupe d'hommes fervents qui attendaient la Fin des Temps, qui se purifiaient, qui se préparaient, et qui gardaient les textes. On les appelait "les esséniens". Elias fut reçu par un instructeur, un homme âgé, à la tunique blanche, ancien prêtre du Temple, qui se nommait Ithamar.

"D'où viens-tu, voyageur ? lui demanda-t-il. Tu as l'air bien fatigué.

— Je viens du Temple, dit Elias. Et le Temple va être détruit. Les Romains sont sur le point de percer la muraille de la ville. C'est pourquoi je me suis enfui en emportant les copies de nos textes sacrés, afin de vous les remettre, et que vous les gardiez.

— Pourquoi des copies ? demanda Ithamar.

— Car les prêtres du Temple ne m'ont pas laissé prendre les originaux.

— Les prêtres du Temple, dit Ithamar... Les Sadducéens. C'est à cause de leur rigidité que le Temple sera détruit.

— J'ai aussi apporté un rouleau sur lequel j'ai fait graver toutes les cachettes où se trouve le trésor du Temple.

— Tu as apporté le trésor du Temple avec toi ?" dit Ithamar.

« Alors Elias rencontra les esséniens, à qui il remit les manuscrits, et les esséniens l'accueillirent, et lui promirent l'impossible : que ces écrits perdureraient, malgré les guerres, malgré le temps qui passe et qui détériore, malgré les générations et les générations d'hommes, ils promirent d'être les gardiens des textes.

« Alors Elias fut reçu dans la Salle de Réunion, et il parla aux Nombreux :

"Mes amis, dit-il, lorsque le temps sera venu, il faudra reconstruire le Temple. Voici le rouleau sur lequel j'ai consigné les endroits où j'ai enterré le trésor du Temple. Pour lui, et pour les autres rouleaux, des hommes sont morts. Ils sont morts pour que nous puissions un jour revoir le Temple. Alors ce rouleau, je vous le donne, à vous qui êtes les gardiens du désert, car c'est dans votre désert que se trouve le trésor du Temple, non loin de vos grottes, et non loin de Jérusalem. Et tous, avant que le Temple ne soit reconstruit, vous serez le flambeau éternel de l'Histoire, vous serez le Temple."

Mon père marqua une pause. L'assistance, autour de nous, était plus nombreuse. Des groupes d'Américains et d'Italiens s'étaient joints aux autres. Tous, silencieux, écoutaient la parole surgie du passé dans le vaste théâtre de Massada.

— Ce même jour, un soldat romain s'approcha, seul, de la muraille du Temple. Il n'avait reçu aucun ordre de ses supérieurs. Personne ne lui avait dit de faire ce qu'il allait faire. A pas de loup, il se haussa vers une des meurtrières. C'était une chambre lambrissée de cèdre. Il alluma le brandon qu'il avait en main. Il le lança. Lorsque Elias revint, le Temple était en feu. Dans la détresse et la ténèbre sur la terre, le grand fracas et la poussière, le feu avait pris dans Jérusalem, les ossements desséchés dans la vallée furent ceux de la Maison d'Israël en déroute.

« Alors Elias regarda Jérusalem, depuis le mont des Oliviers, Jérusalem entourée de champs et de marécages. Sur la tour de David se trouvaient quelques arbres, et un chemin qui menait à la muraille et tout autour des montagnes chauves, Jérusalem sur les bords du désert, Jérusalem brûlait. Le Temple brûlait, le Temple en flammes était pillé, des milliers d'hommes, de femmes et d'enfants qui cherchaient à s'enfuir étaient égorgés par les Romains. L'or, qui régnait à profusion, fondait. Les plaques d'or dégoulinaient de la façade du Temple, du mur et de la porte entre le vestibule et le Saint. Toutes les roches durement sculptées, les terrassements et les terres arasées, s'effondraient, noircies par la fumée, voici que tout n'était que cendres ! Les ruines de toutes sortes s'accumulaient, recouvrant le Temple de cendre et de poussière noire. Le Pinacle était tombé, le roc lui-même qui s'élevait majestueusement s'effondra. L'Esplanade, d'une beauté à couper le souffle, l'Esplanade surplombant la vallée du Cédron, face au mont des Oliviers au feuillage argenté, face aux terrasses généreuses, couronnée d'escaliers, de portiques et de jardins, l'Esplanade, merveille des merveilles, n'était plus qu'un gigantesque autel où brûlait le feu. Les hauts portiques, de pierre lourde, s'effondraient un à un, et avec eux les murailles soutenues par les colonnes. Le portique royal, d'où le prêtre annonçait la venue du Chabbat en sonnant du chofar, s'écrasa comme une jarre en morceaux minuscules.

« Les pavages de marbre se décollaient, les mosaïques s'effaçaient, le Dôme aux deux coupoles était en pièces, et toutes les portes tombaient, les voûtes s'affaissaient, les grandes arches s'effondraient, et les murs se morcelaient. Le marbre blanc était noir de suie, le ciel lui-même, noirci, n'envoyait plus de lumière, tout était sombre à pleurer. Les murs revêtus de cèdre, les murs dorés au décor floral, les murs de palmes, tous les murs du Temple brûlaient, et avec eux les portes, leurs gonds et leurs crapaudines, les longs vestibules, les colonnes et les stèles, les parvis et les marches, tout se consumait en une fournaise sans fin. Les salles, les étages s'écroulaient sur l'autel de l'Holocauste, où montaient de hautes flammes, le bronze fondait, la brique noircissait sous l'encens incandescent, les remparts comme des feuilles de cendre s'affaissaient, les marchés et les entrepôts, et tous les quartiers environnants ployaient, humiliés, les tours, les citadelles imprenables à la jonction des trois enceintes de la ville, devenaient des toupies fumantes, les casernes et le palais d'Hérode, protégé de remparts et de murailles, le palais aux deux bâtiments principaux, aux salles de banquet, aux bains et aux appartements royaux entourés de jardins, de bosquets, de bassins et de fontaines, n'étaient plus qu'un tas de ruines. La porte

en cuivre de Nicanor, qui avait miraculeusement
échappé au naufrage pendant son transport en mer,
et qui conduisait de la cour des Femmes aux dernières cours intérieures, la porte fondait sur ses
quinze marches, coulait comme le vin. Là en leur
temps se tenaient les Lévis, qui chantaient, s'accom-
pagnant d'instruments de musique.

« La cour des Israélites, ceux qui n'appartenaient
pas aux familles sacerdotales ou lévitiques, la
chambre de la Taille, en pierre taillée, où siégeait le
Sanhédrin, et la salle de l'Atre où les prêtres de service passaient la nuit, n'étaient plus que charbon
fumant ; l'Autel en pierre chaulée, vierge de tout
contact avec le fer, était violé par le feu, le Lieu du
Sacrifice, avec les Tables de marbre, les poteaux et
les roches, où le prêtre sanctifiait la Vache rousse, le
Lieu du Sacrifice devenait lui-même sacrifice.

« De toutes parts, les hommes fuyaient, des milliers et des milliers d'hommes, se bousculant, se pré-
cipitant dans la panique, tentant d'échapper aux
flammes, les femmes emmenant leurs enfants qui
pleuraient, les hommes emmenant leurs femmes qui
pleuraient, et les prêtres emmenant les hommes qui
pleuraient. Mais tous brûlaient dans les flammes,
tous tombaient sous les pierres, tous suffoquaient
dans la poussière et le feu. Et ceux qui s'échappaient
étaient pris par les Romains, qui tuaient hommes,
femmes et enfants.

« Alors Elias leva les yeux au ciel, il invoqua le
Dieu de la connaissance d'où provient tout ce qui est
et qui sera, et il pria pour qu'un jour le Temple soit
reconstruit, et que le jour vienne où il accueillera les
offrandes des foules venues des quatre coins du
monde.

Mon père se tut. Il fit quelques pas, signifiant à
l'assistance que l'histoire était finie. Les gens, peu à
peu, se dispersèrent, dans un même murmure, et
nous restâmes seuls.

— Deux mille ans plus tard, murmura mon père,
j'étais là. Je faisais partie d'une expédition d'archéo-

logues qui effectuait des recherches sur le Rouleau de Cuivre. Dans la colonne 1, figure la description d'un large trou au-dessus d'un mur. Au fond de ce trou, selon le Rouleau de Cuivre, quelque chose de bleu. Un matin, nous nous trouvions dans les grottes près de la mer Morte, devant une cavité sur la face supérieure de la montagne. C'était la première excavation du site. Au sommet de la montagne, je vis la cavité correspondant au passage mentionné dans le rouleau. Nous entrâmes, le chef de l'expédition et moi-même. Le sol de la caverne était recouvert de pierres. L'une d'entre elles attira mon attention : ce n'était pas une pierre naturelle. Elle semblait sculptée, gravée de main humaine. Je compris que c'était là qu'il fallait creuser. Au bout de quelques heures, nous avons découvert un bloc de granit, lourd de plusieurs dizaines de kilos. Nous l'avons fait rouler, il masquait l'entrée d'un passage. Celui-ci menait à une chambre gigantesque, qui donnait sur un couloir que nous avons suivi. Il débouchait sur une pièce circulaire.

Mon père, à nouveau, fit une pause.

— Alors, demandai-je, où se trouvait cette chose bleue ?

— Nous avons continué à descendre, le long d'un tunnel si étroit qu'il fallait ramper comme des serpents. Et soudain, tout a semblé étrange. C'était... comme un grand mirage, au bout, tout au bout du passage. Tout au bout du tunnel, je vis, dans le noir le plus complet, je vis soudain, à dix mètres devant moi, une aura resplendissante de bleu, sur le sol d'une nouvelle pièce. J'appelai mes compagnons restés derrière moi, mais en murmurant par peur de créer un éboulement ; ils ne m'entendaient pas. Alors, seul, je suis allé vers cette lueur, j'étais appelé à le faire comme par une force surnaturelle, une force étrange qui émanait de cette lumière bleue, une lumière translucide filtrée par la roche, d'un bleu évident, d'un bleu plus clair que le bleu de la mer, d'un bleu vert turquoise et mauve, indigo pastel, un corail noir de bleu sauvage, un bleu qui ne venait pas d'en haut... mais du centre de la terre ! Lorsque les autres sont arrivés, c'était fini. Bien sûr, personne ne m'a cru. Ils pensaient que j'avais été victime d'une hallucination. Ce n'est que plus tard que j'ai compris ce qui s'était produit. Un physicien m'expliqua qu'il s'agissait d'un phénomène naturel : lorsque le soleil à son apogée donne un rayon filtré par la roche au-dessus de la cavité, l'intensité du rayon est si forte qu'elle lance son aura jusqu'à la chambre en dessous, un peu comme une caméra projette un film.

« Mais rien n'effacera cette impression d'iridescence surnaturelle, cette véritable illumination de la chambre. Durant de longues nuits, ce bleu m'illumina et m'enivra. C'était un effet... astronomique. Une partie du trésor, peut-être, et peut-être la seule qui reste ici.

— Vous pensez que ce trésor n'est plus ici ? demanda soudain Jane.

— Ce que je pense..., dit mon père, n'a pas beaucoup d'importance. Lorsqu'ils comprirent quel était l'incroyable contenu de ce texte, les chercheurs eurent du mal à croire que ce trésor existait. L'Ecole biblique de Jérusalem, strictement catholique, qui s'était approprié les textes de Qumran pendant près de vingt ans, avec le projet de garder l'exclusivité de l'accès aux rouleaux de la mer Morte, voulut établir que le texte était imaginaire, et qu'il était impossible que ce trésor existe réellement.

— Pourquoi ? demanda Jane.

— Toujours pour la même raison, Jane. Parce qu'ils ne veulent pas que l'on puisse reconstruire le Temple.

— Le professeur Ericson, lui aussi, croyait que ces réserves d'or et d'argent provenaient de Jérusalem, et qu'elles appartenaient au Temple. C'est pourquoi il a formé cette équipe.

— Qu'avez-vous trouvé ?

Jane s'approcha de lui :

— Jusqu'ici, pas grand-chose, murmura-t-elle.

Des pots, des réserves d'encens, qui pourraient effectivement appartenir au Temple, de la khétorite. Ah, et puis, il y avait aussi un pot en terre, très grand, rempli de cendres animales...

Mon père réfléchit un instant. Mes yeux croisèrent les siens. Nous avions la même idée.

— Les cendres de la Vache rousse.

Nous l'avons dit en même temps. Jane nous interrogea du regard.

— Une vache d'une espèce très rare, expliquai-je, dont les cendres permettaient la purification rituelle du peuple. Cette vache, sans tare ni défaut, devait être une bête qui n'avait jamais porté le joug. On prenait son sang, et on en faisait sept fois l'aspersion sur l'autel. Puis on brûlait la vache, et le Grand Prêtre prenait du bois de cèdre, de l'hysope et du cramoisi et les jetait au milieu du brasier où la vache se consumait. Enfin, on prenait les cendres de la vache et on les déposait dans un lieu pur. Ces cendres devaient servir à donner l'eau lustrale, destinée à l'absolution des péchés. Cette Vache rousse, et sans défaut, était extrêmement rare ; parfois il s'écoulait des années avant qu'on en trouve une. Or c'est le seul animal qui, selon la Bible, permettra la purification nécessaire à l'accomplissement du rituel du Temple.

— Vous pensez que c'est aussi Elias qui les a déposées à Qumran, en vue de la reconstruction du Temple ?

— Certainement, dit mon père.

— Que s'est-il passé ensuite ? demanda Jane.

— Ensuite, murmura mon père.

Il marqua un silence. Il sembla réfléchir un instant avant de poursuivre.

— Par les manuscrits de la mer Morte, on découvrit, grâce à des lettres déposées à Qumran, ce qui se passa ensuite. Le Temple fut détruit. Le pays fut envahi par les Romains, mais le groupe des zélotes organisa une résistance farouche à l'envahisseur. En l'an 132, l'empereur Hadrien déclara que Jérusalem était ville romaine, et il construisit un temple à l'endroit où se trouvait le Temple de Jérusalem. Un homme du nom de Simon Bar Kochba prit la tête de la révolte contre les Romains, en l'an 132, soixante ans après la destruction du Temple. Cet homme était suivi par plusieurs rabbins éminents, dont un, Rabbi Aquiba, le plus grand rabbin d'Israël, qui déclara qu'il était le Messie. Bar Kochba parvint à reprendre Jérusalem et à proclamer la Judée libre. Mais Hadrien envoya son général Sévère pour mater la révolte, ce qu'il fit, en entourant les places juives fortifiées, de façon à provoquer la famine. Plus de 580 000 juifs périrent dans cette révolte. Quant à Qumran, l'endroit servit de refuge aux révoltés, et à leur chef, Bar Kochba. Celui-ci, en y séjournant, prit connaissance de leurs textes et, en particulier, du Rouleau de Cuivre. C'est ainsi que Bar Kochba eut l'idée — folle — de reprendre Jérusalem, et de reconstruire le Temple. C'était soixante-dix ans après qu'Elias eut déposé le Rouleau de Cuivre chez les esséniens, et caché le trésor du Temple. C'est aussi grâce à cela qu'on crut qu'il était le Messie. Cependant, lorsqu'il apprit que sa résidence, l'Hérodium, ancien palais d'Hérode le Grand, était tombée, il comprit que sa mission avait échoué. Il laissa le Rouleau de Cuivre à l'endroit où il l'avait trouvé, et partit pour Bittir, où il mourut, espérant que, plus tard, quelqu'un réussirait à reconstruire le Temple.

Mon père avait murmuré ces derniers mots en me regardant fixement.

— ... En rendant le Rouleau de Cuivre aux esséniens, Bar Kochba avait enrichi le trésor du Temple par les dons des riches juifs de la Diaspora qui soutenaient sa rébellion, qui avaient cru en lui, à quoi il faut ajouter l'argent provenant des redevances en nature, ainsi que les offrandes... Une somme considérable, que Bar Kochba avait en sa possession et qu'il rajouta dans certaines cachettes d'Elias.

— Pourquoi, selon vous, les Romains se sont-ils tant acharnés contre le Temple ? demanda Jane.

— Les Romains savaient que Jérusalem allait être

de première importance pour eux. Ils sentaient que, dans sa volonté d'exister à travers le Temple, la ville continuait à porter le message au monde païen que les temps de la Fin arriveraient, et qu'un jour, la domination romaine cesserait.

— Et ensuite ?

Jane et moi l'avions dit en même temps. Encore une fois, mon père sourit, de ce sourire que je lui connaissais, de sérénité, de maîtrise de soi, ce sourire heureux et authentique.

— Ensuite, dit-il, deux mille ans se sont écoulés, les rouleaux ont été retrouvés et soumis aux chercheurs de l'équipe internationale. Quant au Rouleau de Cuivre, c'est le professeur Ericson qui s'en occupait depuis quelques années.

A l'évocation de ce nom, Jane pâlit. Je surpris son regard, qui soudain se durcit lorsqu'il croisa le mien.

— Le professeur Ericson se passionnait tant pour le rouleau, qu'il décida de rechercher le trésor du Temple. Il pensait, il espérait que le trésor existait réellement. Ce n'était pas simple, au début. Le Rouleau de Cuivre, qui avait été trouvé à Qumran, avait été transporté à Amman, en Jordanie, lors des guerres israélo-arabes. Le professeur Ericson convainquit le directeur des Antiquités jordaniennes que le trésor mentionné dans le Rouleau de Cuivre pouvait être découvert. Pour les autres membres de l'équipe internationale, c'était inadmissible. Ils refusaient de voir l'un des rouleaux — et non le moindre — leur échapper. Mais il était impossible d'arrêter le professeur Ericson, qui commença des expéditions archéologiques dans ce qui était alors la Jordanie, afin de rechercher l'or et l'argent mentionnés dans le Rouleau de Cuivre. Mais l'histoire archéologique, une fois de plus, devait rencontrer l'Histoire. En 1967, après un mois de menaces militaires et rhétoriques de l'Egypte et de la Syrie, Israël effectua une attaque massive contre l'Egypte. Le jour suivant, des combats sporadiques éclatèrent sur la frontière entre Israël et la Jordanie. Jusqu'au moment où eut lieu la bataille pour Jérusalem. Au cœur de l'enjeu stratégique de cette bataille, deux endroits : le mur Occidental et le Musée Rockefeller, aux abords de l'actuelle ville arabe, dans lequel se trouvaient... les manuscrits de la mer Morte ! Le 7 juin, à la fin de la matinée, un détachement de parachutistes israéliens avança lentement vers le mur de la vieille ville et, après un échange de coups de feu avec les troupes jordaniennes, finit par encercler le Musée. Au même moment, les colonnes israéliennes avançaient en direction de la vallée jordanienne, pour entraîner les forces jordaniennes loin de Jéricho et de la côte Nord-Ouest de la mer Morte. C'est alors que le site de Khirbet Qumran et les centaines de fragments de Qumran tombèrent sous contrôle israélien.

« Le matin du 7 juin 1967, la bataille de Jérusalem était à son comble. Réveillé à l'aube par Yadin, le chef de l'armée, j'entrai dans le Musée Rockefeller, escorté par des parachutistes israéliens. Je traversai les galeries, et soudain, au bout d'un couloir, je vis une grande pièce où se trouvait une table longue, immense : le Scrollery. Là il y avait les Rouleaux de la mer Morte. C'était la fin de la matinée. Les parachutistes fatigués se reposaient dans le cloître du Musée, autour de la piscine. Au bout de quelques heures, je vis paraître Yadin, et trois archéologues, ébahis, comme frappés par la grâce divine. Jamais ils n'avaient vu autant de fragments, ainsi disposés dans des centaines d'assiettes, fragiles, nombreux, prêts à s'effriter ou à être déchiffrés : ils revenaient du Saint des Saints des manuscrits. Mais moi, j'étais déçu, car dans tous ces textes j'en avais recherché un, qui manquait toujours. Les Jordaniens l'avaient conservé loin des autres, à soixante kilomètres de là, tout à fait à l'abri, dans la citadelle d'Amman, où se trouve le Musée archéologique de Jordanie, dressé comme une colline pointue au beau milieu de la ville moderne. Au milieu de fragments et de poteries diverses, un écrin en bois et velours contenait quelque chose de différent et d'infiniment précieux. Les siècles passés dans les grottes n'avaient pas endommagé le document, mais c'était l'outrage de l'outil moderne qui avait fini par l'entamer. Les bordures du haut et du bas s'effritaient, et nombre de petits débris étaient tombés dans la vitrine. Le Rouleau de Cuivre était en train de disparaître, il s'étiolait. Là encore, le professeur Ericson est intervenu : il était le seul à pouvoir le faire ! Grâce au réseau franc-maçonnique, il l'a acheminé vers la France, où il se trouve actuellement, afin d'être restauré.

— Mais le trésor, dit Jane, le trésor du Temple. Où est-il, à présent ? Est-il possible qu'il se trouve encore dans ces endroits que vous nous avez indiqués ?

— Il y était. Mais ça ne veut pas dire qu'il y soit toujours. A mon sens, toutes ces cachettes sont vides, désormais.

— Vides ? demanda Jane. Mais pourquoi seraient-elles vides ?

— Parce que j'en ai visité quelques-unes, Jane, il y a quarante ans.

— Comment ? dit Jane, plus pâle que jamais. Vous les avez visitées ?

Elle le considéra d'un air affolé, comme si des années de sa vie venaient de s'effondrer en un mot, et comme si toute l'entreprise du professeur Ericson, l'idéal d'une vie, n'avait été qu'un mirage.

— Et je peux vous affirmer qu'il n'y avait plus rien à l'intérieur.

— Mais où se trouve le trésor, alors ?

Jane s'était assise sur un rocher, soudain très lasse. Elle palpa sa blessure, s'apercevant seulement qu'elle lui faisait mal. Elle regardait de tous côtés, comme pour trouver une aide, ou qu'on la sorte enfin de ce cauchemar.

— Pour piller le trésor, dit doucement mon père, il fallait d'abord le trouver. Et pour le débusquer, comme je vous l'ai dit, il fallait être un savant.

— Le professeur Ericson a peut-être obtenu la

réponse à cette question, murmurai-je. Et c'est sans doute ce qui lui a valu de mourir de cette façon.

— En tout cas, dit Jane en se relevant brusquement, il n'y a plus rien à chercher ici.

Et, faisant un pas vers mon père :

— Mais vous, dit-elle, vous n'êtes pas en train de nier l'existence du trésor du Temple, comme le font les chercheurs de l'Ecole biblique ?

— Non, dit mon père posément. Je suis certain que le trésor du Temple a existé ou existe encore. Je suis sûr qu'il a été caché dans ces lieux... mais je sais qu'aujourd'hui, il n'est plus là.

Mon père avait baissé la voix. Il était 6 heures. Autour de nous, la nuit, doucement, tombait. Au loin, les montagnes de Moab, voilées par un halo de poussière, dessinaient des formes vaporeuses au-dessus du lac d'asphalte qui scintillait des lumières crépusculaires, aux reflets gris et turquoise. Il n'y avait plus une ride sur la mer ; plus un bruit, plus un mouvement, la mer au soleil couchant devenait noire, le soleil y inscrivait ses dernières lettres.

— Je crois, dit lentement mon père, que toutes les recherches concernant le Rouleau de Cuivre se sont révélées infructueuses parce que le trésor du Rouleau de Cuivre a été déplacé.

— Déplacé ? dit Jane. Mais où ?

— La réponse se trouve peut-être dans le Rouleau d'Argent, avançai-je.

— Le Rouleau d'Argent ? dit mon père.

— Oui, dit Jane. Il existe un autre rouleau, un Rouleau d'Argent que possédaient les Samaritains. Ils l'ont remis au professeur Ericson, peu avant sa mort.

— Un Rouleau d'Argent, répéta mon père. Cela signifie qu'entre l'époque de la Seconde Révolte de Bar Kochba et aujourd'hui, il existerait un chaînon manquant...

— Qui se trouverait dans le Rouleau d'Argent.

— Que contient ce rouleau ? demanda mon père.

— Personne ne le sait, sauf... le professeur Ericson, dis-je.

— Et Josef Koskka, ajouta Jane.

Il était déjà tard lorsque nous remontâmes vers Jérusalem. Mon père nous laissa à l'hôtel. Je demandai à Jane de consulter son ordinateur, que j'appelais « l'Oracle ». Elle monta dans sa chambre, et redescendit bientôt, munie de son portable. Après un regard alentour, afin de vérifier que nous n'étions pas épiés, nous nous sommes installés. Pourtant, je sentais comme une présence diffuse, une présence qui n'était pas ennemie, et je commençais à me demander si nous n'étions pas constamment suivis par le Shin Beth.

Jane s'installa dans un fauteuil et posa l'engin devant elle, sur la table basse prévue à cet effet. Au bout de quelques minutes, elle me fit signe d'approcher.

— Je crois qu'il est temps d'en savoir plus sur l'un des membres de cette équipe, dit-elle.

Sur l'écran, un texte se déroula :

JOSEF KOSKKA, chercheur polonais, spécialisé dans les domaines de l'orientalisme, archéologue du Proche-Orient, auteur de 23 travaux scientifiques dans ces domaines. Il a commencé ses études à Paris, à l'Université catholique, ensuite au séminaire à Varsovie, et a étudié la théologie et la littérature polonaise à l'Université catholique de Lublin, ainsi qu'à l'Institut biblique pontifical à Rome.

— C'est tout ? demandai-je. Pas d'autres informations ?

Jane pianota encore quelques minutes sur son ordinateur, puis nous vîmes apparaître :

JOSEF KOSKKA. Né le 24 décembre 1950 à Lublin, Pologne. Trois années à l'Université catholique de Paris. En octobre 1973, demande son admission à l'Université catholique de Lublin. Y étudie la théologie et obtient une licence de paléographie. Solide connaissance des langues anciennes, grec, latin, hébreu, araméen et syriaque. En octobre 1976, part pour Rome et s'inscrit à la faculté des Sciences bibliques, ainsi qu'à l'institut oriental. Apprend sept autres langues : arabe, géorgien, ugaritique, akkadien, sumérien, égyptien et hittite. A la fin de ses études à l'institut biblique, connaît treize langues anciennes, sans compter les langues modernes : polonais, russe, italien, français, anglais et allemand.

Poursuit ses recherches en Israël, avec les équipes archéologiques du service des Antiquités de Jordanie, de l'Ecole biblique et archéologique française de Jérusalem, et du Palestine Archeological Museum.

Il collabore à l'étude des centaines de fragments provenant de la grotte 3 de Qumran. Participe à de nombreuses découvertes épigraphiques des falaises de Qumran et de la région : fouille des grottes et exploration des falaises. Il rentre à Paris, en tant que chercheur au Centre polonais d'Archéologie et de Paléographie, où il réside actuellement.

— A ton avis, il a délibérément emporté le Rouleau d'Argent, sans en parler aux autres membres de l'équipe ? demanda Jane.

— C'est possible. Mais cela voudrait dire qu'il savait ce qu'il contenait.

— Crois-tu qu'il accepterait de collaborer avec nous ?

— Je crois qu'il faut tout faire pour en savoir plus sur lui et sur ce mystérieux Rouleau d'Argent.

Il était tard, lorsque je quittai Jane. Je décidai de rentrer à Qumran, pour voir les miens et rendre compte des derniers événements, des tristes événements survenus ces derniers jours.

Ayant emprunté les clefs de la Jeep de Jane, j'entrai dans la voiture et m'assis au volant. J'avais pris le revolver que mon père m'avait remis, mais je n'avais pas de poche sur ma tunique de lin. Je n'avais qu'une solution : le suspendre aux fils de laine blanche, les phylactères qui pendaient du petit châle de prière que je ne quittais jamais.

La lune éclairait la terre de sa lumière blanche, creusant des ravins profonds dans les rochers et dans le cours torturé des torrents qui atteignaient la mer, dans laquelle se reflétaient les montagnes de Moab d'un côté, et les golfes du désert de Judée de l'autre.

A mi-chemin entre ces deux pics et la mer Morte, on distinguait une terrasse de marne, sur laquelle se découpaient des ruines, et dans les parois rocheuses du désert, dans les cavités creusées par les eaux, nos grottes échappaient aux regards, entourées des wadis qui se déversent dans la mer.

A Qumran, je me rendis à la synagogue, qui était une grande cavité oblongue, au bout de laquelle se trouvait une salle qui servait de lieu pour les réunions du Conseil suprême. Là se tenaient Issakar, Pérèç et Yov, les prêtres Cohanim et Ashbel, Ehi et Mouppîm, les Lévis, ainsi que Guéra, Naamâne et Ard, fils d'Israël, accompagné de Lévi, le Lévi.

Ici, dans cette salle, on ne parlait pas avant quelqu'un d'un âge supérieur, ni avant celui qui était inscrit avant soi, ni avant l'homme que l'on interroge. Et dans les séances que tenaient les Nombreux, personne ne parlait avant l'homme qui est l'inspecteur des Nombreux.

Mais j'avais été oint, j'étais le Messie. C'est pourquoi j'avais le droit de m'avancer vers les Nombreux, assis sur les tabourets de pierre, tout de blanc vêtus.

— J'ai quelque chose à dire aux Nombreux, annonçai-je.

Cette fois, aucun cri, aucun tumulte ne troubla mes paroles, et je m'exprimai dans un silence absolu.

— Voici, dis-je, d'une voix que la grotte faisait

résonner haut et clair, voici ce que j'ai fait et ce que
j'ai vu alors que je me trouvais à Jérusalem.

Je leur narrai tout, dans les détails. Je leur fis part
de l'assassinat de la famille Rothberg, je leur parlai
des hommes qui m'avaient suivi, qui en voulaient à
ma vie, je rapportai les faits nouveaux sur le meurtre
du professeur Ericson, et également ce que j'avais
appris de mon père : que le trésor du Rouleau de
Cuivre avait quitté le désert de Judée, qu'il avait été
déplacé, et que le Rouleau d'Argent que gardaient les
Samaritains contenait peut-être une piste.

Le silence qui avait enveloppé mes paroles se pro-
longea bien après que j'eus terminé. Puis Lévi se leva.

— Méfions-nous des esprits malins, dit-il, et des
esprits terrifiants, pour qu'advienne l'Esprit de Dieu,
insondable et tout-puissant. Il faut rassembler tes
forces, sans aucune peur. Ne les crains pas, car c'est
vers le chaos que tend leur désir. N'oublie jamais que
le combat est à toi, et c'est de toi que vient la puissance, ainsi qu'il fut déclaré, jadis : *Une étoile a fait
route de Jacob, un sceptre s'est levé d'Israël, et il fra-
casse les tempes de Moab, et il renverse tous les fils de
Seth.*

Alors Ashbel, le Maître de l'Intendance, se leva.
C'était un homme de petite taille, aux traits immobiles et au visage de bronze.

— Quel est le lien entre le trésor du Temple et le
meurtre du professeur Ericson ? demanda-t-il.

— Le professeur Ericson était à la recherche du
trésor du Rouleau de Cuivre. Nous pensons que c'est
pour cette raison qu'il a été tué.

— Crois-tu qu'il y ait un traître parmi nous ?
demanda Ard, le simple d'esprit.

En effet, le professeur Ericson était mort sur le site
de nos ancêtres, et ce n'était pas un hasard, car il
nous cherchait, et il savait que les esséniens avaient
désigné leur Messie. Comment le savait-il ? O mon
Dieu, *qu'est-ce que tout cela pouvait bien signifier ?*

— Tout cela finira par prendre un sens. Mais pour
comprendre, je vais devoir partir, dis-je. Je dois

accomplir un grand voyage car le Rouleau d'Argent se trouve sans doute à Paris.

— Tu veux partir, dit Lévi le Lévi.

— En France, en Europe, dis-je. Où il le faudra.

— C'est impossible, répondirent Ehi et Mouppîm, les Lévis.

— Impossible ?

— Tu ne peux pas partir d'ici, dit Lévi. Ta mission doit se poursuivre parmi nous, avec nous. Tu ne dois pas courir de danger. Tu nous as dit que ton père pensait que Shimon Delam te prenait peut-être pour cible. Si tu pars au loin, qui te protégera ?

— Je dois partir, répétai-je. Il le faut. Pour nous tous. Pour notre sécurité.

Guéra, le maître du Conseil, se leva.

— Lorsqu'un problème surgit dans la communauté, dit-il de sa voix grave, l'assemblée se constitue en tribunal, tu le sais. En ce qui concerne les jugements, nous nous attachons à être minutieux et justes. Et lorsque nous jugeons en nous réunissant au nombre de cent au moins, notre décision est irrévocable. Et pour celui qui a commis des fautes graves, c'est l'excommunication. Celui qui est exclu se meurt de consomption dans le plus misérable destin. En effet, lié par les serments et par les usages, il ne peut prendre sa part de la nourriture des autres, et, le corps desséché par la faim, il en est réduit à manger de l'herbe. Pour celui qui blasphème la parole du Législateur, la peine de mort est prévue. Pour savoir si tu dois partir, si tu dois poursuivre cette mission, il faut réunir le tribunal.

— A présent, interrompit Ashbel, il est temps de prendre le repas.

Alors ils m'invitèrent à les suivre, dans la grande pièce qui servait de réfectoire.

Je dis la bénédiction sur le vin, puis je rompis le pain. Ces gestes, que j'avais accomplis bien des fois depuis que j'étais venu vivre à Qumran, me parurent soudain étranges. Autour de moi, cent hommes avaient les yeux fixés sur moi. Tous me regardaient comme s'ils essayaient de me capturer par leur regard, et je compris qu'ils n'avaient pas du tout l'intention de me laisser partir.

Dans la nuit, ne parvenant pas à dormir malgré ma fatigue, je sortis. Mouppîm, accompagné de Guéra, faisait les cent pas devant l'entrée. Ils avaient été postés là, sans doute, pour empêcher que je parte, que je m'enfuie.

Je me rendis au Scriptorium sans leur adresser la parole. La lune était pleine, et je voyais son ombre se glisser entre les pierres. Je sentais la présence de Mouppîm.

Sur ma table se trouvaient mes parchemins, mes stylets, tout mon matériel. Il faut écrire, pensai-je, il faut écrire car le verbe brûle. La volonté de dire est tout ce qui reste quand tout semble perdu. Je considérai le parchemin sur lequel j'étais en train d'écrire ; non pas celui d'Isaïe, que je recopiais, mais celui que j'étais en train d'écrire : le parchemin de ma vie.

ט. *Tet*, neuvième lettre de l'alphabet, possède la valeur numérique 9, et représente le fondement, la base de toute chose. On la trouve pour la première fois dans la Bible, avec le mot *Tov*, qui signifie bien, bon. Et *Tet*, changement d'état, est la seule lettre ouverte vers le haut. C'est pourquoi *Tet* exprime le refuge, la protection, l'association des forces pour sauver la vie. Examinant le *Tet* de plus près, je remarquai qu'il était composé d'un י, *Yod* au milieu, entouré de la lettre כ, *Kaf* renversée, qui a pour tâche de le protéger.

Sous moi, il y avait un siège, une sorte de tabouret fait d'une petite planche de bois en diagonale surmontée d'une planche horizontale. Imitant le *Tet*, je le plaçai au-dessus d'un rocher qui se trouvait dans un coin, et le poussai sous la mince fente qui s'ouvrait dans la grotte.

Alors, grimpant dessus, je parvins à me hisser et à

m'extirper de la grotte par la fente qui laissait entrevoir le ciel.

Quand je sortis, dans la nuit, dix des Nombreux m'attendaient.

CINQUIÈME ROULEAU

Le Rouleau de l'Amour

Elle m'est apparue en sa magnificence
Et je l'ai connue.
La fleur de la vigne donne le raisin,
Et le raisin produit le vin qui réjouit les cœurs.
Sur ses chemins aplanis, j'ai marché
Car je l'ai connue étant jeune.
Je l'ai entendue,
En sa profondeur je l'ai comprise
Et elle fut celle qui m'abreuva.
C'est pourquoi je lui rends hommage.
Je l'ai contemplée
Et j'ai accompli le bien
Je l'ai désirée
Et je n'ai point tourné mon visage.
Je l'ai convoitée
Jusque dans ses hauteurs
J'ai ouvert la porte
Qui permet de découvrir le secret.
Je me suis purifié
Pour la connaître dans la pureté.
J'avais l'intelligence du cœur,
Je ne l'ai point abandonnée.

Rouleaux de Qumran,
Psaumes pseudo-davidiques.

Au-dessus de la grotte, dans le clair de lune, je reconnus les dix hommes du Conseil.

— Que faites-vous ? dis-je, en les voyant former une haie autour de moi. Ne suis-je pas le Messie, votre Messie ?

— Nous t'avons oint pour que tu accomplisses ta mission, dit Lévi, et tu es notre Messie. Mais tu dois suivre nos textes. Tu es notre Messie, pas notre roi. Tu es notre envoyé, pas notre gouverneur. Tu es notre élu, mais ce n'est pas toi qui le choisis !

Le cercle se fermait autour de moi, sans que je puisse rien faire. Ils me considéraient à présent, presque menaçants. Alors, en désespoir de cause, et dans la panique de la situation, je fis l'incroyable. Je fis ce que jamais aucun Messie au monde n'a dû faire. Je rentrai ma main dans ma chemise de lin. Je défis le nœud sur lequel était accroché le revolver. Je le sortis, et le pointai sur Lévi.

— Ne bougez pas, dis-je. Ouvrez le cercle, et laissez-moi passer.

Ils me regardèrent, incrédules.

— Allez, répétai-je. Laissez-moi passer.

Ils s'exécutèrent. Je m'éloignai à reculons, en tenant toujours le revolver pointé vers eux, jusqu'au moment où je disparus dans les rochers.

Je courus dans le désert, où régnait une lueur diffuse et inquiétante. Tout était voilé d'un halo trouble, au travers duquel on apercevait des ombres mou-

vantes comme des fantômes, celles d'arbustes, de
rochers ou de petits animaux qui sortent la nuit,
scorpions et serpents, et j'avais peur que les esséniens me poursuivent. Sur le firmament peuplé
d'étoiles, il n'y avait qu'un mince croissant de lune,
à peine visible. Il faisait froid, très froid, et mon
corps, nu sous ma tunique de lin blanc, frissonnait
comme un arbre décharné sous le vent. L'odeur de
soufre qui venait de la mer Morte était plus puissante
encore que le jour, presque soûlante. Le silence de la
nuit, profond, m'enveloppait, et le frottement de mes
pas sur le sable me terrifiait. Sans cesse, je me retour-
nais, avec la certitude d'être poursuivi ; mais ce
n'était que quelques hyènes dont j'apercevais parfois
les yeux jaunes, et dont j'entendais le hurlement strident. La nuit régnait autour de moi : j'avançais, les
yeux mi-clos, pris d'une immense fatigue, dormant
presque. J'avançais dans la peine, ayant abandonné
ma communauté, ayant menacé les miens d'une
arme.

Qu'avais-je fait ? Quelle était cette violence qui
m'avait pris ?

Mon esprit en tumulte ne parvenait pas à se
concentrer. Mon pas me guidait loin d'eux, m'éloi-
gnant, m'intimant de continuer et de partir. Je savais
aussi ce que j'encourais en fuyant, en désertant ainsi.
Je connaissais toutes les lois sur le châtiment des
infidèles : ceux qui s'adonnent à la traîtrise, ceux qui
s'engagent sur les sentiers du Mal, ceux qui font ce
qui est bon à leurs yeux, et suivent le mauvais penchant de leur cœur, ceux qui se laissent séduire par
le péché, ceux qui avancent dans les mauvais chemins, ceux qui sont entrés dans l'Alliance pour s'en
écarter, et ceux qui n'écoutent point les préceptes des
Justes. *Que personne ne s'approche pour avoir commerce avec eux, car ils sont maudits.*

En cet instant, dans la nuit glacée du désert de
Judée, j'aurais voulu que l'ange Ouriel fût là, qu'il
guidât mes pas, qu'il m'enseignât les cycles de la
lune, et que cela me rassurât, mais il n'y avait rien,

pas d'ange, pas de nuée, pas de manne, et j'étais seul, seul sous la lune, à trébucher sur les dunes, les yeux fixes dans le noir, comme ceints d'un bandeau, frappé par ce que je venais de faire.

Aveugle, comme devant Celui qui a créé la terre avec ses abîmes, les mers avec ses abysses, les étoiles avec leur hauteur insondable.

Au petit matin, je finis par trouver la route de Jérusalem, et je fus pris en stop par un camion militaire, où sommeillaient les soldats après une longue nuit de garde.

A l'hôtel, je téléphonai à mon père, et lui fis part de mon aventure de la nuit, et de mon projet de départ pour Paris. Sa réaction, à ma grande surprise, fut semblable à celle des esséniens. Il me déconseillait de partir.

— Mais, lui répondis-je, c'est toi qui es venu me chercher dans les grottes, et à présent, tu m'empêches d'aller jusqu'au bout de ma mission ?

— Te rends-tu compte du danger que tu cours à poursuivre cette quête hors d'Israël ?

— Voyons, répondis-je, il se pourrait bien que le Rouleau d'Argent contienne la clef du mystère. De plus, c'est la seule piste que nous ayons.

Lorsque je revis Jane, je ne lui racontai pas les événements de la nuit : j'avais décidé de la suivre, de poursuivre l'enquête, presque malgré moi, contre la volonté des esséniens. Cependant, ayant agi sous le coup de l'impulsion, je ne connaissais pas encore la portée de mon acte, j'ignorais quelle force secrète, plus puissante encore que celle de ma communauté, me faisait agir.

Je la regardais, je ne pouvais m'empêcher de la regarder. Ses yeux noirs aux longs cils m'envoûtaient, la finesse et la transparence de sa peau m'attiraient, comme un parchemin, j'aurais pu y graver des lettres d'or. J'y voyais des mots, que sur sa peau je déchiffrais, chaque jour y découvrant de nouveaux mystères.

De Tel-Aviv, nous prîmes l'avion pour Paris, et descendîmes dans un hôtel près de la gare Saint-Lazare.

C'était le printemps. Il y avait une petite brise et le ciel était beau. Jane était vêtue d'un pantalon et d'un chemisier aux couleurs claires. Moi, je portais les vêtements que j'avais achetés en hâte aux boutiques de l'aéroport : un tee-shirt et un jean, sur lequel pendaient les phylactères du petit châle de prière qui ne me quittait pas. J'avais aussi rasé ma barbe rituelle, et mon visage se dévoilait sous un jour différent, tout comme si j'avais revêtu un masque — ou que je l'avais enlevé ? Je retrouvai, comme celles d'un autre, ma mâchoire carrée, mes joues creuses, ma bouche au tracé fin.

Chacun prit sa chambre ; nous étions sur le même palier, c'était le soir, c'était la nuit. Nous nous sommes salués et chacun a refermé sa porte.

De l'autre côté de la cloison, il me semblait entendre sa respiration. Dans mon esprit planaient les ombres de son visage, sur mes lèvres le brasier de sa bouche, sur mon front le ravissement de son regard, sur mon âme la pâmoison de ses rêves. Je ne sais comment je résistai au désir de la rejoindre, tant il était fort, l'appel de son nom. Faible derrière la cloison, j'étais la proie d'un sentiment tel que je ne pouvais plus vivre, ni exister, ni respirer. Dans le noir, je n'étais plus rien. Je me cognai contre l'oreiller, gardant l'éveil pour ne pas faiblir, ne pas mourir. J'étais transi de froid, et pourtant mon visage était en feu, j'aspirais à l'aube, à la lumière du jour, mais elle ne venait pas, et je ne voyais rien, et je ne parvenais pas à sortir de ce monde silencieux, qui m'enveloppait de son manteau glacé. Je l'imaginais, en son sommeil, et je m'imaginais, près d'elle, doucement glissé entre ses draps, entre ses rêves, entre ses bras, mes lèvres contre ses lèvres, mes mains sur son cœur, et mon cœur battant à tout rompre. Et tous les désirs du monde se concentraient en moi qui avais vécu sans elle en ascète, et je frémissais d'impatience. Je la voulais toute à moi, et m'unir à elle éternellement. Et je

disparaissais, muet de tendresse, comme une étin-
celle, un grain de sable, une poussière sur la roche.
Je disparaissais, et il n'y avait plus qu'elle au monde.

Le lendemain matin, comme prévu, nous nous
sommes rendus à l'ambassade de Pologne, près de
l'esplanade des Invalides, où se trouvait le Centre
polonais d'Archéologie et de Paléographie.

Nous traversâmes la cour intérieure sur laquelle
donnait une bâtisse somptueuse, dont l'intérieur
était décoré de moulures, de peintures et de boiseries dorées d'un style flamboyant.

Nous demandâmes à voir Josef Koskka. Quelques
minutes plus tard, apparut une femme d'une quarantaine d'années, grande, perchée sur de hauts talons,
élégante, vêtue d'un tailleur sombre. Elle avait un
long visage aux traits fins et une bouche soulignée
par un rouge à lèvres sanguin.

— Que désirez-vous ? dit-elle.

— Nous voulons voir Josef Koskka.

— C'est impossible pour le moment. Je suis désolée.

— C'est très important, insista Jane. Nous menons
une enquête au sujet du meurtre du professeur Ericson.

— Vous menez une enquête, répéta la femme d'un
air dubitatif.

Elle me considérait de haut en bas. Les fils blancs
de mon petit châle de prière dépassaient de mon
jean, car, selon la coutume, ils doivent être visibles.
Sur la tête, je portais une kippa noire, discrète, mais
qui sembla ne pas échapper à son regard perçant.

— Dites-lui que nous sommes ici au sujet du Rouleau d'Argent, dis-je.

Quelques minutes plus tard, elle nous accompa-
gnait en haut d'un escalier de marbre recouvert d'un
épais tapis rouge. Pendant que nous patientions, elle
entra à l'intérieur d'une pièce, d'où elle ressortit bientôt. Sur son visage au teint très pâle, aux yeux clairs
presque bridés, aux lèvres rouges, je vis des rides qui

formaient une lettre : ‍ע *Aïn*, qui signifie : mal assis, qui comporte un déséquilibre.

Elle nous fit entrer dans un bureau rempli de livres et d'objets antiques. Josef Koskka était là, assis à son bureau, un stylo à la main, comme s'il s'apprêtait à écrire.

— Merci, Madame Zlotoska, dit-il, alors que la femme sortait du bureau. Ary, le scribe, ajouta-t-il. Que puis-je faire pour vous ? Et vous, ma chère Jane ?

— Nous aider, murmura Jane.

Koskka réfléchit un instant, en triturant nerveusement son stylo. Puis il prit une cigarette, l'introduisit dans un porte-cigarette noir, et l'alluma, le regard perdu dans le vide.

— Vous le savez comme moi, dit-il, un ton plus bas. L'objectif concernant le Rouleau de Cuivre est d'éviter la publicité, et de continuer les recherches, je dirais... dans le secret. Ainsi vous respecterez le travail d'Ericson. Vous savez qu'il était le seul à y croire, depuis le début. Tout le monde pensait que le Rouleau de Cuivre était un document écrit par les esséniens. Et de toute façon, les membres de l'Ecole biblique et archéologique avaient répandu l'idée que c'était une plaisanterie, un jeu stupide qui ne mènerait à rien. Peter, lui, savait qu'il devait y avoir une raison solide pour que des hommes effectuent une tâche aussi ardue que celle de graver un rouleau sur du cuivre.

— Quels sont ses ennemis ? l'interrompis-je.

— Bien entendu, ceux qui pensent que le rouleau n'indique pas de trésor.

— Et vous, qu'en pensez-vous ? demandai-je.

— C'est faux. Il y a bel et bien un trésor.

— J'aimerais tellement voir l'original, murmurai-je, comme pour moi-même, celui qui a été gravé par les scribes. Je voulais tenter de retrouver leur état d'esprit, par la contemplation des lettres.

— Rien de plus facile, dit Koskka. En mars, en présence de Sa Majesté la reine Nour de Jordanie, le rouleau a été remis au royaume hachémite de Jordanie. C'est moi qui ai aidé à le restaurer.

— Donc le rouleau est en Jordanie ? fis-je, désappointé.

— Pas du tout. Ce rouleau est en ce moment même à l'Institut du Monde arabe, dans le cadre de l'exposition consacrée à la Jordanie. C'est votre serviteur qui s'en occupe.

— Que savez-vous sur le Rouleau d'Argent ? demandai-je brusquement.

— Nous savons que c'est vous qui l'avez, ajouta Jane. Et nous voudrions le voir.

A ce moment, le téléphone sonna. Koskka décrocha.

— Oui, dit Koskka. Ce soir. D'accord.

Il couvrit le combiné.

— Bien, dit-il sans avoir répondu à la question de Jane. A présent, je dois prendre congé de vous.

Son ton n'admettait nulle contradiction. Nous nous sommes retrouvés dehors en moins de temps qu'il ne faut pour le dire.

— Qu'est-ce que tu en penses ? demanda Jane, alors que nous sortions de l'ambassade.

— Il est assez glaçant, non ?

— Un homme étrange... Je crois qu'il nous faut en savoir plus sur lui. Et il faut élucider le mystère du Rouleau d'Argent.

— Et, bien entendu, dis-je, tu as un plan.

Vers 6 heures, Jane et moi nous nous postions devant l'ambassade de Pologne.

Quelques minutes plus tard, Koskka en sortait. Il prit un autobus devant l'esplanade des Invalides. Nous nous engouffrâmes dans la voiture que nous avions louée, et je pris le volant. Le bus nous mena jusque dans le XXe arrondissement de Paris. Koskka descendit, fit quelques pas dans la rue de Bagnolet,

puis bifurqua soudainement et entra dans une ruelle
sombre et étroite. Enfin, sortant des clefs de sa mallette, il s'arrêta devant la porte d'une petite maison,
où il entra.

Nous restâmes un instant encore dans la voiture,
garée en face de chez lui, en nous demandant ce que
nous pouvions faire. Devions-nous l'attendre ? Provoquer une nouvelle rencontre avec lui ? Les
lumières du deuxième étage s'allumèrent, puis s'éteignirent. Koskka s'était peut-être couché, nous commencions à penser que nous n'étions pas plus avan-
cés, lorsque les phares d'une camionnette nous
aveuglèrent.

Ce fut alors que la porte de la maisonnette s'ouvrit,
et Koskka passa la tête dans l'entrebâillement de la
porte, puis, voyant arriver la camionnette, il sortit,
un paquet dans les mains. Le véhicule s'arrêta à son
niveau pour le laisser monter.

Lorsque le conducteur embraya, Jane et moi le suivîmes. Ce fut alors que la camionnette nous entraîna
dans un long et curieux périple. Elle ne roulait pas
vite, nous n'avions aucun mal à la suivre. Je prenais
soin de laisser une voiture se glisser entre nous, afin
de ne pas nous faire repérer. Elle nous entraîna tout
d'abord vers le quartier de Saint-Germain-des-Prés.
Devant la brasserie Lipp, la camionnette stoppa
brusquement. Un homme d'une cinquantaine
d'années, qui avait en main plusieurs livres, semblait
l'attendre. Il monta rapidement dans le véhicule, en
regardant à droite, puis à gauche, comme s'il redou-
tait d'être vu. Nous nous dirigeâmes alors vers le
quartier de l'Opéra. Dans la rue du Quatre-Sep-
tembre, nous nous arrêtâmes devant un grand bâtiment, qui abritait une compagnie financière. Là,
après quelques minutes d'attente, un homme fran-
chit le portail. Il fit un signe au conducteur, puis
monta à son tour. Il y eut encore plusieurs arrêts
jusqu'aux Champs-Elysées, durant lesquels des
hommes montaient. La camionnette poursuivit son

chemin sur la ceinture autour de Paris, puis finit par s'arrêter à l'ouest de la capitale, porte Brancion.

C'était une ruelle particulièrement étroite, dans laquelle se dressait, au milieu d'immeubles vétustes, une drôle de masure, une sorte de gentilhommière, avec une tour coiffée d'un toit en éteignoir à peine visible de la rue, car elle était masquée par un bouquet d'arbres. Un des hommes descendit de la camionnette, et s'arrêta devant une lourde porte de bois, qu'il poussa. Tous les passagers sortirent silencieusement, et entrèrent dans la bâtisse. La camionnette repartit aussitôt.

Nous avons garé la voiture et, après avoir attendu un court instant, descendîmes à notre tour. Près du portail, il n'y avait aucun bruit. La rue était déserte. J'échangeai un regard avec Jane. Elle était prête. Alors je poussai le lourd battant et nous entrâmes à pas de loup. Là, un couloir sombre menait vers une autre porte. Nous prîmes le couloir, en jetant des coups d'œil derrière nous. Personne ne semblait nous suivre. Et soudain, derrière la porte, des voix se firent entendre.

— Frères, soyez patients, jusqu'à l'accomplissement de notre mission, car le jour est proche ! Oui, c'est un fait que Jérusalem n'est pas en paix, et nous le savons. Mais nous poursuivrons notre œuvre, notre mission en ce monde.

Le silence dura de longues minutes, puis la voix retentit à nouveau :

— Mes frères, on a voulu nous décourager, on a cherché à nous détruire, en tuant le professeur Ericson.

A ces mots, nous entendîmes un vacarme effroyable. Au milieu de bruits métalliques et de pieds frappant le sol, de cris et de soupirs, des voix demandaient vengeance et criaient : « A moi, Baucéant, à la rescousse ! »

— Mais il est possible, continua la voix, qu'il me semblait avoir entendu quelque part, que cette génération — notre génération — apporte la paix. Vous n'ignorez pas la raison qui nous réunit ici : nous allons reconstruire le Temple, le Troisième Temple ! Grâce aux écrits du prophète Ezéchiel, nous connaissons les dimensions exactes de ce Temple, à nul autre pareil. Grâce à nos architectes, nous avons les mesures, qui sont aux dimensions de l'Esplanade qui se situe au nord de la Mosquée Al-Aqsa ! Nos ingénieurs ont travaillé sur ces mesures, et nous savons à présent qu'il est possible de construire le Temple sur son véritable emplacement, qui se trouve sur la grande Esplanade, à l'endroit même où se situe le Dôme des Tables !

Il y eut un silence. Jane et moi nous regardions, stupéfaits.

— Qui sont ces hommes ? chuchotai-je.

Elle me fit signe qu'elle l'ignorait. Alors je m'approchai de la porte, sur laquelle, à hauteur d'homme, s'ouvrait une petite lucarne grillagée d'une dizaine de centimètres.

Me plaçant légèrement de côté, afin de ne pas être vu par l'assistance, j'aperçus une grande salle dans laquelle tout était tendu de noir, un noir illuminé de croix rouges. Au centre de la nef, était un catafalque orné d'une couronne et d'insignes mystérieux. Près de lui, était dressé un trône. Tout autour, une sorte de bataillon formait une haie, devant une centaine de personnes vêtues de tuniques blanc et rouge, recouvertes d'un manteau d'hermine frappé d'une croix rouge, celle qui se répétait sur les murs de la salle. Je songeai soudain à la petite croix que Jane avait pris au pied de l'autel : il me semblait que c'était la même.

J'avais assisté à de nombreuses cérémonies chez les esséniens, mais jamais je n'avais vu un tel apparat. Tous les assistants avaient le visage recouvert d'une cagoule blanche et portaient une ceinture garnie de franges d'or, une toque en hermine entourée d'une bandelette et surmontée d'une houppe à trois aigrettes d'or, nantie d'un diadème doré. A leur ceinture pendait une épée, garnie de rubis et de pierres précieuses.

Au centre de l'Assemblée se trouvait un homme, également masqué. C'était lui qui parlait. Il tenait dans sa main droite un sceptre au sommet duquel était posé un globe surmonté de la même croix rouge, celle que l'on voyait partout. A son cou, pendaient deux chaînes : sur la première, faite de lourds maillons rougeâtres, était accrochée une médaille qui représentait une effigie médiévale. La seconde était une sorte de chapelet composé de perles ovales émaillées de rouge et de blanc. Un grand cordon de soie rouge barrait sa poitrine de droite à gauche. Sur ce cordon, était suspendue la fameuse croix.

— Ensemble, dit-il, nous allons reconstruire le Temple. Ensemble, comme nos frères il y a mille ans, qui partirent à Acre, ou dans la terre de Tripoli... en Pouille ou en Sicile, ou en France en Bourgogne... avec un but, un seul but : construire le Troisième Temple ! Nous allons poursuivre le travail de l'architecte Hiram, et ce Temple sera l'aboutissement de tous les temples consacrés au plus grand des Architectes, les cathédrales, les mosquées et les synagogues, tous seront réunis dans ce Temple où sera le Saint des Saints !

Pendant qu'il parlait, deux hommes arrivèrent du fond de la salle, et apportèrent un mannequin de bois, monté sur un pivot, qui portait sur son bras droit un écru de tournoi et sur son bras gauche, un logne, avec un solide gourdin.

L'un des hommes enfonça un pivot dans le cœur du mannequin, comme pour en faire une cible.

— Voici l'effigie de Philippe le Bel, dit le maître de cérémonie, et notre devise est : *Pro Deo et Patria*, car c'est avec le fer et non avec l'or que nous nous protégerons, en ce jour, ce jour où le monde apprendra que nous n'avons pas cessé d'exister, et que notre ordre est officiellement ressuscité !

Il y eut un mouvement dans la salle. Des hommes se levaient, d'autres changeaient de place. Jane, derrière moi, me toucha légèrement le dos, pour me faire signe de reculer, car pour regarder ce qui se passait dans cette étrange cérémonie je m'étais un peu avancé.

Par précaution, je m'éloignai. Il y eut alors un bruit de papier froissé, puis la même voix retentit dans l'enceinte, mais encore plus fortement.

— Voici, dit-il. Voici la preuve !

Alors il se fit un grand silence. A nouveau, je collai mon œil contre la petite grille.

Le maître de cérémonie prit une boîte en bois verni, qu'il ouvrit avec la plus grande délicatesse. Et en cet instant apparut un rouleau fragile, ancien, un rouleau argenté. En frissonnant, je reconnus le rouleau qui se trouvait entre les mains de Peter Ericson, sur la photographie que m'avait remise Jane.

L'étrange personnage montra à l'assistance le Rouleau d'Argent, qu'il avait à moitié déroulé, et dont on voyait l'intérieur, recouvert d'une écriture fine et serrée. Il l'éleva, tel Moïse avec les tables de la Loi, tel l'officiant lors du Chabbat, il l'éleva vers le ciel, afin que tous le contemplent.

— Ceci, mes frères, nous vient tout droit du passé ! Ceci a traversé les temps, et nous vient de la Terre sainte ! Ceci contient le secret qui nous permettra de reconstruire le Temple ! C'est pourquoi nous allons nous réunir, tous, à Tomar, au Portugal... Une réunion de préparation mondiale.

A ces mots, il y eut un grand brouhaha. Certains s'étaient mis à frapper le sol de leur épée, d'autres s'étaient levés, d'autres encore saluaient ces paroles d'une effusion de joie et d'embrassades.

Soudain, je sursautai. Derrière nous, une porte claqua, puis des pas approchèrent. Nous fîmes volte-face pour sortir, mais un homme nous barrait déjà le passage. Son visage était dissimulé par un casque en mailles de fer. Il était lui aussi vêtu d'une tunique, mais blanche et noire.

— Que voulez-vous ? dit-il. Qui êtes-vous et qu'êtes-vous venus faire ici ?

— Nous nous sommes trompés d'adresse, dis-je. Nous cherchons la sortie.

Alors l'homme sortit une épée de son fourreau et s'avança vers nous, d'un air menaçant. D'un coup de pied sur le poignet, je fis voler l'arme, que je rattrapai avant qu'elle n'atteignît le sol. Mais l'homme m'assomma, si violemment que je m'écroulai, ahuri, sans trouver la force de me relever... Dans une sorte de brume, je vis Jane projeter sa jambe droite pour lui catapulter son talon en pleine poitrine. L'homme, terrassé, fut un instant immobilisé. Elle en profita pour lui écraser le nez et lui décocha un coup sur la glotte qui le fit suffoquer, et le plia en deux. Mais l'homme se releva, lui envoya un coup de poing qu'elle esquiva d'un mouvement de la tête. Malgré le choc, rapide comme l'éclair, elle lui plaça un droit au plexus, suivi d'un coup de la main tendue sur la nuque. Alors l'homme l'agrippa par la gorge. Il l'étranglait. Aussitôt, je me jetai sur lui par-derrière. Jane serra ses deux mains entre les poignets de l'homme, qu'elle écarta d'un geste brusque et se dégagea vivement, par une sorte de pirouette arrière.

— Viens, fit-elle, vite.

Nous nous précipitâmes vers la porte, puis vers la voiture, dans laquelle nous nous sommes engouffrés.

— Jane, dis-je, après que nous avions repris notre souffle. J'ignorais que tu étais rompue aux arts martiaux. Tu m'avais caché cela.

— J'ai fait un peu de karaté...

Je pensais à ce que mon père m'avait dit : *Cette femme a suivi un entraînement spécial.*

— Qui étaient ces gens ? dis-je.

— Je l'ignore, Ary, mais ce ne sont pas des francs-maçons.

— Et ce mannequin ? repris-je. C'est quoi ?

— Une quintaine, murmura Jane. Un mannequin que l'on employait dans les tournois médiévaux. Le jouteur devait le frapper de sa lance au galop. S'il ratait son coup, sans se coucher à temps sur le cou de son cheval, le mannequin pivotait sous le choc et assenait automatiquement un coup de gourdin sur la nuque ou l'échine du cavalier maladroit, qui pouvait en mourir...

— Ces hommes seraient donc des... chevaliers médiévaux ?

— Je pense, dit Jane, que ces hommes sont des Templiers.

— Des Templiers ? répétai-je, incrédule.

— Oui. Cette confrérie médiévale a été autrefois pourchassée et supprimée. Mais ce que nous avons découvert ce soir, c'est qu'elle existe toujours.

— Et tu crois que le professeur Ericson en faisait partie ?

— Le professeur Ericson était franc-maçon. Mais peut-être existe-t-il un lien entre les deux ordres. Les Templiers, comme les francs-maçons, ont pris grand soin de garder leur savoir secret. Comme les francs-maçons, ils s'intéressaient à l'architecture et, notamment, à l'architecture sacrée. Ce sont eux qui ont bâti, par exemple, la cathédrale de Chartres.

— Des constructeurs, dis-je, comme les francs-maçons... Et cette croix qui était au pied de l'autel, cette croix gothique, c'est celle que les hommes portaient sur leurs vêtements. Mais tu le savais, n'est-ce pas ?

— Oui, dit-elle, en me regardant, désolée, je le savais.

— Pourquoi me l'as-tu caché ?

— Je ne peux pas te le dire pour l'instant, mais tu dois me faire confiance.

Nous étions arrivés devant notre hôtel. J'arrêtai le moteur et Jane se tourna vers moi.

— Est-ce que tu as pu apercevoir ce qui était écrit sur le Rouleau d'Argent ? demanda-t-elle.

— Non. Mais il ne semble pas écrit en hébreu, plutôt en écriture gothique, médiévale.

Jane me regarda, avec appréhension. Les fils de la lumière combattent les fils des ténèbres, et elle se trouvait aux prises avec cette lutte d'un autre temps.

J'avais peur, moi aussi, très peur. Mais peur pour qui ?

Un vertige me saisit. C'était comme si j'étais entraîné malgré moi vers l'abîme inconnu. J'étais damné. J'avais abandonné mes frères, quitté ma communauté, perdu la sagesse qui m'était familière, et dont j'avais tellement besoin. J'avais tout quitté pour elle, pour la suivre, la protéger, et mon cœur inquiet scrutait l'horizon, mon cœur aveugle se perdait dans ses méandres, sans rien savoir, sans rien connaître, et sans rien reconnaître : je ne savais plus rien, ni d'où je venais, ni où j'allais, ni même qui j'étais. Je tremblais, je tremblais de toute mon âme, de mon corps, et j'étais hanté ! Les secrets supérieurs que j'avais l'habitude d'entrevoir m'étaient indifférents. Etait-ce l'amour ? Alors quiconque se rend dans ce monde sans nom, même s'il possède de nombreuses connaissances et d'innombrables certitudes, est comme un nouveau-né qui sort tout juste du ventre de sa mère. Pour lui, il n'est plus de loi, plus de sagesse d'en haut, ni de sagesse d'en bas, quand l'amour vient à soi, on va à l'amour, nu et ignorant, comme si soudain les yeux s'ouvraient pour la première fois, sur le monde et sur l'être qui seul peut dire : viens et vois !

Là, dans cette voiture de location, je me penchai sur elle, mon souffle contre son souffle. Je voulais lui donner un baiser, mais elle tourna la tête, et ce fut un échange de souffles entre nous. Son parfum à l'odeur suave emplit mon âme de bonheur, et ce fut comme sept baisers d'amour et de joie, et l'odeur s'éleva du bas vers le haut, tout comme l'odeur du sacrifice, car il s'agissait d'un souffle suprême qui monte et noue des liens secrets entre les êtres, et les enchaîne l'un à l'autre, jusqu'à ce que tout devienne un.

La nuit, alors que j'étais seul dans mon lit, je reçus ce baiser volé, ce baiser manqué que j'avais tant souhaité. Son souffle profond pénétra en moi, et mon souffle en elle me donna une force telle que je me sentis immense en pouvoir, en puissance, et en humanité. J'envahis son image au point de me perdre entre désir et réalité, car elle était charnelle, car elle était vraie. Et si grande était la tentation de l'apercevoir, de la rejoindre, de la ravir, que je me levai, je revêtis rapidement mes habits, et sortis de ma chambre. Le cœur battant, je m'approchai de sa porte, et posai ma tête contre elle, comme pour la séduire, et la supplier de s'ouvrir. Mais elle restait fermée, close comme un jardin interdit. Je restai là, immobile, la tête inclinée, la main sur la poignée, je ne sais combien de temps. Ah, me dis-je, si seulement j'osais frapper, entrer, la prendre dans mes bras, la soulever, l'embrasser et poser mon front contre son front, l'emmener vers le lit et l'étreindre...

L'Institut du Monde arabe était un très grand bâtiment, au rectangle parfait, imposant par sa dimension et son architecture, ciselé comme une dentelle noire. Le cœur me battit lorsque j'entrai avec Jane dans ce temple qui abritait l'original du Rouleau de Cuivre.

Au premier étage avait pris place l'exposition sur la Jordanie. Au centre d'une vaste pièce où se trouvaient divers objets antiques et photographies, trônait une table rectangulaire recouverte d'une vitre.

Alors je le vis, tel qu'il était, le vrai, l'authentique Rouleau de Cuivre. Une plaque de métal de deux mètres et demi de long sur trente centimètres de large, composée de trois feuilles de cuivre reliées, formant une bande qui pouvait être enroulée sur elle-même, comme les parchemins sur lesquels j'écrivais. Sur sa face interne, courait un texte en langue hébraïque, poinçonné dans le métal à petits coups de burin. Il avait été restauré, il n'y avait plus de trace de vieillissement ni d'oxydation et, par un miracle de la technologie, de l'électrochimie et de l'informatique modernes, on pouvait voir les lettres comme si elles avaient été tracées la veille.

Et le texte parut, un message venu du fond des

âges, un message d'airain sur le cuivre. Qui pouvait se douter que ce rouleau survivrait aux hommes, aux guerres, aux mouvements de l'Histoire ? Et qui savait que sous les palmiers et sous les pierres, et sous les os en poussière, dans les sables du désert, dans les cavités sombres de la mer Morte, dans les jarres morcelées, il y avait le texte ? Qui savait que les lettres seules persistaient et qu'elles portaient en elles le souffle de ceux qui ont vécu ?

Ce Rouleau de Cuivre était si vieux qu'il avait failli succomber, lorsqu'il avait vu la lumière du jour, après deux mille ans passés dans les grottes ; il avait failli s'émietter et tomber en poussière. Recroquevillé sur lui-même, il refusait de s'ouvrir à la vie. Alors il avait fallu l'opérer, avec de la gaze, des lunettes de sécurité, et de la colle de laborantin. Puis il avait voyagé, jusqu'à Amman, et là, exposé aux yeux de tous, il avait fait une grave rechute. La lumière l'éblouissait, l'étourdissait, l'affaiblissait. Il avait fallu à nouveau traverser les mers et les continents, jusqu'en France, où une seconde opération l'avait ramené à la vie.

A présent, je considérais le texte, que je reconnaissais, que je connaissais presque par cœur, car les lettres hébraïques ont le don de se graver dans la mémoire, qu'elles impressionnent comme par une vertu magique. Le poinçon avait donné sa forme au cuivre, qu'il striait de signes, et ces signes, j'en étais sûr, renvoyaient à d'autres signes, qui renvoyaient, je le savais, à d'autres signes encore, jusqu'au Secret, au Mystère des mystères.

Depuis plus de deux mille ans, nous écrivons sur du parchemin, d'apparence plus belle que le papyrus, et surtout beaucoup plus résistant : c'est grâce à cela que les rouleaux de notre secte furent conservés malgré l'érosion du temps. Pourquoi Elias, fils de Mérémoth, avait-il choisi cette matière plutôt que les parchemins, reliés entre eux par des fils de lin ou des nerfs d'animaux, et traités rigoureusement selon les instructions rabbiniques ?

Il aurait pu prendre la peau de chèvre, qui présente un aspect gris, ou celle de mouton, qui est blanc beurre, avec le côté du poil plus jaune et plus foncé que le côté chair, et dont la croûte devenue blanche grâce à une meilleure perméabilité permet la pénétration de la craie, lors du blanchiment. Il aurait pu prendre le vélin, doux, fin et précieux, qui provient des animaux mort-nés, veau, agneau et chevreau. Il ne se froisse jamais, il est solide jusqu'à être craquant, il est lisse mais ne fait pas glisser la plume, et il est d'un blanc si pur qu'on le croirait illuminé. C'est pourquoi nous utilisons le vélin de veau pour copier notre texte sacré, la Torah.

Alors, pourquoi le cuivre et non le vélin ?

Il aurait pu aussi traiter la peau de chèvre, de chevreau, de mouton, d'agneau, de gazelle et même celle de l'antilope. Les maîtres tanneurs se seraient occupés de la préparation — mais cela demande du temps et une extrême minutie. Ils auraient gratté la peau, l'auraient nettoyée parfaitement côté chair, qu'on appelle la fleur, qui est la plus apte à recevoir l'écriture et à la conserver. Ils en auraient coupé les poils, ils en auraient lissé les crins. Ensuite ils auraient tanné la peau, puis l'auraient lavée à l'eau chaude avant de la traiter avec une huile précieuse afin de la rendre souple et propice à recevoir l'écriture. Enfin, ils l'auraient tendue à l'extérieur pour qu'elle puisse sécher au soleil et à l'air. Il aurait fallu aussi enlever l'excès de graisse, difficile à éliminer, qui rendait l'écriture et la peinture presque impossibles, car les encres et les couleurs adhèrent mal sur un support glissant. Une peau correctement parcheminée fixe l'encre sans l'absorber... Ils auraient pu faire tout cela, mais combien de temps cela aurait-il pris ? Combien de temps cela aurait-il duré ?

Elias avait choisi le cuivre pour qu'il perdure, pour qu'il résiste — jusqu'au Jour du Jugement. Et ce sera le jour, le dernier et le premier où toutes les nations se rassembleront, où les cités réunies entendront l'annonce de ce fait, et elles sauront qu'il est digne de foi, et les arbres arrachés se redresseront, et les maisons tombées se reconstruiront, et de la poussière, les hommes affalés se lèveront, prendront le moulin, moudront la farine, et voici ! l'Eternel surgira, revêtu de puissance et de gloire, qui, tel un époux vers son épouse, ira vers Sion ressuscitée, parée des habits de splendeur, et Jérusalem la Captive sera libérée, car le Seigneur enverra son messager, pour porter le message aux humiliés, pour panser les cœurs blessés, et pour proclamer aux captifs l'évasion, aux prisonniers la libération, et pour annoncer l'année de la Faveur, pour rebâtir les dévastations du passé, les désolations de nos ancêtres, et pour relever les endeuillés, pour relever les villes dévastées, de génération en génération, et pour proclamer enfin le Jour, le jour certain, le jour suprême, le jour dernier.

Alors je repris la lecture du texte, de ces lettres apprises dans mon enfance, et je les prononçai, les égrenant une à une, sans me donner la peine de savoir ce qu'elles étaient et ce qu'indiquaient leurs formes, leurs nombres, leurs noms et leurs dispositions, mais en mon for intérieur, presque à mon insu, je les prononçai pour qu'elles agissent en moi.

Je reconnus les lignes. Afin que le texte ne fût pas trop touffu, des espaces étaient prévus au début et à la fin du rouleau, et également entre les colonnes. Entre les lettres, l'espace était de l'épaisseur d'un cheveu, entre les mots, d'une petite lettre, entre les lignes, d'une ligne entière, et de quatre lignes, comme entre les cinq Livres de la Torah. S'il subsistait un espace, le scribe s'arrangeait pour le combler en élargissant certaines lettres qui brillaient sur le cuivre. Pourtant, certaines lettres différaient des autres. D'après une tradition orale, que l'on se transmet de scribe en scribe, depuis le Sinaï, on trouve, dans le Rouleau de la Torah et dans certains manuscrits, des lettres dont la dimension diffère de celle des autres. On suppose que certaines lettres sont dis-

tinguées afin de transmettre un sens caché à des lec-
teurs initiés.

Sous mes yeux, étaient les lettres éveillées d'un
long sommeil, telles des messagères célestes, des
anges créés dans le but de faire connaître la volonté
divine à tout ce qui va un jour exister. Lorsque je tentai de les lire, elles s'organisèrent devant moi, entrant
dans le bon ordre par des chants d'allégresse, fières
et heureuses de leur victoire sur le temps. Soudain,
elles se mirent à danser un ballet fou, prenant toutes
la forme du ׳. *Yod*, le point fondamental, point ini-
tial, par lequel l'inconnu et le néant deviennent
l'Etre. Alors, je contemplai le point, et je vis l'origine,
le tout premier acte de la création.

Puis ce ׳, première du Tétragramme, s'allongea en
ו, qui devint un א. Ainsi étaient les lettres, qui s'unis-
saient et se reproduisaient, sous le rayon lumineux
du cuivre, finissant par former un monde, feu noir
sur feu de cuivre, traits de lumière infinis sur les
ténèbres qui règnent dans ce tohu-bohu persistant.

Soudain la grande salle d'exposition fut emplie de
lumière, et le jour s'éclaira, par les lettres demeurées,
pour rappeler l'existence céleste à la vie terrestre.

Elles donnaient des paroles d'un autre temps, de
dévotion et d'orgueil, elles apportaient des nouvelles
du lieu originel dont elles étaient la trace. Sur ce chemin secret qu'elles poursuivaient, elles recherchaient
pour exister le souffle de celui qui les dirait et qui,
en les prononçant, entrerait dans leur monde, par le
souffle de sa bouche aux lettres prononcées. Et il
m'apparut que si ces lettres venaient à disparaître,
effacées, le monde disparaîtrait.

Alors, je les prononçai, lisant le Rouleau de Cuivre,
lentement, doucement, méditant chaque lettre,
échangeant avec chacune une voyelle contre une
consonne, priant longuement, et chaque son
m'apportait du réconfort, et chaque son était image,
et chacun était intention et volonté. Par les lettres,
je gravissais un degré, par chaque étape, je m'élevais
du monde sensible au monde céleste, par l'associa-

tion des lettres, par la prononciation et par la pensée qui les soulève — א, מ, ש, י, ה, ו — prenaient vie et s'élevaient devant moi. Comme elles apparaissaient en leur splendeur graphique, hermétique, leur forme parfaite, et comme elles voyageaient du Rouleau de Cuivre jusqu'à ma langue, ma bouche et mes lèvres, et comme elles m'habitaient au point que je n'étais que leur réceptacle, et comme elles m'inspiraient, et comme elles me purifiaient, jusqu'au niveau de la pensée pure, parfaitement abstraite, parfaitement concrète. Elles révélaient des choses, des objets, des merveilleux trésors, des endroits insoupçonnés, qu'elles modelaient de leurs formes, et elles s'allongeaient par le souffle qui sortait de ma bouche parlante. Elles étaient des individus, conçus par des hommes, tracés par un scribe, par la matière encore, mais déjà par l'esprit. Noires d'apparence, mais contenant des pensées mystérieuses, des allusions et des indications sur un trésor, et ce trésor était le secret de la création du monde, le pourquoi du pourquoi, le souvenir de Dieu sculptant avec son burin de feu les émanations lorsqu'il fit exister le monde, en disant que le monde existait.

Mon rabbin, lorsque j'étais hassid, m'avait enseigné la magie des lettres, et leur énergie créatrice, capable de changer des situations néfastes et d'annuler des mauvais présages. Pour cela, il fallait se concentrer au point de se mettre entre parenthèses, pour oublier tout ce qui se passait autour de soi, faisant le vide, pour s'unir à la parole divine, par la lumière des lettres. Ainsi je tentais de remonter vers le principe de toutes choses, par le souffle premier qui se cachait dans le cuivre étincelant, et j'essayais, par-delà le voile du monde sensible, d'atteindre l'Innommable. Et je compris alors ce que seul un amoureux — un Hassid — peut comprendre : le monde n'est là que pour rencontrer l'invisible. Et ce lien, c'étaient les lettres qui le faisaient.

Car elles étaient belles et bonnes à contempler, et combien ferventes ! Je vis la lueur du cuivre éclairée par la lettre. Je vis la profondeur insondable, qui permet de prédire le passé et de se souvenir de l'avenir. Et je vis la création, avec tous les êtres, la terre, l'air, l'eau et le feu, la sagesse et l'intelligence, et tout cela n'existait que par les lettres qui accomplissaient le miracle du commencement. L'une d'entre elles se détacha ת. *Tav* : marque, sceau divin, aboutissement de la création, et totalité des choses créées. *Tav* est la connaissance de l'absolu, et de son mystère se révélant à l'âme simple. La perfection du *Tav* permet au souffle dynamique du *Chin* de produire ses forces. *Tav*, dis-je. *Tav*. Fermant les yeux. *Tav*. *Tav*. Il était là, je Le sentais.

— Ary !

Je me retournai. Derrière moi, se trouvait Jane.

— Cela fait trois fois que je t'appelle, dit-elle. Tu ne semblais pas m'entendre.

— Il faut partir, dis-je.

— Oui, dit Jane. D'ailleurs, le Musée ferme.

Nous descendîmes au premier étage et, sortant de l'Institut, nous marchâmes le long de la Seine, en partant du quai Saint-Bernard.

— Voilà, dit Jane, en regardant à droite et à gauche pour vérifier que nous n'étions pas suivis. J'ai vu Koskka, qui se trouvait là, apparemment, pour achever une copie du Rouleau de Cuivre... Il a disparu dans un bureau, avec deux hommes que je ne connaissais pas. Je me suis approchée de la porte, en faisant semblant de regarder une poterie, et j'ai écouté.

— Que disaient-ils ?

— Je n'entendais pas très bien, mais ils parlaient du professeur Ericson... et du Rouleau d'Argent.

— Et alors ? dis-je.

— Il n'a pas été écrit par les esséniens, ni par les zélotes. Il date du Moyen Age, et il parle d'un fabuleux trésor !

— Mon père avait donc raison lorsqu'il disait qu'il manquait un élément dans cette histoire, et qu'il y avait un chaînon manquant.

Le crépuscule tombait sur les quais de Seine, majestueux, sous une douce brise qui faisait flotter les cheveux de Jane, la rendant plus aérienne encore.

— Et toi, dit-elle doucement, qu'as-tu découvert sur le Rouleau de Cuivre ?

— J'ai vu, dis-je, ce qu'un Hassid peut y voir.

— Alors tu l'as atteinte ?

— Quoi ?

— La Deveqout*.

Parvenant au pont des Arts, nous nous sommes assis sur un banc, devant les quais où passaient les vedettes, dans un bruissement de lumières vertes, rouges et orange. Je suis trop amoureux, me dis-je en cet instant, car mon cœur déborde d'amour, je suis trop soucieux d'elle, et si je ne suis plus le Messie, je suis l'homme qui ne vit que pour elle, ma religion c'est elle, ma loi c'est elle, mon attente, ma transe, ma Deveqout. Et voici que par amour j'ai ruiné ma vie, et je ne contiens pas mes larmes, car je pense que je ne pourrai pas exulter en Sa présence, que le temps n'est pas venu pour moi, et que je ne pourrai pas L'embrasser par un baiser comme Moïse embrassa Dieu.

L'amour... J'en avais entendu parler, dans les livres, sur les bancs de l'université. On m'avait appris que si l'expérience de l'amour fait défaut, les hommes et les femmes ne peuvent accomplir la plénitude de leur être et sont incapables d'éprouver pour le reste de l'humanité cette bienveillance sans laquelle l'humanité n'est que malfaisante. Mais j'avais toujours cru que l'amour était un danger, une force anarchique, qu'il n'était pas un bien, et je me méfiais de l'homme qui aime la femme. *Car ses chemins sont les voies des ténèbres et les sentiers de la faute.*

— C'est vrai, dit Jane, tu étais scribe, avant d'être oint. Et avant d'être scribe, tu étais hassid, et avant cela...

— Avant j'étais soldat. Mais tout cela est bien loin.

— Cela te manque déjà, l'écriture ?

— C'est comme si mon geste se trouvait brusque-

ment interrompu par les événements, qui m'ont précipité hors de moi, malgré moi, m'arrêtant net, alors
que je ne dois pas m'arrêter n'importe où, n'importe
quand, de peur de perdre ma concentration... Mais
ce qui me manque le plus, c'est ma communauté.

— Tu les retrouveras, dit Jane. Bientôt.

— Non.

— Pourquoi pas ?

— Je les ai quittés, Jane. Je me suis enfui de chez
les esséniens.

Jane me considéra un instant, sans comprendre.

— Je suis parti, parce qu'ils refusaient de me laisser venir ici. Et moi, cette fois, j'ai voulu te suivre.

— Ary, dit Jane. Il ne fallait pas faire cela. C'est...

— Je t'aime.

Il y eut un silence.

— Je t'aime, continuai-je, depuis la première fois.
Il y a deux ans, c'était une surprise, trop grande sans
doute, pour que je puisse le comprendre. Après, la
surprise est partie mais l'amour reste.

— C'est impossible, dit Jane, en se levant, c'est
impossible, et tu le sais bien. Si tu es qui tu es... Tout
ceci n'a pas de sens.

— Pas de sens ? dis-je. Peut-être que si. Tu te souviens, dans les Evangiles, on parle du disciple que
Jésus aimait, mais sans jamais mentionner son nom.

— On pense qu'il s'agit de Jean l'Evangéliste.
N'est-ce pas ?

— Jean, exactement...

Jane me regarda avec surprise.

— Tu penses que je suis ton disciple, Ary ? Parce
que j'ai le même nom que Jean ?

— Peut-être.

— Mais tu n'as pas compris... Tu n'as rien compris. Je n'ai pas de rôle, moi, pas de mission. Je ne
suis pas des vôtres. Je n'en veux pas, Ary, de ce rôle
que tu me proposes, et qui n'a d'autre sens pour moi
que celui que tu lui donnes.

Elle se leva, et, me regardant d'un air désolé :

— Je ne crois pas à ton amour.

Le soir venu, nous étions à nouveau postés devant le porche qui jouxtait l'immeuble dans lequel vivait Koskka, et à nouveau, nous attendions dans un silence gêné, que ni elle ni moi ne pouvions briser.

Une heure plus tard, la camionnette arriva, la même que la veille. Cette fois, Koskka monta dans le véhicule. Celui-ci se rendit directement à la porte Brancion.

Nous nous retrouvâmes devant la même bâtisse que la veille.

Il était à peine 10 heures. Ne sachant que faire, nous nous rendîmes au troquet qui était au coin de la rue. C'était un vieux café aux murs décrépis et à l'atmosphère enfumée, le point de rencontre des habitants du quartier qui buvaient au bar, en devisant après leur journée de travail : le lieu idéal pour glaner quelques informations.

A peine étions-nous assis à une table près de la fenêtre, que le tenancier, un gros monsieur jovial aux joues rubicondes et aux traits marqués, nous tendit le menu.

— Tiens, c'est étrange, dit Jane. Ça ne ressemble pas à un menu habituel !

— Quoi ? dit l'homme. Vous n'aimez pas ma carte ?

— Non, non, ce n'est pas que je ne l'aime pas. Mais c'est original, la cuisine que vous faites ici.

— C'est que..., dit l'aubergiste avec emphase, c'est que ma cuisine, elle vient du fond des âges, voyez-vous, elle m'a été transmise par mes parents, mes grands-parents...

Il s'approcha de nous, et, presque en murmurant :

— C'est l'antique cuisine des Templiers, ces chevaliers au manteau blanc, et la croix pattée rouge ! Ils ont rapporté d'Orient le livre de recettes d'un neveu de Saladin, Wusla Ila Al-Habib.

— De qui ?

— De Wusla Ila Al-Habib, répéta l'aubergiste, avec un accent particulièrement convaincant. Le plus grand des cuisiniers ! C'est au cours d'un de leurs repas que le Grand Maître de l'Ordre du Temple décida de confier aux Templiers le rôle de guerriers internationaux, un rôle proche de ce que l'on qualifierait aujourd'hui de Gendarmerie nationale ou plutôt de troupes humanitaires : ils sont les ancêtres des... casques bleus de l'ONU !

Jane et moi nous nous lançâmes un regard mi-interrogateur, mi-ironique.

— Mais pourquoi les Templiers ? demanda Jane.

— Les Templiers, reprit l'homme, étaient d'excellents apothicaires. Ils ont découvert les vertus de la *Spirea Ulmeria* — la reine-des-prés — contre les douleurs articulaires, ce qui a permis, bien plus tard, de mettre en évidence les dérivés salicylés contenus dans la plante. Ainsi est né, jeune dame, le médicament le plus utilisé dans le monde, j'ai nommé...

L'aubergiste roula des yeux, ménageant son effet.

— ... l'aspirine ! La cuisine, jeune dame, a toujours à voir avec la sorcellerie. Mais vous avez l'air triste... Le nectar est rouge, il réjouit les chagrins. De même, le vinaigre, ou encore vin... aigre : le remède miracle pour une vie plus saine. Le vinaigre, les petits oignons, l'estragon, le poivre en grains, les clous de girofle, le thym, le laurier, l'ail, si vous laissez macérer tous ces ingrédients dans un bocal, pendant un mois environ, vous les consommerez en accompagnement de différents mets, suivant le goût, et vous m'en direz des nouvelles...

Il se pencha vers Jane, tout près de son oreille, d'un air presque menaçant :

— Il faut savoir, mademoiselle, que le chou s'accommode avec le riz, les cornichons avec les viandes ou le gibier, que les tomates sont très bonnes avec le poisson, et surtout, surtout, n'oubliez pas le vin et le pain ! L'eau et la farine, l'eau de pluie, élément naturel venu d'en haut, du ciel. C'est ainsi que la cuisine migre comme la migration des tribus sacerdotales, d'ouest en est.

— Pouvez-vous nous dire, demanda Jane, bien décidée à arrêter le flot de paroles, ce qu'il y a dans... la crème d'aubergine, par exemple ?

— La crème d'aubergine est le mets le plus délicieux que vous ayez jamais goûté, dit-il. C'est à base d'aubergines grillées, de deux échalotes, quatre gousses d'ail, un poivron rouge, trente olives noires dénoyautées, trois feuilles de menthe, une cuiller à soupe de vinaigre, quatre cuillers à soupe d'huile d'olive, du sel et du poivre.

— Comment la préparez-vous ?

— On fait griller les aubergines et le poivron sur la braise en ayant pris soin de percer la peau en plusieurs endroits, puis on retire la peau des aubergines et des poivrons encore chauds. Dans un pilon, on écrase l'échalote, l'ail, la menthe et les olives. Puis on ajoute les aubergines et le poivron, et l'on continue à piler le tout, en tournant. On verse l'huile en mince filet en tournant délicatement. On ajoute le sel, le poivre et le vinaigre.

— Et ce plat ? dit Jane, finalement très intéressée, en désignant les assiettes de nos voisins.

— Ça, c'est un cassoulet. C'est fait dans un grand chaudron, dans lequel on met cinq litres d'eau salée parfumée d'épices, quatre jarrets de mouton et de porc, deux filets de plates côtes, quatre os de bœuf, une queue de bœuf, une épaule de mouton, quatre carottes, une branche de céleri, un petit chou vert, deux poireaux, une petite courge, un demi-kilo de haricots blancs secs, des haricots noirs secs, des haricots rouges secs, des pois chiches, quatre oignons, quatre gousses d'ail, des feuilles de moutarde, du sel, du poivre, un verre de vinaigre, quatre verres d'huile d'olive, une cuiller de pâte de moutarde.

— Nous prendrons de la crème d'aubergine, décidai-je. Et dites-moi, ajoutai-je, pour couper court à son discours, connaissez-vous vos voisins, ceux qui ont une petite maison rouge, là, en plein milieu de la rue ?

— Oh celui-là, il est bizaaaarre ! C'est un Polonais, héritier d'une famille noble, je crois. Autrement dit, je ne sais pas ce qu'il fait dans la vie. Il paraît qu'il travaille à une grande œuvre philosophique... et poétique !

Après avoir dîné rapidement, nous quittâmes le café pour nous diriger vers la maison. Dans la façade obscure, seule la fenêtre de l'étage était éclairée.

D'un commun accord, Jane et moi poussâmes la lourde porte de bois. Et nous nous sommes retrouvés dans le vestibule, comme la veille... lorsque soudain un chevalier brandit vers nous son épée. Figés dans la pénombre, sans savoir que faire, nous le regardions pointer vers nous sa lame menaçante. Il était coiffé d'un heaume, qui protégeait son visage par deux lames de métal. Son épée à deux tranchants à pointe aiguë permettait de frapper l'adversaire d'estoc et de taille. Il portait un bouclier triangulaire à deux côtés, légèrement courbé, en bois recouvert de cuir. Son armure avait une espalière pour les épaules. Je m'approchai insensiblement de lui. Brusquement, du tranchant de la main droite, je lui assenai un coup sur l'épaule. De la main gauche, je lui pris son épée. Il s'écroula lourdement à mes pieds.

Je me penchai : c'était un mannequin vêtu d'un haubert et de chausses, sur une structure de lanières de cuir tressées. Jane et moi échangeâmes un sourire soulagé. A petits pas discrets, nous sommes repartis le long du couloir, comme nous l'avions fait la veille, visitant cette fois le rez-de-chaussée. Chaque pièce était un capharnaüm d'armures et de meubles signés, de journaux et d'objets hétéroclites jusqu'à la grande pièce où s'était tenue la réunion.

Il y faisait très sombre. Jane sortit une petite lampe de poche de son sac, et la pointa vers une table encombrée de documents divers. Elle éclaira un parchemin écrit en français :

« *Et le saint vieillard me dit : afin que tu conduises parfaitement à son terme le voyage, où l'on m'envoie t'aider, parcours ce jardin, car de le voir te préparera à mieux monter par le rayon Divin. Et la Reine du Ciel, pour laquelle je me consume tout entier d'amour, nous obtiendra toute grâce, car je suis, moi, ton fidèle Bernard.* »

— Saint Bernard, Règle du Temple, dit une voix caverneuse.

D'un seul mouvement, Jane et moi fîmes volteface.

— C'est au cours du concile de Troyes, en 1128, que saint Bernard mit en place les premiers statuts de la règle du Temple. Et moi, je suis le Grand Maître du Temple.

L'homme qui se tenait devant nous n'était autre que Josef Koskka.

— Mais quel est cet ordre ? demandai-je.

— Nous sommes ceux qui accusent l'Eglise d'effrayer les âmes par de vaines superstitions, et d'imposer des croyances sans fondement. Notre doctrine s'est étendue, de siècle en siècle, à travers le pays, au début au grand jour, puis secrètement, car l'Eglise avait décidé de mener le combat contre nous, et c'est pourquoi elle a décrété que notre ordre était la négation de la religion du Christ. Nous nous adressons à ceux qui méprisent leurs propres volontés et désirent servir comme chevaliers, et qui, avec un soin studieux, voudront porter en permanence la très noble armure de l'obéissance !

Josef Koskka se tut, et s'approcha de nous. Une petite lampe éclaira son visage, lui donnant un relief effrayant.

— C'était le 14 janvier 1128, jour de la Saint-Hilaire... Dans l'Eglise où avait lieu la cérémonie, les cierges et les chandelles avaient été allumés pour l'ouverture du concile. Tandis que le clerc de l'assemblée écrivait sur un parchemin les déclarations des

orateurs, les théologiens, les évêques et les arche-
vêques faisaient connaissance avec les chevaliers qui
assistaient à ce grand jour. Le concile était présidé
par le légat du pape, le cardinal Mathieu d'Albano.
C'est face à cette assemblée qu'un chevalier, Hugues
de Payns, vint demander une règle pour la nouvelle
organisation qu'il venait juste de fonder. Celle-ci était
destinée à défendre les pèlerins de Terre sainte et à
protéger les chemins qui mènent à Jérusalem. C'est
ainsi qu'est né le Temple, qui vivra une épopée très
extraordinaire, jusqu'à... jusqu'à la Trahison, et la
mort du Grand Maître sur le bûcher, accusé à tort
des crimes les plus odieux !

Il fit quelques pas et désigna un tableau qui était
accroché sur le mur.

— C'est une copie des *Ménines*, de Velázquez,
murmura Jane.

— Lorsqu'il fut admis dans l'ordre de Santiago, le
peintre modifia son tableau pour se représenter en
habit de Templier, avec la croix de l'ordre. Mais vous
regardez mon épée, poursuivit Koskka, en s'adressant à moi. Cette lame, c'est notre épée, celle des
Templiers, la « Notre-Dame »... Celle que les soldats
au noir manteau reçoivent après avoir eu l'initiation,
au cours de laquelle on leur remet le manteau
blanc...

— Dans la Genèse, il est dit : Dieu chassa l'homme
et il mit à l'est du jardin d'Eden les Chérubins et la
lame flamboyante pour garder le chemin de l'Arbre
de vie..., murmurai-je.

— En effet, c'est l'épée des Braves, l'épée des
Anges du feu de la Bible ! Epée terriblement efficace
contre ses ennemis... Mais vous, vous êtes de notre
côté, si j'ai bien compris. Vous recherchez le meurtrier de notre frère. C'est pourquoi je me contente-
rai de vous mettre en garde. Cessez de nous épier et
de nous suivre, ou alors il vous arrivera un grand
malheur.

— Quel était le rôle d'Ericson dans votre ordre ?
Et quel est le lien avec les francs-maçons ?

— La franc-maçonnerie, dit Koskka, a des origines lointaines : la confrérie du Pharaon Touthmôsis, les mages samaritains, et la communauté ascétique de Qumran... L'un de leurs emblèmes est la pelle du maçon, un emblème utilisé par les esséniens.

Il avait dit ces derniers mots en me regardant avec attention.

— Les francs-maçons descendent des Templiers...

— C'est-à-dire ? demandai-je, alors que mon regard se posait sur la vitrine d'un grand meuble, où je reconnus la boîte en bois que Koskka avait ouverte, lors de la cérémonie templière, et qui contenait le Rouleau d'Argent.

Koskka surprit mon regard, se leva, fit quelques pas, se plaça devant le meuble, comme pour cacher le rouleau :

— Nous avons recréé l'ordre templier au sein des francs-maçons. L'ordre du Temple est la partie militaire de l'ordre. Vous m'avez compris ? Ceci est beaucoup trop dangereux pour vous. Alors, pour la dernière fois, je vous mets en garde : si vous voulez avoir la vie sauve, éloignez-vous d'ici, oubliez cette affaire, et tout ce que vous avez vu.

— C'est insensé, dis-je à Jane, alors que nous étions de retour à l'hôtel. Le Grand Maître du Temple...

— Je pense que c'est lui qui a entraîné le professeur Ericson dans cette aventure... Et peut-être s'est-il servi de lui pour mener à bien sa mission.

— Pourquoi l'Eglise a-t-elle tant pourchassé les Templiers ?

— Ils se sont appuyés sur certains de leurs rites, comme les baisers, pour les accuser d'hérésie.

Jane ouvrit la porte de sa chambre, et m'invita à la suivre.

— Les baisers, dis-je, quels baisers ?

— On dit que les Templiers, lorsqu'ils procédaient à leur rite initiatique d'entrée dans la Communauté, se donnaient des baisers en des endroits précis, l'un entre les deux épaules, l'autre au creux des reins, le troisième sur la bouche.

— Le baiser, dis-je en avançant prudemment, est un procédé que les kabbalistes juifs nomment le mystère de la balance, mettant en action la Sagesse et l'Intelligence, représentées par les deux épaules, dans le monde du Fondement, représenté par la base des reins.

— Ah bon, dit Jane. Tu crois que les Templiers connaissaient la Kabbale pratique ? Mais alors où l'ont-ils apprise ?

— La Kabbale a beaucoup influencé les sociétés secrètes. C'est un savoir mystérieux, qui va à l'encontre de tous les savoirs... Par exemple, l'interprétation des lettres. Il est dit que celui qui connaîtra l'explication des lettres hébraïques connaîtra tout ce qui existe, du début à la fin. Il est dit aussi que tout ce qui est écrit dans la Torah, dans les mots ou leur valeur numérique, dans les formes des lettres tracées, ou encore dans les points des lettres et leurs couronnes, représente une entité spirituelle, c'est-à-dire une idée ou une pensée. Pour nous, les lettres ne sont pas le produit du hasard, elles ont une origine céleste. Une tradition rapporte qu'au moment où Moïse descendit du Sinaï, et qu'il vit le culte idolâtre rendu par son peuple au Veau d'or, il se mit en colère, si bien que, pour punir le peuple, il brisa les Tables saintes. C'est alors que, sous la Volonté divine, on vit les lettres s'élever les unes après les autres, en volutes, dans le ciel. Les tables devinrent si lourdes que Moïse ne put les porter, et qu'elles se brisèrent sur le sol : c'étaient les lettres qui rendaient les lourdes tables de pierre si légères.

— L'écriture, murmura Jane, c'est bien dans l'écriture que se trouve la clef du mystère...

Elle s'assit sur son lit. Comme d'habitude, lorsqu'elle avait un doute, elle commença à pianoter sur son ordinateur. Je m'assis à côté d'elle et la regardai faire ses recherches. Au bout de quelques minutes, elle inclina son écran vers moi, afin que je puisse lire.

Les Templiers sont une confrérie fondée au Moyen Age, vers l'an 1100, qui avait pour but de protéger les pèlerins qui se rendaient en Terre sainte, et d'éviter qu'ils ne se fassent tuer et piller par les bandits sur leur route vers Jérusalem. Pendant près de deux siècles, les Templiers furent les conseillers, les diplomates, les banquiers des papes, empereurs, rois et seigneurs. Pourquoi furent-ils aussi durement frappés par les lois de l'Inquisition ? Cela reste un mystère. En tout état de cause, leur activité diplomatique avec l'Islam leur valut l'accusation de pactisation. Les accusations portées contre l'Ordre du Temple précipitèrent leur chute. L'Ordre du Temple reçut le coup de grâce en 1317, lorsque le pape Jean XXII confirma la sentence provisionnelle de son prédécesseur Clément V. Le Temple fut définitivement aboli.

Jane se remit à pianoter. Il était tard. Je m'assoupissais sur le canapé près de la fenêtre, où je m'étais affalé.

— Ary ?

Je sentis un souffle tout près de mon visage.

Ainsi j'étais avec Jane, dans sa chambre, au cœur de la nuit. Sur elle était le souffle de sagesse et d'intelligence, le souffle de conseil et de puissance, et le souffle de la connaissance. Mais nul homme n'obtient les quatre souffles, à l'exception du Messie. De ces quatre souffles, vient le Souffle. Comme je tremblais en cet instant, comme je tremblais de désir, et comme je rêvais de lui donner un baiser d'amour sur la bouche, et d'unir mon souffle à son souffle, infiniment. Comme je rêvais d'être proche d'elle, et comme ce moment si improbable me paraissait éblouissant.

Ah, me dis-je, comme mon cœur soupirait, et

comme mon âme la voulait. Malgré tout ce qu'elle
disait, et malgré son refus, j'étais près d'elle, à deux
pas d'elle, et il suffisait d'un geste pour que mon
cœur, pris dans les liens de l'amour, ouvre son cœur
et ses lèvres scellées. Oh Dieu ! que ne puis-je la fian-
cer à moi, pour toujours, par la justice et par le
droit !

Au lieu de quoi, mon désir comme une blessure me
déchirait à l'intérieur, et me consumait, et mon
amour comme une plaie s'ouvrait, qui ne pouvait
être guérie. Et moi, voici que j'étais malade, malade
d'amour, jusqu'à l'éternité. N'avais-je point gardé
mon cœur intact pour le partager avec elle ? Plus je
la voyais, plus je la considérais, du plus profond de
moi, et plus je sentais cette force irraisonnée, irra-
tionnelle, qui me poussait vers elle comme par une
loi puissante d'attraction, que l'on nomme désir.

Ah, me dis-je, si seulement... Si seulement elle était
juive. A deux pas d'elle, j'étais, et j'aurais tendu la
main vers elle, et elle se serait approchée. Et elle
aurait apprêté sa bouche pour recevoir un baiser. Et
alors je lui aurais donné un baiser, sur le haut de la
lèvre, en haut vers l'infini, ainsi il est dit : *qu'il me
baise des baisers de sa bouche.*

Nous nous serions approchés l'un de l'autre, et
nous nous serions embrassés l'un l'autre par un atta-
chement d'amour, et nous serions rejoints dans
l'amour, et sa peau, telle une caresse suprême, pro-
céderait de la Première Lumière. Ainsi soit-il.

Et sa peau serait une caresse, et sa caresse serait
bonne comme le vin qui est joie et réjouissance. Et
sa peau serait caresse, tendresse précieuse, plus que
le vin, et l'amour en sa chair fortifierait mon âme,
enfin rendue à sa jeunesse. Et elle me baiserait des
baisers de sa bouche, de ses caresses meilleures que
le vin, de son parfum à l'odeur suave. Musc, nard et
safran ; et il y aurait au fond d'elle sept baisers qui
seraient les sept degrés, car les baisers seraient au
nombre de sept, il y aurait un baiser venant de

chaque degré comme les baisers de Jacob : en sept mots sont inclus ses baisers, ainsi il est dit.

Et les lampes d'en haut se mettraient à étinceler, et toutes les flammes du ciel s'allumeraient, et brilleraient, d'une lumière rayonnante, ainsi soit-il.

Ah, me dis-je, je serais entraîné à sa suite, je placerais ma demeure au milieu d'elle, je viendrais à sa rencontre, je tendrais la main vers elle, pour la revoir, la recevoir et l'étreindre, à l'image de l'*Aleph* ; où se trouvent les secrets, dans le feu à l'odeur apaisante. Et l'*Aleph*, c'était elle, la lumière douce, la flamme sereine, le secret de tous les secrets. Ah, me dis-je, je recueillerais l'odeur sacrée de sa peau au milieu de la mienne, et fou de bonheur et d'émotion, je saurais qui je suis car je serais en elle, et elle en moi, et ainsi nous nous serions unis.

Ah, me dis-je. Comme mon âme soupirait.

Lorsque je m'éveillai, c'était déjà l'aube. Jane me regardait d'un air perplexe.

— Tu as travaillé pendant tout ce temps ? lui demandai-je.

Elle hocha la tête.

— Oui. J'ai cherché des informations sur les Templiers. C'est étrange, Ary, c'est étrange de voir à quel point vous vous ressemblez.

— Vous ? dis-je. De qui parles-tu ?

— Les Templiers et les esséniens. Vous vivez dans l'idéal d'une double vocation, apparemment contradictoire, de moines et de soldats. Vous avez adopté des règles, en tout point similaires, auxquelles vous vouez une obéissance absolue, avec la volonté d'aller toujours de l'avant, sans tenir compte des bornes et des demi-mesures. Vous avez le même but : reconstruire le Temple. Tout cela ne peut pas être le fruit du hasard.

— Ah, je vois, dis-je. Tu penses, comme l'a dit Koskka, que les Templiers auraient eu connaissance des règles esséniennes ?

— Sans aucun doute.

— Mais alors, pourraient-ils avoir une connaissance du sacrifice du Jour du Jugement ?

Elle se leva soudain, et enfila sa veste.

— Je le crois, oui.

Lorsque je garai la voiture devant la maison de la porte Brancion, il était environ 4 heures du matin. Il n'y avait personne sur l'esplanade. La ville dormait dans un noir silence. Nous avons poussé la lourde porte de bois. Puis emprunté à nouveau le couloir qui menait à la salle où reposait le Rouleau d'Argent. Là, nous avons attendu quelques minutes. Aucune alarme ne s'est déclenchée.

Jane sortit la lampe de poche qui balaya la salle d'un mince faisceau lumineux.

Le plus délicat de l'opération nous attendait : subtiliser le Rouleau d'Argent et donc ouvrir la vitrine du lourd buffet, où nous l'avions vu la veille. Jane, en charge de la délicate opération, avait revêtu un justaucorps noir avec des collants noirs, ainsi que des chaussons. Elle se hissa sur la pointe des pieds, ouvrit la vitrine, sortit la boîte en bois, tandis que je lui tendais les pinces que nous avions apportées. Elle prit les pinces et, sans trembler, elle saisit le rouleau, qu'elle me tendit aussitôt. Je le pris, délicatement, et l'enveloppai dans un linge.

A ce moment, des pas résonnèrent : quelqu'un était en train de gravir l'escalier. Nous eûmes à peine le temps de nous cacher : l'homme qui paraissait devant nous était l'aubergiste que nous avions rencontré la veille. Il tenait en sa main l'épée des Templiers, la lance des Chérubins. Elle avait la forme du ז. *Zaïn*, septième lettre de l'alphabet, lettre du combat et de la force, de la puissance que prend la lutte pour la vie.

Le Rouleau des Templiers

Ils m'ont ignoré alors que tu m'as annobli.
Ils m'ont exilé tel un oiseau de son nid.
Ils ont écarté de moi mes amis et mes proches.
Ils ont fait de moi une âme perdue,
Car ils sont les prosateurs de mensonge,
Les visionnaires du faux,
Les fomenteurs de complots,
Les Fils de Bélial,
Ceux qui convertissent la Loi que tu as inculquée
   en mon cœur
En paroles frauduleuses.
Ils ont privé les assiégés du breuvage du savoir,
Ils les ont désaltérés de vinaigre
Pour les voir divaguer dans leurs paroles,
Piégés dans leurs trappes.

Rouleaux de Qumran,
Hymnes.

Je n'ai jamais appris l'Histoire à l'école, je n'ai que de vagues notions sur l'Occident et ses mystères, car je vis l'Histoire, et l'Histoire par le rite est vivante en moi, c'est la mémoire de mon peuple, et je ne fais pas de distinction entre le passé, le présent et le futur, c'est-à-dire que pour moi l'Histoire, telle qu'on la considère généralement, n'existe pas.

Mais je savais qu'il s'agissait ici du présent, et ce n'était pas seulement celui de la chrétienté, mais le nôtre, et aussi notre futur, qui étaient en jeu, car le présent n'est pas autre chose que le futur, qui est lui-même un passé converti, car les actes que nous accomplissons le sont toujours en fonction d'une interprétation du passé. C'est pourquoi le combat contre les forces du passé ne m'étonnait pas, ne me faisait pas peur. Et c'était sans doute la raison profonde pour laquelle Shimon Delam avait fait appel à moi pour cette mission.

J'ouvris la fenêtre de la grande pièce, qui donnait sur la rue. Je laissai passer Jane, avant de la suivre. Nous regagnâmes notre hôtel. Là, dans la chambre de Jane, nous considérâmes notre précieux butin. Il mesurait une vingtaine de centimètres de long, et était enroulé des deux côtés. C'était comme une feuille d'argent assouplie, vieillie, ternie par le temps.

Dans un silence de mille ans, il se reposait. Je le tou-
chai. Sa texture un peu rugueuse contrastait avec le
doux halo de ses reflets d'argent. Il était la lune face
au soleil du Rouleau de Cuivre. Il était la nuit face
au jour. Dans nos textes, il est dit que lorsque Dieu
créa les deux grands luminaires, au début les deux
étaient équivalents, partageant le même secret, l'un
adorant l'autre, puis ils furent séparés et leur drame
fut de toujours se croiser, sans jamais pouvoir se rencontrer.

— Ce n'est pas un hasard s'il est en argent, murmura Jane. Si l'on sait que l'argent constitue le grand
mystère des Templiers. Un mystère qu'aucun histo-
rien n'a élucidé.

Alors Jane me raconta comment les Templiers, qui
avaient combattu les invasions sarrasines du
XIIe siècle en Provence, en Espagne, avaient pris à
leur charge le financement des luttes contre les
musulmans. Et elle me parla du mystère de leur fortune. Pendant près de deux siècles, les Templiers
eurent entre leurs mains la majeure partie des capi-
taux de l'Europe. Par la confiance qu'ils inspiraient,
ils étaient les trésoriers de l'Eglise, des rois, des
princes et des nobles gens. Les rois et les princes
reconnaissaient l'ordre Templier comme un lieu où
toutes les sommes pouvaient être déposées pour des
paiements prévus par des traités. En somme, le
Temple était une sorte de *banque monastique*.

— Alors, dit-elle, en me montrant le Rouleau
d'Argent, on y va ?

— Attends, répondis-je, je dois d'abord appeler
Shimon. J'avais convenu d'un rendez-vous téléphonique avec lui.

— Est-ce la vraie raison pour laquelle tu veux
l'appeler, dit Jane, ou bien as-tu peur de ce que tu
risques de découvrir dans ce rouleau ?

C'était vrai. En réalité, j'avais peur de ce que j'allais
lire, et je voulais rendre compte à Shimon des derniers développements, avant de découvrir la vérité.

Je composai le numéro de Shimon, la main légèrement tremblante. Au bout du fil, j'entendis sa voix ferme, un peu rauque. Alors je lui fis part de notre rencontre avec Koskka, de notre découverte des Templiers et du vol du Rouleau d'Argent.

— Bien, dit Shimon... Ici, il y a eu des échauffourées dans un passage secret sous l'Esplanade du Temple. On a de nouveau essayé de l'ouvrir, à l'aide d'explosifs ; et le Waqf, l'autorité musulmane, a réagi violemment en déployant des forces armées tout autour du site. Ceux qui ont tenté de faire sauter le passage secret faisaient partie d'une société occulte. Apparemment, ils espéraient dégager le passage qui mène au Saint des Saints.

Il y eut un silence.

— Suivez Koskka, reprit Shimon d'une voix grave. C'est important. Tu m'as dit que les Templiers se réunissaient à Tomar ?

— En effet, dis-je. C'est ce que Jane a entendu à l'Institut du Monde Arabe.

— Quand ?

— Bientôt, mais nous ne connaissons pas la date précise.

— Demain, deux billets pour Tomar vous attendront à l'aéroport.

— En fait, Shimon, commençai-je. Je ne sais pas si c'est une bonne...

— Et dès que possible, je voudrais un rapport sur ce Rouleau d'Argent. Mais en ce qui me concerne, je ne crois pas qu'il puisse contenir la clef de l'énigme... Un rouleau médiéval nous donnant la solution d'un meurtre commis il y a une semaine. Cela paraît absurde, non ? Allez, à bientôt.

— Sans doute, dis-je, en entendant la tonalité qui indiquait que la ligne avait été coupée.

Shimon se trompait. Un homme comme lui devait avoir toutes les peines du monde à imaginer que le Rouleau d'Argent pût contenir les informations que nous cherchions. D'ailleurs, qui pouvait l'imaginer ?

Jane se rapprocha de moi, et lorsqu'elle commença à le dérouler, je fus parcouru d'un frisson sacré.

C'était comme si un homme venait nous parler. *Un homme venu du fond des âges.*

Moi, Philémon de Saint-Gilles, en l'an de Grâce 1320, âgé de vingt-neuf ans, moine de l'Abbaye de Cîteaux, vais vous raconter l'histoire d'une découverte étonnante faite à l'aube d'une nuit terrible. Car j'ai assisté au martyre et à l'agonie d'un homme qui me fit une révélation telle qu'elle mit ma vie en danger, et que je dois pourtant consigner. Tel est mon travail, de copiste et de calligraphe, chargé des travaux soignés, et commandé, non pas par un dignitaire de la noblesse et du clergé, mais par le saint devoir de plaire à Dieu et à Dieu seul, écrivant avec une plume, un encrier, deux pierres ponces, et deux cornes. J'ai aussi un poinçon ordinaire et un autre plus fin, car je n'écris pas sur un parchemin ordinaire, mais sur un rouleau d'argent fin, afin qu'il ne soit jamais effacé, jamais recopié, et qu'il ne disparaisse point. Et pour écrire, j'utiliserai la Caroline, d'une clarté parfaite et d'une grande beauté, je ferai les majuscules, et les minuscules aussi, fines et carrées, car la Caroline sera plus aisée à poinçonner sur ce rouleau d'argent.

Je grave ce rouleau de lettres rondes comme des voûtes en croisée d'ogives et les arcs brisés des fenêtres de la belle abbaye où je vivais jadis, avant de faire cette rencontre qui changea le cours de ma destinée. Puisse mon récit ne jamais tomber dans les mains de l'Eglise, du clergé et de la noblesse de ce temps, car il serait aussitôt détruit, effacé. Ainsi, je l'espère, il sera pour ceux qui le liront dans l'avenir lointain.

Voici. Le 21 octobre de l'an 1319, dans une prison du Louvre, j'ai écouté les confidences d'un homme, dont j'étais le confesseur. Accusé d'hérésie, celui-ci, condamné à mort, m'a fait des révélations d'une telle importance, qu'elles pourraient changer le cours de l'Histoire humaine. Cet homme était chevalier et moine. Il avait la patience pour bouclier, l'humilité comme cuirasse, la charité pour lance, avec lesquelles il se portait au secours de tous, et combattait pour le Seigneur.

Ce jour du 21 octobre 1319, ce jour où je fus appelé dans une chambre sombre d'un cachot du Louvre, que hantaient les rats vivants et les rats morts, sous la fumée noire des torches, je ne l'oublierai jamais. Devant une lourde table se tenaient des hommes aux traits durcis par la haine : les légistes de la Cour. Un homme se trouvait devant eux, un jeune et preux chevalier, à l'allure superbe, à la haute taille, au corps aguerri et aux traits étonnamment fins, aux cheveux noirs de jais, et aux yeux sombres brillant d'une lumière peu ordinaire : voici Adhémar d'Aquitaine. A l'époque où cette scène se passe, je faisais partie de l'Inquisition, c'est pourquoi j'ai pu voir cet homme répondre à la question de ses bourreaux, et souffrir de l'huile bouillante qui enduisait ses membres. Je vis l'un des prélats, Régis de Montségur, homme au ventre arrondi, aux yeux bleus d'acier, à la bouche édentée, approcher sa torche du visage aux traits défigurés :

— *Ainsi, Adhémar d'Aquitaine, dit-il, vous prétendez faire partie de l'Ordre du Temple.*

— *En effet, dit Adhémar.*

— *Dites-nous, Adhémar d'Aquitaine, si les Templiers sont des gnostiques et des docètes ?*

— *Nous ne sommes ni gnostiques ni docètes.*

— *Dites-nous si vous êtes des manichéens divisant le Christ en un Christ supérieur et en un Christ inférieur terrestre ?*

— *Nous ne sommes point des manichéens.*

— *Etes-vous des caprocratiens ?*

— *Non.*

— *Nicolaïstes ?*

— *Nous sommes Templiers.*

— *Encore, dites-nous si vous formez une secte libertine ?*

— *Nous sommes chrétiens.*

— *Vous êtes chrétiens ? demanda l'homme, qui fit*

mine de paraître surpris. N'avez-vous point embrassé
la religion de Mahomet, ainsi qu'on le dit ?

— *Nous n'avons pas fait de pacte avec l'islam.*

— *Ne dites-vous point que Jésus est un faux pro-phète, ou encore un criminel ?*

— *Jésus est notre prophète et notre Seigneur.*

— *N'avez-vous point rejeté la Divinité de Jésus ?*

— *Nous ne la rejetons pas.*

— *Pourtant, au sein même de l'Ordre officiel, vous avez constitué une société avec ses maîtres, ses doctrines et ses desseins secrets ?*

— *En effet.*

— *N'avez-vous point en tête que l'on foule la Croix pour entrer dans votre Ordre ?*

— *Ce sont des calomnies*, dit Adhémar, qui souffrait atrocement.

— *Lors de leurs cérémonies chapitrales, n'êtes-vous point décidés à conquérir le monde ?*

— *Nous n'avons pas ce but.*

— *Nous savons que la réception de vos novices se fait à huis clos, dans les églises et les chapelles des commanderies, et durant la nuit...*

— *C'est exact*, murmura Adhémar.

— *Parlez plus fort*, dit l'homme, *nous ne vous entendons point.*

— *C'est exact*, répéta Adhémar, *l'initiation des impé-trants se fait à huis clos.*

— *Dites-nous si le postulant n'est pas tenu de renier Dieu, le fils de Dieu ou la Sainte Vierge ainsi que tous les saints ?*

— *C'est faux.*

— *Dites-nous si vous n'enseignez pas que Jésus n'est pas le vrai Dieu, mais un faux prophète, et que, s'il a souffert sur la Croix, c'est en châtiment de ses crimes et non pour la Rédemption du genre humain ?*

— *Nous ne le professons pas.*

— *Dites-nous*, reprit l'homme, en forçant sa voix, *si vous n'obligez point le néophyte à cracher trois fois sur une croix qu'un chevalier lui présente ?*

— *Ce sont des calomnies*, souffla Adhémar.

— ... *si vous ne vous dépouillez pas de vos vêtements pour vous faire des baisers impudiques, premiè-
rement sur la bouche, deuxièmement entre les épaules,
troisièmement sur le nombril !*

— *Nous ne donnons point de baisers impudiques.*

— *Avec votre immense richesse, ne reniez-vous pas
le Christ, qui était pauvre ?* demanda le prélat, qui
posait cette question pour la troisième fois.

Alors Adhémar, par un effort surhumain, releva la
tête et se redressa :

— *Nous nourrissons un pauvre pendant quarante
jours quand meurt un frère, et nous récitons cent Pater
Noster dans la semaine qui suit son trépas. En dépit
des dépenses de guerre, chaque maison du Temple offre
l'hospitalité trois fois par semaine à tous les pauvres
voulant y venir.*

— *Encore une fois, je vous le demande : ne reniez-
vous pas notre foi ?*

— *Sur l'ardeur de notre foi,* dit Adhémar, *je cite le
glorieux renom des chevaliers de Safed capturés par le
Sultan après la chute de cette forteresse ; ils étaient
quatre-vingts. Le Sultan leur offrait la vie sauve s'ils
reniaient leur foi. Tous refusèrent et les quatre-vingts
furent décapités.*

— *Ne cherchez-vous point à reconstruire le Temple,
afin de conquérir le monde ?*

— *En cela nous respectons la parole de Jésus. Dans
la cour des Gentils, la partie du Temple accessible à
tous, Jésus ne s'est-il point élevé contre les marchands ? N'a-t-il pas distribué les coups, n'a-t-il pas
renversé les tables des changeurs de monnaies, les
sièges des vendeurs de colombes ? A tous, il a dit ce
qui était écrit dans les textes : Ma maison sera appe-
lée une maison de prières et vous en avez fait un
repaire de brigands. Puis il a dit : Je détruirai ce Temple
fait de main d'homme, et, après trois jours, j'en rebâ-
tirai un autre qui ne sera pas fait de main d'homme.*

Devant moi, les prélats redoublaient d'effort pour
prendre en faute leur prisonnier.

— *Ne dites-vous point de Jésus qu'il n'a pas souf-*

fert, demanda l'un d'eux, et qu'il n'est pas mort sur la Croix ?

— Nous disons, dit Adhémar, qu'il a souffert, et qu'il est mort sur la Croix.

— Ne faites-vous pas toucher ou envelopper des idoles dans les petites cordelettes dont vous vous ceignez entre la chemise et le corps ?

— Non, les frères portent des ceintures ou des cordes en fil de lin sur la chemise, sans idole.

— Pour quelle raison portent-ils cette ceinture ?

— Pour différencier le corps et l'esprit, entre la partie basse et la partie haute.

— Reniez-vous la divinité de Jésus ?

— J'aime mon Seigneur Jésus-Christ, et je le révère. Notre Ordre, Ordre du Temple, a été saintement institué et approuvé par le Siège Apostolique !

— Cependant chaque membre, lors de son initiation, est tenu de renier le Christ, quelquefois le crucifix, ainsi que tous les saints et saintes de Dieu, selon l'ordre de ceux qui le reçoivent.

— Ce sont des crimes affreux et diaboliques que nous ne commettons point.

— Ne dites-vous point que le Christ est un faux prophète ?

— Je crois dans le Christ, qui a souffert en sa passion, et qui est mon Sauveur.

— Ne vous fait-on pas cracher sur la Croix ? dit l'inquisiteur en faisant signe aux bourreaux de rajouter de l'huile sur les membres d'Adhémar.

— Non ! dit-il en poussant une plainte terrible.

— Jure-le !

— Je le jure ! C'est pour honorer le Christ, qui a souffert en sa passion, que je porte le manteau blanc de notre Ordre, sur lequel est cousue une croix rouge, en mémoire du sang versé par Jésus sur la Croix.

— Ce manteau blanc, ne le portez-vous pas en mémoire d'une secte de juifs qui vivait aux abords de la mer Morte, et dont les membres étaient vêtus de lin blanc ?

— Jésus, notre Seigneur, était juif !

A ces mots, les prélats échangèrent un regard.

— *Cet homme, dit-il, est un hérétique !*

Les prélats se regardèrent d'un air satisfait. Ils avaient bien accompli leur travail. Certains félicitèrent Régis de Montségur, qui avait si bien mené l'examen et révélé au grand jour la face cachée de l'hérétique. Alors Régis de Montségur s'avança et, devant tous, il ordonna :

— *Adhémar d'Aquitaine, je te condamne, par l'ordre du tribunal de la Sainte Inquisition, à être brûlé vif. As-tu quelque chose à demander, avant l'exécution de la sentence ?*

— *Oui, murmura Adhémar. Je désire me confesser.*

Par une nuit venteuse et triste, je confessai Adhémar d'Aquitaine, ainsi qu'il me l'avait été mandé par Régis de Montségur. Dans la chambre sombre de la sinistre prison du Louvre, je découvris un homme fier, terrassé par les épreuves qu'il venait de subir, et pourtant, en lui brillait comme une flamme venue d'ailleurs. Cet homme à l'ombre de son cachot putride, infesté de rats, cet homme souffrant de ses blessures, cet homme condamné au bûcher, me sourit avec une telle bonté, et une telle reconnaissance, que j'en fus bouleversé.

J'étais un jeune moine, alors, et c'était la première fois que j'étais appelé pour faire partie de l'Inquisition. Ayant vécu à l'ombre du Cloître, je ne savais point ce qui m'attendait au-dehors, et j'ignorais tout du mal que l'homme peut faire à l'homme...

— *Viens, dit Adhémar d'Aquitaine, car je vois que tu as peur de t'avancer vers moi.*

Alors je m'avançai et m'assis à même le sol, près de lui. Je vis l'ampleur de ses brûlures, car la chair de cet homme était à vif.

— *Parle, mon fils, dis-je. Je t'écoute.*

— *Je te parlerai, murmura-t-il, car je vois dans tes yeux que tu es bon et que tu sauras m'écouter.*

Dans la chambre obscure, les volets étaient fermés. Nous lisions avec la petite lumière de la lampe de chevet qui éclairait le rouleau argenté, strié par les lettres noires sur fond de lune. Je n'interrompais ma lecture que pour jeter, de temps en temps, un regard à Jane, silencieuse, à côté de moi.

— *C'était en l'an de grâce 1311, il y a huit ans, commença Adhémar d'Aquitaine. Je décidai de partir de la terre de France, car je voulais mourir à Jérusalem, à la suite de Hugues de Vermandois, frère du roi de France, du comte Etienne de Blois, de Guillaume le Charpensier ainsi que du duc de Basse-Lorraine, de Godefroy de Bouillon, avec ses frères Baudoin et Eustache, comte de Boulogne, tous partis vers Jérusalem, se lançant à l'assaut de la cité, dans des légions de preux guerriers sur chevaux blancs, tenant de blancs étendards, tous envoyés par le Christ, et commandés par saint Georges, saint Mercure et saint Démétrius. Grâce à eux, porté par leur Gloire, je pensais braver les vents de sable, les tremblements de la terre et les tempêtes, faisant la guerre sainte, après deux siècles d'un conflit gigantesque, aux personnages immenses : Richard Cœur-de-Lion, Saladin et les vingt-deux maîtres du Temple, combattant à leurs côtés, pratiquant la guerre jusqu'à la mort, afin d'arracher de la Terre sainte les ennemis du Christ. Ainsi ils le firent durant le terrible siège d'Antioche, qui dura plus d'un an et après lequel les places turques tombèrent, les unes après les autres : Iconum, Héraclée, Césarée, après la chute de Marash.*

Or donc, j'embarquai, tête nue, vêtu de mon manteau blanc à croix rouge, noble guerrier rompu aux arts guerriers, au tournoi et à la chasse, j'embarquai, te dis-je, avec mes huit chevaux, mes écuyers, vêtu d'un haubert me couvrant de la tête aux genoux, d'un heaume pourvu d'un nasal, et nanti de ma lourde épée qui jamais ne me quittait, car je l'emportais jusque dans ma couche. J'avais aussi une hache, une dague, et une longue lance, au cas où il eût fallu charger l'ennemi. Je faisais partie d'une confrérie d'hommes semblables, qui ne portaient pour emblème que la croix vermeille sur leur manteau blanc, et qui n'obéis-

saient qu'à l'ordre de leur Maréchal, qui lui-même était soumis à la Règle. En tant que moines, nous étions liés à nos frères et à nos supérieurs par l'obéissance qui, selon la règle très stricte de cet Ordre particulier, devait être immédiate, sans hésitation et sans délai, tout comme si l'Ordre était de Dieu, ainsi a dit le Seigneur : Dès que son oreille a entendu, il m'a obéi. Ainsi, sans lenteur, sans mollesse, sans contradiction d'esprit, et sans mauvaise grâce, j'avais voué ma vie à suivre mon Ordre, car je n'étais point venu sur terre pour accomplir ma volonté, mais celle que lui commandait l'amour de Dieu, qui prend patience, qui rend service, qui jamais ne jalouse, ne s'irrite et ne disparaît. Cet Ordre duquel je faisais partie, c'est l'Ordre du Temple.

J'avais décidé d'embrasser les vœux et de vivre à jamais en cette communauté. J'avais séjourné à Tomar, au Portugal, dans la plus importante des confréries templières. Ce fut là que, le jour de ma réception, j'acceptai la Règle, et la consignai par écrit. Je m'engageai ainsi à ne pas commenter la Règle, à ne l'interpréter ni la contredire, et à ne pas la violer. Par-dessus tout, la Règle du Temple comportait une condition essentielle : le secret.

A bord de la nef du Temple, en direction de Jaffa, nous voguions, suivis de près par les navires de surveillance, en cas d'attaque des pirates. C'était toute une flotte qui était en route vers la Terre sainte : nefs, buzes nefs, salandres, aux dimensions imposantes, qui portaient deux mâts et six voiles, certains faisant plus de trente mètres de haut ! En outre, il y avait des galères, que les galériens conduisaient à la rame, ainsi que des galiotes et certains bateaux moins imposants, tous partis pour un long et périlleux périple à travers les mers inconnues et lointaines.

Adhémar fit une pause, un léger sourire flottait sur son visage marqué par la souffrance. Il se rappelait ce temps heureux du départ et de l'espoir, et ce souvenir lui apporta quelque réconfort.

— Nous ne rencontrâmes point de pirates, mais nous fîmes face à une terrible tempête, en pleine mer,

poursuivit-il, contre laquelle nous combattîmes âpre-
ment, et lorsque le calme revint, en regardant la mer
enfin sereine, je pensai au Christ, à son enfance, sa vie,
sa passion. Je pensai au Temple où Marie sa mère
reçut la nouvelle, près de la piscine probatique. C'est
au Temple que Marie fut présentée près de l'autel des
Holocaustes, pour être bénie par les prêtres. C'est au
Temple qu'elle se rendit pour y accomplir le rite de la
purification, et célébrer le rachat du premier-né. C'est
au Temple aussi que Jésus enseigna, et c'est sa splen-
deur qu'il contemplait le soir, depuis le mont des Oli-
viers.

Adhémar s'arrêta et, tendant une main vers moi :

— Viens, me dit-il, approche-toi davantage, car j'ai
peur que l'on nous écoute.

Je m'approchai d'Adhémar. Je vis ses yeux brillant
dans la nuit, ses yeux pleins de vie au milieu de son
visage tourmenté.

— Chez les Templiers, il y a un savoir secret que les
maîtres transmettent à leurs disciples. On nous a
appris l'histoire suivante :

Lorsque Jésus était enfant, Joseph et Marie étaient
montés à Jérusalem, afin de se rendre au Temple.
C'était le jour de la cérémonie que présidait le Grand
Prêtre. Jésus vit les douze prêtres venir du nord, qui
portaient des couronnes et des tuniques longues et
étroites. Devant eux, le Maître du Sacrifice se tourna
vers la façade nord de la Cour des prêtres, à la place
destinée à l'immolation. Alors il posa sa main sur la
tête de l'animal, puis le sacrificateur égorgea l'animal
de son couteau. Et les Lévis recueillirent le sang de
l'agneau dans un bassin, et les autres lui enlevèrent la
peau. Le sang et la chair furent apportés au sacrifica-
teur, qui en versa une petite quantité sur l'autel, et qui
brûla la graisse, et enleva les entrailles. Puis il laissa
la viande rôtir sur le feu de l'autel.

Dans le sanctuaire, le prêtre accomplit l'acte final :
il répandit le sang dans une cuvette de bronze, il agita
l'encens, il dit une prière sur le sang versé devant
l'autel, puis il fit de son doigt sept traces de sang sur

la bête sacrifiée. Enfin, il retourna à la Cour et il demandu aux prêtres de bénir les fidèles rassemblés. Les Lévis répondirent « amen ». L'un des prêtres lut les versets saints, un autre entra dans le sanctuaire et, seul, parla avec Dieu, et prononça son Nom, qui contient quatre lettres : le Yod, le Hé, le Vav et le Hé. C'était le sacrifice du jour du Jugement.

Jane et moi relevâmes la tête, en même temps, et nous nous regardâmes.

— Tu crois, dit Jane, que l'homme qui a tué Ericson a lu ce texte, et qu'ainsi il a eu connaissance du rituel du jour du Jugement ?

— C'est possible, dis-je. Mais voyons la suite.

— Tu regardes le sacrifice du jour du Jugement.

Jésus tourna la tête : un vieil homme s'était approché de lui.

— Oui, dit l'enfant, en considérant l'homme vêtu de blanc. A ses côtés se trouvaient plusieurs autres hommes vêtus de lin blanc, comme lui.

— Bientôt ce sera le Jugement dernier. Bientôt, ce sera le dernier Jugement et l'avènement du Royaume des Cieux. Car bientôt le Messie viendra !

— Mais qui êtes-vous ? demanda Jésus.

— Nous sommes les anciens prêtres du Temple, nous nous sommes retirés dans le désert. Ce Temple que tu vois, où s'accomplissent les sacrifices rituels, ce Temple est souillé par la présence romaine. C'est pourquoi ce Temple sera détruit, et il faudra attendre longtemps avant qu'il soit reconstruit.

— Mais d'où savez-vous cela ? D'où venez-vous ? demanda l'enfant. Qui êtes-vous ?

— Nous vivons près de la mer Morte, dans le désert profond. Nous avons quitté nos familles, et vivons reclus, à prier et à nous purifier, car nous pensons que la Fin des Temps est proche. C'est pourquoi il faut prêcher la repentance parmi les autres. Ainsi seulement viendra le Royaume des Cieux qu'il faut annoncer afin que tous soient sauvés.

— *J'ai entendu parler de vous, dit Jésus. On vous appelle les esséniens.*

— *Et nous avons entendu parler de toi. Tu es l'enfant prodige qui sait interpréter la Loi.*

Ce fut ainsi que Jésus rencontra les esséniens, qui l'initièrent à leur croyance, et ce fut ainsi que les esséniens rencontrèrent Jésus, en qui ils virent le Messie qu'ils attendaient tant.

Plus tard, lorsque Jésus monta à Jérusalem, il combattit les marchands du Temple. Avec un fouet fabriqué de cordes rompues qui servaient à attacher les bêtes vendues comme victimes sacrificielles, il les frappa. Conformément au souhait des hommes du désert, il voulait détruire ce Temple, que les Romains avaient souillé, que les Sadducéens avaient profané par le sacerdoce illégitime, par leur calendrier illégal fixant à leur manière les temps sacrés et les temps profanes. Il voulait rebâtir un autre Temple, qui ne serait pas fait de main d'homme.

— *J'ai compris, dis-je à Adhémar, l'interrompant afin qu'il pût reprendre souffle. A présent, ce Temple, les chevaliers Templiers le vénèrent, ayant fondé leur propre Ordre, leur communauté, leur confrérie.*

— *En effet, c'est la raison pour laquelle nous nous rendions à Jérusalem. Les Turcs, qui avaient perdu Jérusalem, avaient laissé la Ville sainte aux mains des Egyptiens. Après cinq siècles d'occupation, Jérusalem fut délivrée du joug musulman : elle était enfin chrétienne. Ce fut alors que les colons et les pèlerins se mirent à venir, toujours plus nombreux, pour monter à Jérusalem. Cependant, ils étaient massacrés par les voleurs embusqués sur les chemins, prêts à commettre les plus grands larcins, dépossédant les pèlerins, dérobant leur bien et leur argent. C'était pourquoi les chevaliers Templiers, aimés de Dieu et ordonnés à Son Service, renoncèrent au monde, et se consacrèrent au Christ. Par des vœux solennels, prononcés devant le patriarche de Jérusalem, ils s'engagèrent à défendre les pèlerins contre les brigands et les ravisseurs, à protéger les chemins, et à servir de chevaliers au Souverain*

Roi. Au début, il n'y en avait que neuf qui, ayant pris la sainte décision, vécurent de l'aumône. Puis le Roi leur accorda certains privilèges, et les logea dans son palais près du Temple du Seigneur. En l'an de grâce 1128, après être demeurés neuf ans dans le palais, vivant ensemble dans la pauvreté, ils reçurent une Règle des mains du pape Honorieux, et d'Etienne, patriarche de Jérusalem ; un habit blanc leur fut octroyé. Plus tard, au temps du pape Eugène, ils mirent la croix rouge sur leur habit, et portèrent le blanc comme emblème d'innocence, et le rouge pour rappeler le martyre.

C'est ainsi que naquit l'Ordre du Temple. Mais son rôle ne se réduisait pas à la défense des pèlerins. Les chevaliers du Temple étaient les plus preux et les plus courageux de tous les ordres. La France en Terre sainte leur dut son salut, car ils furent les plus âpres défenseurs du Royaume, les ennemis les plus redoutables, qui jamais ne demandaient pitié, et jamais ne payaient de rançon pour leur liberté, c'est pourquoi, lorsqu'ils les prenaient vivants, les musulmans les décapitaient, puis montraient leur tête sur une pique.

Après cette très longue traversée, poursuivit Adhémar — il ne lui restait qu'une nuit à vivre, et il avait grand-peur de l'aube —, lorsque j'atteignis enfin la Terre sainte, je crus assister à un miracle. La tempête nous avait retardés, nos réserves d'eau s'amenuisaient de jour en jour. Nous avions été rationnés durant toute la fin du voyage. Et soudain, je voyais une terre bénie, avec ses dattiers, ses pommiers, ses citronniers, ses figuiers et ses grands cèdres sur la mer, et je sentais des arômes délicieux de baume, de myrrhe et d'encens. Il y avait les cannes à miel, les cannes à sucre, les tonniers, les girofliers, les muscadiers et les poivriers. Il y avait les châteaux de Terre sainte, aux patios et aux jardins fleuris de roses et arrosés de fontaines, aux sols recouverts de faïence et de tapis turcs. Alors, avec toute l'escadrille, je pris les chevaux, les ânes, les mulets, ainsi que les bovins et les ovins, les chiens et les chats, et achetant chameaux et dromadaires, je laissai ma *lourde tunique pour un turban et une gandoura, et mes chausses pour des babouches : je revêtis le costume oriental.*

C'était le réveil. Il était temps. Le téléphone sonna plusieurs fois, pour nous annoncer qu'il était 6 heures et qu'il fallait partir.

Dans le taxi qui nous menait à l'aéroport, nous ne pouvions nous empêcher de poursuivre la lecture du Rouleau d'Argent.

— Lorsque je parvins enfin au camp Templier qui se trouvait aux abords de Jérusalem, on me donna une literie fruste : une paillasse, un drap et une couverture de laine légère qui servait contre le froid, la pluie, le soleil, et protégeait aussi les chevaux. On me remit deux sacs : un pour la literie et le linge de rechange, l'autre pour les espalières et la cotte d'armes. Il y avait également un sac en mailles de fer, qui servait à transporter l'armure. J'avais une toile pour manger, et une autre pour me laver.

Le soir de mon arrivée, le Maréchal, responsable de la discipline, fit l'appel des chevaliers afin qu'ils se réunissent pour le repas du soir. C'était le Maréchal qui portait le gonfanon baussant en signe de ralliement, pendant le combat. Il y avait aussi un Commandeur de la Viande, qui s'occupait de l'Intendance : le signe que le repas allait être copieux.

Nous sommes entrés dans la salle de réunion. Certains mangeaient à la première table, d'autres, qui étaient sergents, dînaient à part, tous ayant écouté ensemble les offices et les soixante patenôtres obligatoires : trente pour les bienfaiteurs vivants, trente pour les morts. Une fois à sa place, chacun attendit que toute la Commanderie fût là. Il ne manquait rien : pain, vin, eau, ainsi que ce qui était prévu au menu. Puis le prêtre chapelain donna la bénédiction, et chaque frère dit une patenôtre. Ce jour-là, je ne m'étais pas trompé, il y avait du bœuf et du mouton, dont je me régalai, car cela faisait plusieurs mois que je n'avais point eu de viande. A la fin du repas, le Maréchal, homme à la peau tannée par le soleil, à la barbe et aux cheveux blancs, me fit mander dans une salle à part.

— Adhémar, dit-il, lorsque nous fûmes tout à fait seuls, tu es venu en Terre sainte, envoyé par nos frères, non point pour protéger les pèlerins, mais pour accomplir une mission. Ici, tu l'ignores sans doute, mais le sang a beaucoup coulé, beaucoup trop. Les croisés ont tué les musulmans et les juifs par dizaines de milliers.

Cette Jérusalem, acquise dans le sang, nous sera reprise dans le sang. Les Turcs ont reconquis Césarée, et ils viennent de prendre d'assaut le château d'Arsur. Notre royaume, que nous appelons le Royaume de Jérusalem, après les campagnes de Beybars, ne cesse de se réduire. Les châteaux Templiers de Beaufor, Chastel Blanc, Safed ont succombé, ainsi que le Krak des Hospitaliers, en Syrie, réputé imprenable.

En tant que Maréchal des Templiers, je vois s'étioler nos armées en déroute, je vois le retrait de nos escadrons, et leurs contingents affaiblis. Je vois tomber nos châteaux, je vois nos chrétiens massacrés. Je ne sais plus combien de frères j'ai pleurés, qui m'étaient proches, pendus ou décapités par tes Sarrasins. Bientôt, Saint-Jean-d'Acre sera assiégée. Et demain, ce sera Jérusalem. Cela fait plus de trente ans que je suis en Terre sainte, et aujourd'hui, je suis au bout de ma vie, non pas par l'âge, car bien que je paraisse fort âgé, à cause de la rudesse de ma vie, des combats, des blessures et de la débâcle, je ne le suis pas. Tu dois savoir la vérité : nous possédions ce pays, naguère ; aujourd'hui, nous ne sommes que quelques-uns parmi nos nombreux ennemis. Le royaume d'Orient a tant perdu qu'il ne pourra jamais se relever. La Syrie a juré que nul chrétien n'y restera, ni dans la Ville sainte ni dans le pays. Ils élèveront des mosquées sur nos lieux saints, sur l'Esplanade du Temple, où est notre Maison-mère, le Templum Domini, et sur l'église Sainte-Marie. Et nous, nous ne pouvons rien faire sans les renforts que l'on nous refuse.

Comment, répondis-je, nos frères en terre de France ne vous soutiennent plus ?

— *On nous refuse la Croix que nous avons prise. De toute façon, il faudrait une aide considérable pour nous sauver. C'est pour cette raison que l'on t'a fait venir. Tu es jeune et vigoureux, fort au combat, et tu connais les arts et les lettres. Demain, tu seras à Jérusalem, où tu es attendu. Vas-y, Adhémar, et sauve ce que tu peux sauver !*

— *Mais que puis-je faire ? dis-je. Que puis-je sauver ?*

Le Maréchal me considéra pendant un moment, intensément, et me répondit ces mots que je ne compris point :

— *Notre trésor.*

Le lendemain, dès l'aube, je montai à Jérusalem, le cœur troublé par les paroles du Maréchal, mais réjoui par la découverte de la ville de mes rêves. Durant cette lente avancée vers la Ville sainte, mon cheval peina, la montée était rude. Et moi, mon cœur tressaillait de joie et d'impatience : enfin il m'était donné de voir la Ville sainte, la ville de la paix ! Entre deux vallées, au sommet d'un mont, déjà j'apercevais sa muraille, et je m'en réjouissais.

Adhémar s'arrêta un instant dans la contemplation de ce moment. Son souffle était court, il semblait avoir de plus en plus de mal à respirer. Bien qu'il n'en dît pas un mot, ses brûlures lui causaient grande peine.

— Ah ! Jérusalem, soupira Adhémar, comme s'il contemplait de ses yeux la ville éternelle, la ville qu'a reconstruite Godefroy de Bouillon, où il a établi sa souveraineté et sa cour, grâce à la noblesse, pour les pèlerins qui venaient contempler le tombeau du Christ, par dizaines de milliers, de tous les pays de l'Europe chrétienne ; de France, d'Italie, d'Allemagne, de Russie, d'Europe du Nord, d'Espagne, du Portugal.

Je vis les remparts de Jérusalem, aux portes du désert, au sommet de la montagne, et poussé par le vent, comme attiré par la lumière, j'entrai dans la ville blanche, qui paraissait calme dans la lumière du cré-

puscule. Je vis les dômes brillants, et je fus aveuglé par elle comme par un mirage. Derrière moi, le désert et les montagnes bleues, devant moi, les pierres brillantes et les petits arbustes disséminés où les bédouins faisaient paître leurs brebis.

Par la porte de Damas, je pénétrai dans la ville aux grands édifices élevés par les croisés, avec les ordres religieux, templiers, hospitaliers, bénédictins. On aurait dit que chacun avait voulu y élever son temple, son sanctuaire. Là, j'aperçus les deux coupoles dominant la Cité : à l'est, celle du Temple et du Seigneur, l'ancienne mosquée transformée en église, et à l'ouest, la rotonde du Saint-Sépulcre. Une chapelle, au-dessus de laquelle s'élevait le beffroi de l'hôpital, surmontait le clocher du Golgotha. Ces trois pics régnaient sur une foule de tourelles, de créneaux, de clochers et de terrasses, et les quatre tours maîtresses de la ville. Quatre grandes rues joignaient les tours, avec, autour d'elles, multitude d'églises, de monastères et d'habitations nichées dans d'étroites ruelles qui formaient l'ensemble des quartiers. Toutes ces rues divisaient la ville en quatre quartiers distincts : la Juiverie, au nord, était le plus important. La grande porte de la Cité et celle de Saint-Etienne s'ouvraient sur le camp des croisés. Les deux axes nord-sud, que l'on nommait rue Saint-Etienne et rue de Sion, partaient tous deux de la porte Saint-Etienne et se dirigeaient, l'un vers le Temple et la porte de la Tannerie, l'autre vers la porte de Sion. Les deux rues transversales étaient celle du Temple au nord, qui rejoignait le Temple au Saint-Sépulcre, et la rue de David, qui permettait d'accéder de la porte du même nom, par l'église Saint-Gilles, à la grande esplanade, l'ancienne Esplanade du Temple.

Après avoir passé le Saint-Sépulcre, je me dirigeai vers la rue des Herbes où se trouvaient les marchands d'épices et de fruits. Puis j'empruntai la rue de la Draperie, aux étalages de tissus multicolores. Puis, par la rue du Temple, où l'on pouvait acheter la coquille et la palme du pèlerin, j'aboutis à l'Esplanade, où se trouvait le terrain baillé aux pauvres chevaliers du Christ au début de leur fondation, par les chanoines du Temple. Du terre-plein, des marches montaient vers le Dôme de la Roche, et enfin le Templum Domini.

C'est là, devant l'Esplanade, entre les murs de Jérusalem et la porte Dorée, que se trouvait la Maison-mère de Jérusalem, la Maison du Temple, à l'endroit même où se dressait le Temple de Jérusalem. Devant moi se trouvait l'admirable édifice étincelant de marbre blanc. Oui, c'était là qu'était construit le Temple !

Les chevaliers du Temple vivaient dans un palais qu'on disait bâti par Salomon. Dans celui-ci, on pouvait voir une grande écurie où logeaient plus de deux mille chevaux et mille cinq cents chameaux. Ils habitaient les bâtiments attenant au palais, au sein desquels se trouvait leur église, Sainte-Marie-Lateran.

Nous étions presque arrivés. Jane, assise contre le hublot de l'avion, dans l'inquiétude discrète de l'attente, et moi je la regardais.

Elle était vêtue d'un simple jean et d'une chemise blanche. Ses cheveux étaient pris dans un élastique, elle portait ses lunettes de soleil, voile qui m'empêchait d'être aveuglé par la sombre clarté de son regard.

Nous sortîmes de l'avion ; je pris les bagages de Jane, un petit sac et sa mallette d'ordinateur. Je ne sais pourquoi, mais, dans ce simple geste, je me rendis compte, soudain, que j'étais heureux, et que ce sentiment était la source à laquelle je m'abreuvais, depuis que j'avais quitté la terre d'Israël.

Dans le bus, je résistai à l'envie d'ouvrir à nouveau le Rouleau d'argent pour poursuivre la lecture.

— Comment l'Ordre du Temple a-t-il pu se perpétuer pendant plus de cinq siècles ? demandai-je.

— Certains invoquent une charte de transmission remontant à 1324. Jacques de Molay, dernier Maître du Temple, désigna comme successeur Jean-Marc Larménius, de Jérusalem, qui aurait lui-même transmis la grande maîtrise à François Théobald, d'Alexandrie. Larménius aurait signé la grande charte de transmission paraphée par la suite par tous les Grands Maîtres, du XIVe au XIXe siècle.

— D'où vient leur fortune ?

— Ça, c'est le fameux secret. Selon toute probabilité, ce trésor n'était pas constitué par du numéraire, mais par des objets sacrés, des pierreries et des bijoux... Et ils ont réussi à le cacher à temps.

— Peut-être la réponse se trouve-t-elle ici, dans le Rouleau d'Argent.

— Je fus reçu par les Templiers de Jérusalem, qui me menèrent dans ma chambre. Là, à ma grande surprise, on ne me donna point une place au dortoir, parmi les frères chevaliers, mais on m'octroya une cellule parmi les rangées qui donnaient sur un couloir. La mienne était meublée d'une chaise, d'un bahut, et d'un lit muni d'une paillasse, d'un traversin, d'un drap et d'une couverture, avec, en plus, une carpite ou couvre-lit, un luxe que je n'avais pas connu depuis longtemps, moi qui si souvent avais dormi sur un grabat de fer, ou au désert, à la belle étoile.

On me convoqua au Chapitre qui suivait le dîner. Le Chapitre était l'autorité suprême de l'Ordre, qui avait lieu toutes les semaines, partout où se trouvaient réunis quatre frères ou plus, afin de juger des fautes commises contre la Règle et de décider des affaires quotidiennes concernant la Maison. Mais celui-ci n'était pas un Chapitre comme les autres, et cette nuit ne devait pas être une nuit comme les autres. Car cette nuit avait lieu l'élection du Grand Maître, et j'allais vivre l'un des moments les plus intenses de ma vie.

Arrivés à Tomar, nous nous fîmes conduire dans la petite auberge où nous avions réservé nos chambres. Après ces longues heures d'immobilité, nous décidâmes de faire une promenade, aussitôt que nous serions installés.

Et marchant côte à côte, nous avons découvert la petite ville portugaise. O mes amis, comment vous dire ? C'était le soir, en son crépuscule, le soir et son ciel aux images grises et noires, et il tomba sur nous, nous enveloppant de sa douceur sereine et mystérieuse. C'était le soir, et il n'y avait plus de présent, plus de passé, juste le soir avant la nuit. Et si l'amour n'était pas une réminiscence, mais un futur, un futur pur ? Tout ce qui était avant elle n'était plus, et je m'acheminais vers le silence pour mieux la contempler. En cet instant, mes amis, je portais haut, très haut l'étendard de l'amour.

— Ary, dit soudain Jane en me prenant le bras. Je suis certaine à présent que nous sommes suivis.

— Comment ? Que dis-tu ?

— Depuis l'aéroport de Paris, un homme nous épie. A présent, il nous suit. Ecoute.

Nous entendîmes des pas précipités derrière nous.

— Mais, pourquoi ne me l'as-tu pas dit avant ?

— Je n'en étais pas sûre.

— Viens, retournons à l'auberge, dis-je en l'entraînant.

A l'auberge, j'accompagnai Jane jusqu'à sa chambre.

— Nom de Dieu ! s'écria-t-elle sur le seuil de sa chambre.

C'était un fatras indescriptible. Apparemment, la pièce avait été fouillée. Jane se précipita sur ses affaires, et commença à rechercher frénétiquement quelque chose.

— Le Rouleau d'Argent, dit-elle, où se trouve-t-il ?

Sa valise était éventrée. Les affaires avaient été sorties en hâte.

— Il n'est plus là ! s'écria Jane. Ils voulaient le Rouleau d'Argent !

Je pris le châle de prière que j'avais laissé dans la valise de Jane, et l'étreignis délicatement.

— Ary, dit Jane, en me considérant d'un air désarçonné. Tu es... incroyable. On vient de nous voler notre bien le plus précieux, et toi, la première chose que tu songes à vérifier, c'est ton châle... Jamais... Jamais je ne te comprendrai.

Elle se laissa tomber sur le lit, encombré d'affaires de voyage et de sa valise éventrée. Elle prit le coussin, pour le placer sous sa tête.

— Ary ! murmura-t-elle soudain.

Je suivis son regard, arrêté à l'endroit laissé vide par le coussin. Il y avait un poignard, un petit poignard antique, incrusté de pierreries.

Nous nous sommes regardés, épouvantés. Je scrutai ses yeux effrayés. Ses paupières tremblaient. Le poignard, c'était la lettre נ. Dans son côté négatif, *Noun* représente les cinquante portes impures. En Egypte, le peuple d'Israël faillit tomber dans la cinquantième porte de l'impureté, jusqu'au moment où Moïse vint sauver les enfants d'Israël et les faire sortir de l'esclavage. La libération d'Egypte est mentionnée dans la Torah, à cinquante reprises, car il fallait que le peuple hébreu quittât l'Egypte pour rencontrer Dieu.

Le Rouleau de la Guerre

Dresse-toi, héros ! Capture les ennemis !
Homme de gloire, amasse ton butin !
Porte la main sur leur nuque,
  ô guerrier !
Piétine leurs tertres couverts de cadavres
Ecrase les peuples ennemis
Que ton épée dévore leur chair
Et apporte la gloire en ton pays,
Et remplis ton héritage de bénédiction.
Un cheptel innombrable sera dans tes domaines,
Or et argent, pierres précieuses dans tes temples,
Réjouis-toi, ô Sion,
Ouvre tes portes et accueille l'opulence des
  nations.

Rouleaux de Qumran,
Règlement de la guerre.

Jane et moi nous regardâmes sans savoir que dire.

Alors je dépliai le châle de prière et sortis le Rouleau d'Argent que j'y avais caché.

Et soudain, au milieu de la peur, au milieu du chagrin, tout s'épura, tout s'effaça en notre solitude absolue, et nous étions seuls, face à face, seuls face au danger, seuls mais unis contre l'épreuve. En cet instant où nous fûmes si infiniment que le danger même n'existait plus, je connus l'amour, celui qui, bravant tous les périls, montre qu'il existe évidemment.

N'allions-nous pas nous faire tuer, de la pire façon qui fût ? N'étions-nous pas en lutte contre les barbares, n'allions-nous pas disparaître dans la masse des ténèbres, jouets inconscients de l'histoire et de tous ses malheurs ? Et pourtant, j'étais heureux d'être avec elle, au milieu du danger s'il le fallait, telle était ma place en ce monde. Enfin ! Je la pris dans mes bras, et je l'étreignis contre mon cœur, qui battit si fort qu'il transperça ma poitrine contre sa poitrine. Je l'étreignis et prenant sa tête dans mes mains, je la regardai au fond des yeux, et elle apprêta ses lèvres pour recevoir un baiser, je posai mon front contre son front, puis mes lèvres contre ses lèvres, et dans la force de ma jeunesse retrouvée, et de tout mon cœur, avec tout mon esprit et tout mon pouvoir, je lui donnai un baiser d'amour.

Alors, toutes les lettres s'élancèrent hors du rou-

leau, inquiètes de nos épreuves. Et soixante-douze
lettres se moquaient devant le mystère de l'homme
pour qui le temps a passé. Toutes les lettres s'élevaient contre moi, avec leurs formes et leurs corps,
dans un unique concert de dépit. *Raconte-moi, ô toi
que mon âme aime.* Voici, ô lettres, mon histoire, terrible et mystérieuse : je suis parti de chez mes frères,
et j'ai tout quitté pour cette femme. Je suis parti pour
accomplir ma mission qui était devenue notre mission. Mais toutes les lettres se haussaient, se gaus-
saient de moi, et l'une après l'autre de faire son com-
mentaire, car toutes étaient présentes, toutes bien
sûr, sauf א, *Aleph*.

Voici, ô lettres moqueuses, voici mon histoire : je
suis donc dans cette chambre avec celle que j'aime
et je n'ai jamais connu de joie avant cette joie en
laquelle réside la sagesse même, que bien peu
connaissent, car je vous le dis, mes amies, c'est le
secret des secrets, les points de voyelle et de cantilation, qui n'est transmis qu'aux sages de cœur. Je suis
transporté de joie, et je suis dans le gouffre profond
du bonheur, et je suis, pleinement en ma plénitude
retrouvée, en ma plénitude inconnue, ainsi soit-il. Et
moi, en cet instant, je suis seul au monde, avec celle
que mon cœur désire. Et les lettres exaltées montent,
de bas en haut, de haut en bas. Et moi, en ma gloire
inédite, je fais la louange de la Femme, qui s'élève,
et m'élève jusqu'au monde des âmes, et les lettres
soufflent, soufflent, soufflent sur le feu brûlant, sur
l'incendie de mon cœur. *Qu'il me baise des baisers de
sa bouche.*

Et je vois, lettres du Nom, au cœur du tremblement, je vois, dans les gouffres du grand abîme, au
plus profond de ma vie, étreignant Jane contre mon
cœur, la serrant fort pour la rassurer, je vois l'invisible.

Car nous sommes couchés tous les deux, l'un
contre l'autre, mon front contre son front, ma main
sur sa poitrine, ma jambe contre sa jambe. Sublimes,
sublimes baisers d'amour, qui remplissent et nour-

rissent le cœur et l'âme sensible, ainsi il est dit : *qu'il me baise des baisers de sa bouche*. Là est la paix, et toutes les lettres, jointes en un accord parfait, s'unissent, lettres supérieures, lettres minuscules, lettres au-dessus de la ligne s'envolant de bas en haut, et lettres au-dessous de la ligne, voyageant de haut en bas, toutes s'étreignent d'émotion et de reconnaissance, jusqu'à ce qu'elles forment un mot, un seul mot.

Ainsi étions-nous, étreints, dans la pénombre, mes lèvres sur ses lèvres, mon corps contre son corps, lorsque nous entendîmes une clef s'enfoncer dans la serrure de la chambre. Toutes les lettres effarées se volatilisèrent.

Une ombre s'avança. Me jetant sur elle, je la plaquai au sol, en menaçant de lui fracasser la bouteille sur la tête.

Jane alluma la lampe et poussa un cri de surprise. L'homme qui venait de se glisser dans la chambre n'était autre que Josef Koskka.

— Que faites-vous ici ? dis-je, en l'aidant à se relever.

— C'est à moi de vous poser la question, répondit-il, en regardant autour de lui. Que s'est-il passé ici ?

— Nous l'ignorons, dit Jane. Mais peut-être pas vous ?

— Pourquoi me suivez-vous ?

— Nous vous l'avons dit : nous enquêtons.

— Vous enquêtez sur moi, répondit-il calmement. Vous faites fausse route. Que voulez-vous savoir ?

— Nous sommes là pour vous aider, dit Jane.

Il y eut un silence, durant lequel l'homme nous considéra d'un air soucieux.

— Très bien. Soyez demain, à 19 heures précises, à la cathédrale de Tomar, sous la grande nef.

— Que se passera-t-il ? demanda Jane.

Koskka jeta un coup d'œil au poignard qui se trouvait sur le lit.

— Nos ennemis sont terrifiants. Nous courons tous un grave danger...

— Tous ? reprit Jane. Etes-vous sûr de courir un danger ? Ou de le faire courir aux autres ?

— Notre Ordre a toujours voulu préserver la liberté, et sa raison d'être est la Charité. *Non Nobis, Domine, Non Nobis, Sed Nomini Tuo Da Gloriam...*

— C'est votre devise ? dit Jane.

— C'était celle du professeur Ericson.

— C'est le Psaume 115, verset 1, ajoutai-je.

— Le professeur Ericson, commença Koskka, était le chef de la branche américaine de notre assemblée, qui reconnaît la Constitution des Etats-Unis comme loi suprême.

Koskka fit quelques pas dans la pièce.

— C'était un groupe en pleine expansion, Jane. En tuant le professeur Ericson, ils ont décapité une organisation mondiale.

— Quelle est votre mission ?

— Intervenir dans la politique extérieure d'Israël. Organiser des recherches pour établir une politique de sécurité en accord avec des diplomates américains, canadiens, australiens, anglais, européens, ainsi que des pays de l'Est. Protéger Jérusalem comme capitale d'Israël, et amasser des fonds pour faire des recherches en vue de...

Il fit une pause, avant de conclure :

— De la reconstruction du Temple...

— Pourquoi vous ? dis-je.

— Ce soir, dit Koskka, soyez à la cathédrale de Tomar, à 19 heures précises.

Le lendemain soir, le soleil se couchait sur la colline surplombant la ville, se glissant entre les remparts du Convento de Cristo, étreignant la terre comme une mère chaleureuse couvrant son enfant d'un drap aux couleurs dégradées, ocre, mordoré, brun clair, rose orangé.

Silencieux, nous pénétrâmes dans le domaine autrefois occupé par les Templiers. Au sommet de la colline, c'était un plateau étroit qu'une silhouette aiguë domptait fièrement, telle une pointe d'épée sur une formidable tour de guet, dressée pour contrer l'envahisseur et toucher le ciel. Une nuée couronnait la colline, une nuée protégeant ce Ribat, ce Temple cosmique élevé dans les airs.

Nous traversâmes le cimetière des Moines, élevé au XVIe siècle, puis nous continuâmes vers le centre du vaste Domaine, vers l'immense Couvent du Christ, édifice à la beauté ciselée, aux arches et aux pilastres cannelés, aux lourds chapiteaux... Un temple, me dis-je, un temple témoignant de la pureté de la voie templière, car tout ici semblait s'organiser autour du carré et des parfaites lignes droites, à la pointe du ciel, comme le Temple de Salomon. Les Templiers avaient bâti une enceinte dans laquelle se trouvait un château, et une église à huit côtés, au beau milieu des fortifications.

Dans le cloître de ce couvent-forteresse, tout était calme. La lumière y pénétrait comme une voix céleste, par les baies des façades et les fenêtres des bas-côtés. La lumière entrait, indirecte, modelée, infiniment douce. Tels les Morabitun, les hommes des Ribats musulmans, les pieux Templiers venaient accomplir ici leur service temporaire, associant la prière et l'action militaire.

— Depuis le milieu du Xe siècle, expliqua Jane, l'Espagne, comme le Portugal, était aux mains des musulmans, qui s'étendirent dans les parties plus septentrionales de la Péninsule avec les prises de Barcelone, Coimbra et Léon, ainsi que Saint-Jacques- de-Compostelle. Le Temple participa activement à la reconquête de Lisbonne et de Santarem, dès 1145. Les Templiers, aidés par les Hospitaliers et les Santiaguistes, défendirent le territoire avec ténacité... On dit que ce sont les Templiers qui furent à l'origine de la fondation du Portugal. Même en 1312, lorsque le pape Clément écrivit la bulle supprimant l'ordre, Dinis, le roi du Portugal, déclara que les Templiers avaient la jouissance éternelle de ces terres, et qu'il était impossible de les leur enlever. Après la dissolution de l'Ordre du Temple, le roi Dinis, pour que l'ordre continue, ordonna la création d'un autre ordre en tous points similaire à celui-ci : l'ordre du Christ, dont le quartier général était le Convento de Cristo.

— C'est sans doute pour cette raison que les Templiers ont décidé de se réunir ici ? Car c'est une terre d'accueil pour eux...

A l'entrée de l'église, se trouvait une rotonde sur huit colonnes en cour. L'église avait une façade gothique, au centre de laquelle était gravée une gigantesque rosace, elle-même marquée d'un signe : la même étoile que j'avais vue sur les tombes des moines, lorsque nous étions passés par le cimetière.

— Mais, dis-je à Jane, n'est-ce pas une étoile de David ?

— C'est le Signum Solomonis, la signature des Templiers.

— Une étoile de David inscrite dans une rose à cinq pétales.

— La rose et la croix...

— Tu viens ? dit Jane.

— Cela m'est interdit, répondis-je. Je n'ai pas le droit d'entrer dans une église.

— Pourquoi ?

— Faire une image de Dieu afin de le rendre visible a toujours été interdit chez nous, car Dieu est inconnaissable, et donc impossible à représenter.

— Mais comment, dit Jane, passez-vous du visible à l'invisible ?

Il y eut un silence, durant lequel elle me regarda d'un air étrange.

— En prononçant le nom de Dieu.

— Simplement en prononçant son nom ?

— Oui. Nous connaissons les consonnes de son nom : *Yod, Hé, Vav, Hé*. Mais nous ne connaissons pas les voyelles. Seul le Grand Prêtre au Temple, dans le Saint des Saints, qui avait la connaissance de ces voyelles, pouvait les prononcer. Nous n'avons pas d'image pour représenter l'invisible... Nous nous méfions des élans sensibles et affectifs pour entrer en relation avec Dieu.

— Ah bon, dit Jane. Et que fais-tu, toi, lorsque tu chantes, et que tu danses pour atteindre la Deveqout ? Les images ne sont pas comme les photographies, une représentation des événements pris sur le vif. Elles sont composées comme des textes ayant une signification. Quatre sens principaux s'en dégagent : le sens littéral représente l'événement, le sens allégorique annonce la venue de Jésus, le sens tropologique explique comment ce qui s'est révélé par Jésus doit s'accomplir en chaque homme, le sens anagogique fait apparaître par anticipation la réalisation finale de l'homme parfait en compagnie de Dieu. Regarde ce tétramorphe sur l'entrée.

— Non, dis-je. Je ne veux pas le voir.

— Ce n'est pas une représentation de Dieu, dit Jane.

J'ouvris les yeux. Il y avait, sur le tétramorphe, la vision du prophète Ezéchiel : un homme, un lion, un taureau et un aigle. Jane m'expliqua que les théologiens y lisaient un portrait de Jésus : l'homme par sa naissance, le taureau par son sacrifice sanglant, le lion par sa résurrection et l'aigle par son ascension. Ils y voyaient aussi la réalisation de l'homme par le monde de l'intelligence, le taureau par le don de soi, au service des autres, le lion par sa puissance à vaincre le mal, l'aigle parce qu'il était attiré vers le haut et la lumière.

— Grâce à l'acquisition de ces qualités, dit Jane, l'homme deviendra semblable à Jésus, et ne fera plus qu'un avec lui.

Je considérai le tétramorphe, et soudain, je vis paraître la vision d'Ezéchiel. Au centre, était un dessin, qui ressemblait à quatre animaux, dont voici l'aspect : tous les quatre avaient une face d'homme, une face de lion, une face de taureau et une face d'aigle. Leurs ailes étaient déployées vers le haut : chacun avait deux ailes se rejoignant, et deux ailes courant sur le corps. Au sommet de la voûte qui se trouvait au-dessus de leurs têtes, il y avait une pierre de saphir en forme de trône, et sur celui-ci, au-dessus, tout en haut, était assis un être étincelant à l'apparence humaine. Autour, apparaissait un feu plein de lumière.

Un couloir au fond de la Rotonde menait au cloître du Cimetière, aux arcades gothiques, aux frises flamboyantes, et aux patios débordant de fleurs aux teintes joyeuses. Nous nous dirigeâmes vers la nef, pour accéder au grand cloître qui donnait sur la fenêtre de Tomar, à la sculpture mousseuse, représentant une végétation aux vertigineux entrelacs, aux vrilles, aux tortillons infinis et aux racines mélangées, tout ce qui forme le grand royaume du végétal.

De la terrasse supérieure du grand cloître, on pouvait contempler tout le couvent et toute la région. Il n'y avait personne à l'horizon. Nous commencions à nous demander où avait lieu le rendez-vous...

Nous nous sommes installés à l'ombre d'un rocher : il était presque 19 heures.

— *J'y étais à présent, et personne ne pouvait plus rien pour m'en arracher, pour empêcher ce qui allait se passer. Tous, en cet instant solennel, avaient revêtu la robe blanche, couleur de l'innocence et de la chasteté. Il y avait là tous les Commandeurs des provinces de l'Ordre. Après les chevaliers venaient les sergents, les prêtres et, enfin, les frères de métiers, c'est-à-dire les serviteurs.*

Dans le silence, le Commandeur de la Maison de Jérusalem s'approcha de moi. Vêtu d'un grand manteau de lin blanc à la croix pattée rouge, le Commandeur était impressionnant, par sa très grande taille, par ses yeux perçants et son visage imberbe strié de rides vénérables. Selon la coutume, je m'agenouillai devant lui. Alors, lentement, il prit le sceptre, qui était un bâton au bout duquel se trouvait une spirale frappée

de la croix rouge, et me le remit. C'était l'abacus :
l'insigne du Grand Maître de l'Ordre.

— L'abacus, dit-il, représente à la fois l'instruction
et la connaissance des vérités supérieures. Mais le
Grand Maître de l'Ordre, avant tout, est un chef de
guerre.

Il y eut un silence.

— Certes, je l'accepte, murmurai-je enfin, sans relever la tête, mais je ne comprends pas. Le Grand Maître
de l'Ordre a été élu : il se nomme Jacques de Molay.

— Nous avons eu connaissance de tes prouesses,
dit le Commandeur, et de ta très grande intelligence.
Nous avons connu tes faits de guerre, et ton grand courage. On nous a rapporté tout cela. Jacques de Molay
a été désigné comme Grand Maître mais... nous voulons que tu sois pour nous le Maître secret.

— Quel est mon rôle ici, dis-je, et qu'attendez-vous
de moi ?

— Notre Roi, Philippe le Bel, nous est hostile,
répondit le frère Commandeur.

— Quelle est la raison de son hostilité ?

— Nous possédions une armée de cent mille
hommes et quinze mille chevaliers, dans le monde
entier. Nous étions une puissance, qu'il ne peut pas
contrôler. Lors de la révolte des Parisiens, le roi de
France s'est aperçu que le seul endroit sûr n'était pas
son palais, mais le donjon du Temple, où il s'est réfugié. Mais ce temps n'est plus, Adhémar. Nous t'avons
choisi pour que tu saches la vérité : Philippe le Bel veut
la destruction de notre ordre : c'est une puissance qu'il
veut éliminer pour prendre notre trésor !

— Mais c'est impossible ! dis-je. Le Pape, le Pape
Clément V nous protégera !

— Non, dit-il, il ne nous protégera pas.

— Comment est-ce possible ? m'écriai-je, terrifié.

— Hélas ! C'est une conspiration, et nous ne pouvons rien y faire, rien du tout. Mais il y a un autre
ordre, un ordre noir, qui a pour mission de ne jamais
laisser s'éteindre le noble flambeau et de le transmettre
à son tour.

Le Commandeur se leva, et se tournant vers moi :
— *Cet ordre secret, c'est toi à présent qui en es le chef !*

Le temps était venu. L'heure du rendez-vous approchait.

— Je dois partir, dis-je à Jane. Toi, tu m'attends ici.

— Je ne suis pas tranquille, murmura-t-elle, en levant vers moi des yeux inquiets. Et si c'était un piège ?

— Donnons-nous rendez-vous ici, disons, dans deux heures ?

— D'accord.

Mais sa voix manquait de conviction. Elle me regardait d'un air anxieux.

— Et si tu ne reviens pas, dans deux heures ?

— Alors, tu préviendras Shimon Delam...

J'entrai dans le château, empruntant l'arche voûtée. Un lourd escalier de pierre menait au premier étage. Tout était pénétré d'un silence de mort. Soudain, la grande porte en bois à deux battants qui se trouvait devant moi s'ouvrit et laissa apparaître Koskka :

— Etes-vous prêt ?

— Oui.

— Bon, très bien, dit-il. J'espère que vous avez compris la situation. Il y a ici des frères venus du monde entier. Suivez-moi, faites exactement ce que je vous indiquerai. Il ne vous arrivera rien. Vous n'avez rien à craindre de nous, mais nous savons à présent que les assassins ne sont pas loin d'ici.

Alors je me mis à suivre l'étrange personnage dans un dédale de couloirs hauts et étroits, jusqu'à un escalier en colimaçon qui nous fit descendre dans les caves du château. Là, dans une antichambre voûtée, il me tendit un manteau blanc, que je revêtis, pendant qu'il faisait de même avec le sien. Nous entrâmes par une petite porte dans le renfoncement du mur, où je reconnus le sceau des Templiers. On y voyait gravé un édifice octogonal, surplombé d'un gigantesque dôme recouvert d'or, qui présentait une curieuse ressemblance avec la Mosquée d'Omar.

Dans une petite chapelle éclairée de torches et de chandelles, il y avait un autel. Devant l'autel, un homme agenouillé, les mains jointes. On ne pouvait voir son visage, mais devant lui se tenait un homme en grande tenue de chevalier Templier. A la suite de Koskka, je me glissai au fond de la salle, en espérant que personne ne remarquerait ma présence.

— *Allons, dit le Commandeur, en s'adressant à tout le Chapitre, alors que j'étais devant lui, face contre terre. A présent, notre frère est introduit dans un monde nouveau, vers une vie plus haute, en laquelle il peut se rédimer de ses péchés anciens, et sauver notre ordre.*

Puis il ajouta, d'une voix plus forte :

— *Si quelqu'un ici s'oppose à la réception de l'impétrant, qu'il parle, ou qu'il se taise à jamais.*

Un profond silence accueillit ces paroles.

Alors le Commandeur dit d'une voix forte :

— *Voulez-vous qu'on le fasse venir de par Dieu ?*

Et l'assistance répondit d'une seule voix :

— *Faites-le venir de par Dieu.*

Je me relevai et m'agenouillai devant le Commandeur.

— *Sire, dis-je, je suis venu devant Dieu, devant vous et devant tous nos frères. Aussi, je vous prie, et vous requiers par Dieu et par Notre Dame de me recevoir en votre compagnie, et dans les bienfaits de la Maison, comme celui qui à tout jamais veut être serf et esclave de la Maison.*

Il y eut un silence, puis le Commandeur ajouta :

— *Voulez-vous être tous les jours de votre vie désormais au service de la Maison ?*

— *Oui, s'il plaît à Dieu, Sire.*

— *Or, beau frère, poursuivit le Commandeur, entendez bien ce que nous vous disons : vous promettez à Dieu et à Notre Dame que tous les jours de votre vie seront voués au Temple ? Voulez-vous tous les jours de votre vie laisser votre volonté, et accomplir la mission qui vous sera mise entre les mains, quelle qu'elle fût ?*

— *Oui, Sire, s'il plaît à Dieu.*

— *Encore promettez à Dieu et à Notre Dame Sainte Marie que, tous les jours de votre vie, vous vivrez sans rien qui vous appartienne ?*

— *Oui, Sire, s'il plaît à Dieu.*

— *Encore promettez à Dieu et à Notre Dame Sainte Marie de respecter, tous les jours de votre vie, la Règle de notre Maison ?*

— *Oui, Sire, s'il plaît à Dieu.*

— *Encore promettez à Dieu et à Notre Dame Sainte Marie que tous les jours de votre vie, vous aiderez à sauver, à la force et au pouvoir que Dieu vous a donnés, la Sainte Terre de Jérusalem, et à garder et sauver celles que tiennent les Chrétiens ?*

— *Oui, Sire, s'il plaît à Dieu.*

Alors le Commandeur fit signe à tous de s'agenouiller.

— *Et nous, de par Dieu et de par Notre Dame Sainte Marie, et de par notre père l'Apostole, et tous les frères du Temple, nous vous accueillons à gouverner la Maison selon la Règle qui a été établie dès le commencement et qui sera telle jusqu'à la fin. Et vous aussi, vous nous accueillez en tous les bienfaits que vous avez faits et ferez, et vous nous guiderez en tant que notre Grand Maître.*

— *Oui, Sire, s'il plaît à Dieu, je l'accepte.*

— *Beau frère, répondit le Commandeur, nous demandons encore plus de vous, que ce que l'Ordre vous a demandé précédemment ! Car nous requérons de vous le commandement : car c'est une grande chose que vous, qui êtes serf d'autrui, deveniez guide de tous.*

Cependant, pour être notre guide, vous ne ferez jamais selon votre désir : si vous voulez être en terre,

*on vous mandera en mer, si vous voulez être en Acre,
on vous mandera en la terre de Tripoli, ou d'Antioche.
Et si vous voulez dormir, on vous fera veiller, et si vous
voulez veiller, vous devrez vous reposer en votre lit.
Quand vous serez à table, que vous voudrez manger,
vous serez mandé dans quelque endroit où votre fonction vous appelle. Nous vous appartiendrons, mais
vous ne vous appartiendrez plus.*

— *Oui, répondis-je, je l'accepte.*

— *Beau frère, dit le Commandeur, nous ne vous
donnons pas la direction de la Maison pour avoir pri-
vilège ou richesses, ou aise de votre corps ou honneur.
Nous vous confions la Maison pour éviter et combattre le péché de ce monde, afin de faire le service de
Notre Seigneur, et enfin pour nous sauver. Et telle doit
être l'intention pour laquelle vous la devez demander.
Ainsi vous serez notre Elu.*

Je baissai la tête, en signe d'acceptation.

*Alors le Commandeur prit le manteau de l'Ordre, le
plaça solennellement sur mes épaules, et il en ferma
les lacets, pendant que le frère chapelain lisait le
psaume :* ecce quam bonum et quam jucundum habi-
tare fratres in unum.

— *Voici qu'il est bon, qu'il est agréable d'habiter
tous ensemble comme des frères, dit-il.*

*Puis il lut l'oraison du Saint-Esprit, et chaque frère
prononça une patenôtre.*

*Lorsqu'ils eurent achevé, le Commandeur s'adressa
en ces termes au Chapitre :*

— *Beaux seigneurs, vous voyez que cet homme
valeureux a grand désir de servir et de diriger la Maison, et il dit qu'il veut être tous les jours de sa vie le
Grand Maître de notre Ordre. A présent, je demande à
nouveau que, si l'un d'entre vous avait connaissance
d'un empêchement à ce qu'il pût accomplir sa mission
dans la paix et la grâce de Dieu, il le dise, ou qu'il se
taise à jamais.*

*Un profond silence répondit. Alors le Commandeur
répéta sa question à toute l'assistance :*

— *Voulez-vous qu'on le fasse venir de par Dieu ?*

Un silence pesant régnait sur l'assistance. Une centaine de personnes, toutes revêtues du manteau blanc à la croix rouge, se trouvaient là, lorsque le Maître de cérémonie, un homme d'une cinquantaine d'années, svelte, à la barbe grise et aux cheveux noirs, devant l'Assemblée, répéta sa question :

— Voulez-vous qu'on le fasse venir de par Dieu ?

Soudain, un des hommes s'avança. Je plissai les yeux : je reconnaissais l'aubergiste qui nous avait commenté sa carte avec faconde.

— Commandeur, dit-il, cette cérémonie n'est pas conforme. C'est pourquoi notre frère ne peut être ordonné.

— Expliquez-vous.

— Beau Sire, il y a un traître parmi nous. Un étranger est présent.

Des murmures d'effroi se firent entendre. Le Commandeur fit un signe aux assistants de se taire. Le silence revint aussitôt.

— Explique-toi, Intendant et Maître de la Viande, dit-il au Templier-aubergiste.

Alors, l'aubergiste leva le doigt et le pointa vers moi, qui me trouvais debout, vers la porte, à l'arrière de tous. Toute l'assistance se retourna. Aussitôt, deux hommes se glissèrent entre la porte et moi-même, bloquant la sortie.

Tous firent silence, comme s'ils retenaient leur souffle, sans détacher leur regard de moi. Koskka, à mon côté, ne faisait pas un mouvement. Le Commandeur me fit signe d'approcher.

J'avançai vers lui, qui me considérait de haut en bas. Alors il me fit signe de me mettre à genoux, ce que je fis.

— Beau frère, voyez ici la réunion des Templiers, réservée aux Templiers seulement. Des choses que nous allons vous demander, dites-nous la vérité, car, si vous mentiez, vous seriez sévèrement sanctionné.

J'acquiesçai.

— Etes-vous marié ou fiancé, risquez-vous d'être réclamé par une femme à laquelle on vous rendrait après lui avoir fait grand-honte ?

— Non.

— Avez-vous des dettes que vous ne puissiez payer ?

— Non.

— Etes-vous sain de corps et d'esprit ?

— Oui.

— Etes-vous au Temple par simonie ?

— Non.

— Etes-vous prêtre, diacre ou sous-diacre ?

— Non.

— Etes-vous frappé d'une sentence d'excommunication ?

— Non.

— A nouveau, je vous mets en garde contre le mensonge, si bénin soit-il.

— Non, répétai-je, la voix légèrement tremblante, car en vérité je n'étais pas loin de l'être, chez les esséniens.

— Encore jurez-vous que vous vénérez notre Seigneur Jésus-Christ ?

A cette question, je ne pus répondre, car cela m'était interdit par la Règle, par ma Règle. Derrière moi, il y avait d'étranges bruits métalliques. Je levai la tête, et je les vis, tous, qui avaient sorti des boucliers d'airain, polis à la manière d'un miroir. Le bouclier était entouré d'une tresse de bordure, en forme de lien d'or, d'argent et d'airain entrelacés. Il était orné de pierres précieuses de couleurs variées. Ils levèrent tous leur bouclier, comme s'ils voulaient se protéger du mal.

Devant moi, le Commandeur tenait des deux mains un sabre avec lequel il caressa ma joue.

— *Alors, le Commandeur me fit venir près de lui, pour me soumettre au rituel des baisers. Il approcha son visage du mien, et me baisa sur la bouche, centre du souffle de la parole, puis il me baisa entre les épaules, qui étaient le centre du souffle céleste. Puis se penchant, il me baisa au creux des reins, à l'endroit où l'on porte la ceinture, qui était le nerf de la vie terrestre. Ainsi il me signifiait que par ces dimensions j'étais voué au Temple, et à rien d'autre qu'au Temple. Puis on me conduisit dans une petite pièce, et on me laissa seul, jusqu'au soir. Puis, trois frères vinrent me chercher, et mandèrent par trois fois si je persistais à accepter la terrible charge qui m'incombait. Comme je persistais à accepter, je fus conduit à nouveau devant le Chapitre, où m'attendait le Commandeur.*

— *Voici le manteau blanc du Grand Maître, dit-il, qui symbolise le lien avec la Divinité et l'immortalité pour celui qui le porte. Et voici le bouclier ou l'écu, frappé de la croix rouge de l'Ordre.*

Il plaça la lourde épée incrustée d'or et de pierres précieuses dans ma main droite, et déclara :

— *Reçois ce glaive, au nom du Père et du Fils, et du Saint-Esprit, et sers-t'en pour ta propre défense, et pour celle de l'Ordre, et ne blesse personne qui ne t'ait fait du mal.*

Puis il replaça l'épée dans son fourreau.

— *Porte ce glaive contre toi, mais sache que ce n'est pas par le glaive que les saints conduisent les Royaumes.*

Je sortis l'arme de son fourreau, je la brandis trois fois dans chaque main, je la rengainai tandis que le chapelain déclara, en m'embrassant :

— *Puisses-tu être un Grand Maître pacifique, fidèle et soumis à Dieu.*

Je restai immobile devant le Commandeur, qui attendait que je réponde à sa question. J'étais pris au piège : je pouvais dire que j'étais célibataire, que je n'avais pas de richesse et pas de dettes, mais je ne pouvais pas jurer par Jésus. Autour de moi, des grésillements terrifiants, des sifflements et des crissements se mirent à résonner.

Alors le Commandeur fit glisser son sabre sur ma gorge. Il m'était impossible de m'enfuir : je connaissais cette règle, leur Règle, qui était aussi la mienne : *Et ils pratiqueront obéissance mutuelle, l'inférieur envers le supérieur, pour le travail et pour les biens.*

Chacun devait stricte obéissance à celui que le numéro d'ordre désigne comme son ancien et son supérieur, mais ce supérieur devait lui-même obéissance à ceux qui étaient cités avant lui. Quiconque opposait un refus à l'ordre de son frère qui lui était supérieur hiérarchiquement recevait une sanction sévère. Autrement dit, dans toute l'assistance, chacun était sous l'ordre d'un autre, qui était sous l'ordre du Commandeur, lui-même sous l'ordre... du Grand Maître. Lui seul pouvait me sauver. Je cherchai Koskka dans l'assistance, désespérément. Mais Josef Koskka se tenait au fond de la salle, silencieux, le visage impassible.

Etait-ce un piège ? Ne m'avait-il fait venir à cette séance des Nombreux que pour m'exécuter ?

En moi souffla un vent de vertige, jusqu'aux portes de la Mort. Car j'étais pris par Bélial, et par le plan maléfique, entraîné malgré moi dans la folie de la bourrasque.

Alors soudain, parce qu'il n'y avait rien d'autre à faire devant ce sabre que j'avais sur la gorge, prêt à mourir comme un animal sacrifié, soudain faisant le vide, je recherchai une lettre : ה.

Hé, longue inspiration, souffle de vie, fenêtre sur le monde, pensée, parole et action dont l'âme est faite, se présenta à moi. *Hé*, tel le souffle de Dieu qui, par dix paroles, créa un monde. Je pris mon souffle profondément. *Hé*, et ce fut comme au commencement, lorsque Dieu créa le ciel et la terre, et que la terre était tohu et bohu, et que les ténèbres recouvraient la surface de l'abîme. Mais comment pouvait-il y avoir une création du monde, s'il y avait déjà ciel et terre ? On ne peut pas élucider le mystère de la création, mais on peut se laisser porter par le souffle, dont l'origine est le cœur. *Rouah*, vents et matériaux subtils, vapeurs et brouillards. Colère, colère, embrasement du souffle vital, parole de la profonde respiration. *Réah*, parfum de l'air qui entre dans le corps par l'odorat. Lorsqu'un homme est dans une situation difficile et qu'il en est préoccupé, il a le souffle coupé, mais lorsqu'il est au calme, il peut inspirer l'air qui entre en lui pour le rafraîchir, c'est pourquoi on dit qu'il respire.

Je tentai d'inspirer, de respirer profondément le souffle matériel et sensible pour calmer les battements de mon pouls, et la terrible question qui soufflait au fond de mon cœur : qu'allaient-ils donc faire de moi ? Que voulaient-ils, et que faisais-je, perdu dans ce guet-apens ? Et comment faire pour m'en sortir ?

Alors je me souvins du souffle de Dieu planant à la surface des eaux, ce vent que Dieu avait fait souffler pour séparer le ciel et les eaux, et je pris mon inspiration.

Soudain une impression se forma dans mon âme, à partir d'elle-même, propre en son unité, soudain une expérience intime se fit en mon cœur, partant de la Volonté suprême, pour aboutir aux vingt-deux étincelles se mouvant par une action spontanée comme la loi de l'amour. Et la lumière apparut : c'était la lumière du feu.

A la lueur des torches, la cérémonie s'acheva, et les frères se dispersèrent. Alors, le Commandeur me fit asseoir devant lui, dans la grande salle de la Maison du Temple. Nous étions là, face à face, nos ombres immenses projetées sur le sol. Nous nous regardâmes, moi, jeune et vigoureux chevalier, étonné encore de ce qui venait de se produire, mais le corps penché en avant, prêt à combattre, et le vieux Commandeur, au regard pénétrant, scrutant l'âme en des profondeurs insensées, et au corps maigre, sec, des chevaliers qui ont trop guerroyé.

— *Grand Maître, dit le Commandeur, nos frères t'ont mené à gouverner, à servir notre belle compagnie de la chevalerie du Temple. Il faut à présent que tu saches certaines choses nous concernant.*

Il énuméra les fautes qui pouvaient me priver de ma fonction, précisa les obligations qui m'incombaient, et acheva ainsi :

— *Je t'ai dit ce que tu te dois de faire, et ce que tu ne dois pas faire. Si j'ai omis de te dire quelque chose, s'il y a quelque chose que tu désires savoir, tu peux me le demander, et je te répondrai.*

— *Je reçois ta proposition avec reconnaissance, répondis-je. Dis-moi pourquoi tu m'as fait venir, pourquoi tu m'as fait élire, et quelle mission tu désires me confier. Car je suis jeune, mais je ne suis pas dupe : je suis un instrument entre tes mains.*

Le Commandeur ne put s'empêcher de sourire.

— *Tu as compris le sort que l'on réserve aux nôtres, mais ce que tu ignores, c'est qu'il existe un moyen de conserver notre secret, de le propager, pour perpétuer les sublimes connaissances et les principes fondamentaux de notre Ordre.*

— *Je t'écoute.*

— *Je connais ton intelligence et ta sagacité, c'est pourquoi tu en sauras autant que moi sur les mystères que nous gardons secrets. Mais avant tout, tu dois jurer de perpétuer l'Ordre jusqu'au jour du Jugement Dernier, où il te sera demandé des comptes devant le Grand Architecte de l'univers.*

— *Je le jure, répétai-je. A présent, parle, car je t'écoute. Tu m'as dit tantôt que l'on complote contre nous, car nous possédons le tiers de Paris, et que la silhouette massive de notre église offusque le ciel comme un défi, si près du palais du Louvre, où habite le Roi ! Comme tu l'as dit, c'est notre richesse qui l'effraie ; car le Temple est puissant et riche. Mais cette richesse du fait de l'indépendance de notre Ordre ne nous rend-elle point intouchables ? On n'osera jamais voler le Temple, comme on a dépouillé les Lombards et les juifs.*

— Ne crois pas cela. D'après mes informateurs, on a déjà commencé à confisquer les biens du Temple.

— Le Roi nous veut du bien. Les Templiers ne peuvent être soumis à l'arbitraire. Nous sommes protégés par l'immunité ecclésiastique.

— Si je te parle ainsi, si nous avons décidé de faire appel à toi, et si nous t'avons choisi, c'est que nous sommes en danger, en grave danger. Une terrible machination est en train de se monter contre nous.

— Mais qui ? m'écriai-je. Qui nous en veut ?

— Le pape Clément, représentant de Dieu sur terre.

— Le pape Clément, répétai-je, incrédule.

— Tu dois savoir, Adhémar, que le pape Clément a convaincu le Roi et que le feu brûle. Partout des bûchers sont allumés en France par les émissaires du Roi. Les inquisiteurs ont déjà obtenu des aveux de Jacques de Molay, Grand Maître du Temple, Geoffroy de Gonaville, Commandeur du Poitou et d'Aquitaine, Geoffroy de Charney, Commandeur de Normandie, et Hugo de Payrando, Grand Visiteur de l'Ordre. Après une nuit entière à la question, la commission cardinalice a fait dresser un échafaud sur le parvis de Notre-Dame, avant de prononcer devant tous la sentence. Les inquisiteurs ont fait monter les Templiers sur le parvis. Ils les ont forcés à s'agenouiller. Puis, l'un des cardinaux a donné lecture des aveux faits par les Templiers, à la suite de quoi il a proclamé la sentence finale : il leur faisait la faveur de ne pas mourir sur le bûcher, grâce à la confession de leurs fautes et de leurs forfaits durant la nuit. En vertu de quoi, ils étaient condamnés à être emprisonnés à vie.

— Mon Dieu, m'écriai-je, bouleversé, quand tout ceci est-il arrivé ?

— Nous l'avons appris par nos émissaires revenus de terre de France. Ceci a eu lieu peu après ton départ pour la Terre sainte.

— *Raconte-moi la suite. Qu'est-il arrivé à notre Grand Maître, Jacques de Molay ?*

— *Contre leurs juges, le Grand Maître et le Commandeur de Normandie se sont élevés. Ils ont interrompu l'énoncé de la sentence. Ils ont révélé devant tous qu'ils avaient subi la question, et qu'on les avait contraints sous la torture à faire des aveux qui n'étaient pas vrais. Le Roi leur avait promis qu'ils seraient libres s'ils acceptaient de faire ces aveux. Ils ont demandé aux inquisiteurs d'annuler la terrible sentence. Ceux-ci répondirent qu'ils avaient commis le péché de mensonge devant Dieu, le Roi et les cardinaux. En vérité, le mensonge n'était rien, face à la liberté promise par le Roi. Car la liberté eût été la poursuite de notre dessein. Au lieu de quoi, on leur imposait la pire des peines : le cachot à vie, la fosse, les murs humides, la solitude, les ténèbres et le silence. Et au bout : la mort. C'est pourquoi ils préférèrent l'aveu du mensonge devant l'Inquisition, c'est-à-dire la mort par le feu.*

Alors le Grand Maître Jacques de Molay a pris la parole devant tous, et il a dit :

— *Nous déclarons que nos aveux obtenus ainsi, tant par la torture que par la ruse et la tromperie, sont nuls et non avenus, et que nous ne les reconnaissons plus pour véridiques.*

Aussitôt les inquisiteurs ont fait venir le prévôt de Paris. Celui-ci conduisit les prisonniers dans les cachots du Temple. Philippe le Bel assembla immédiatement son conseil. Le soir même, il fut proclamé que le Grand Maître du Temple et le Commandeur de Normandie seraient brûlés dans l'île du Palais, entre le jardin du Roi et les Augustins. Ils moururent devant le Roi Philippe le Bel et le pape Clément, en les maudissant, et en les convoquant devant le Tribunal de Dieu avant que l'année ne se termine.

J'étais accablé, je souffrais de ce que je venais d'entendre, pour mes frères victimes d'une telle injustice, sans savoir que plus tard je subirais la même chose...

— *Voilà pourquoi nous t'avons élu, Adhémar, dit le Commandeur. Nous te confions la mission de faire vivre le Temple secrètement après que nous aurons disparu.*

— *Que dois-je faire ?*

— *Tu sais que Jérusalem, au cours de ces derniers siècles, fut vidée à plusieurs reprises de ses habitants juifs, et même rebaptisée Aelia Capitolina pour être consacrée à Jupiter Capitolin. La survie du peuple juif reposa ensuite sur la Diaspora. Les juifs des communautés dispersées de par le monde placèrent leur espérance dans l'étude des livres sacrés. Or nous sommes issus des juifs. Notre Ordre est fondé sur la vraie parole du Christ, qui fut, comme tu le sais, disciple des esséniens. Mais ce que tu ignores, c'est que notre Ordre fut créé lorsqu'un manuscrit, un rouleau de la secte des esséniens, fut découvert par quelques croisés, dans la forteresse de Khirbet Qumran, près de la mer Morte.*

— *Que dit ce rouleau ?*

— *Ce rouleau, curieusement, est en cuivre... Il indique les emplacements d'un trésor immense. Ce rouleau, nos frères Templiers, aidés par les moines qui savaient lire et écrire, l'ont déchiffré. Ils ont visité tous les endroits où était caché le trésor. Ils l'ont déterré, selon les indications précises du manuscrit. Ils en ont utilisé une partie, celle qui était faite de barres d'or et d'argent, et ont gardé l'autre, car il s'agissait d'objets rituels du Temple. C'est là le secret de notre immense richesse, que nous n'avons révélé à personne. Et c'est ce trésor que tu dois rapporter, à présent, afin de le cacher. C'est pourquoi tu te rendras dès demain au château de Gaza, où un homme viendra te chercher.*

— *Quel homme ? dis-je.*

— *Un Sarrasin. Tu apprendras qu'ils ne sont pas tous nos ennemis. Cet homme t'emmènera à l'endroit où tu dois te rendre. Allez, pars dès ce soir, pense à tes compagnons captifs, à ceux qui furent frappés du mal de lèpre et à ceux qui combattirent et moururent sous l'épée, et pense à feu le Grand Maître du Temple et au*

Commandeur de Normandie, et promets-moi que tout cela n'aura pas été accompli en vain.

Alors je me levai :

— Moi, Adhémar d'Aquitaine, dis-je, chevalier et nouvellement Grand Maître du Temple, je promets à Jésus-Christ obéissance et fidélité éternelles, et je promets que je défendrai, non pas seulement de paroles, mais par la force des armes aussi, les Livres, tant le Nouveau Testament que l'Ancien, et je promets d'être soumis et obéissant aux règles générales de l'Ordre selon les statuts qui nous ont été prescrits par notre père saint Bernard.

Que toutes les fois qu'il le faudra je parcourrai les mers pour m'en aller combattre. Que je m'élèverai contre les rois et les principes infidèles. Que jamais l'on ne me surprendra sans cheval et sans armes, et qu'en présence de trois ennemis, je ne fuirai point et combattrai. Que je n'utiliserai point les biens de l'Ordre, que je ne posséderai rien en propre, et que je garderai perpétuellement la chasteté. Que jamais je ne révélerai les secrets de notre Ordre, et que je ne refuserai point aux religieux, principalement aux religieux de Cîteaux, tout service, par les armes, l'aide matérielle ou la parole.

Devant Dieu, de mon propre vouloir, je jure que je garderai toutes ces choses.

— Dieu te vienne en aide, frère Adhémar, ainsi que ses Saints Evangiles.

Dans la grande salle du château, le feu prit soudain, et s'étendit à une vitesse folle, comme s'il venait de partout à la fois. Sur le mur, au sol, les meubles, les boiseries brûlaient, consumées déjà et qui produisaient une fumée suffocante. Tous s'étaient mis à courir, pour échapper à l'incendie et à sa fumée toxique, dans une atmosphère de violente panique. Certains gémissaient, tant ils étaient oppressés, d'autres tombaient évanouis.

J'étais prêt. Car je sentais le Seigneur dans le feu qui brûlait, et je pensais : surgis, surgis, ô Seigneur, revêts-toi de puissance, bras du Seigneur, surgis comme aux jours du temps passé, des générations d'autrefois. *N'est-ce pas Toi qui as éveillé le feu en cette pièce ?*

Ainsi le disait la Règle ; les méchants seront bannis, lorsque le mal sera arraché et lorsque la fumée s'élèvera, alors la justice, comme un soleil, sera révélée à la face du monde, et la connaissance remplira le monde et la perversion cessera. Et moi qui souffrais encore, du ravissement qui excède les bornes de la raison, ne sachant que faire, je sortis, dans la confusion, je m'enfuis. Je courus, à perdre haleine dans la nuit, emporté par les lettres qui soulevaient mon élan.

ג, *Guimel*, troisième lettre de l'alphabet, symbole de la bienfaisance et de la miséricorde. מ, *Mem*, dont la valeur numérique est 40, comme les quarante ans dans le désert que passèrent les Hébreux, avant de trouver la Terre promise. Et puis, ס, *Sameh*. Sa forme ronde évoque la roue du destin, constamment en mouvement.

Le Rouleau de la disparition

La femme se cache dans les coins secrets
La femme se tient sur les places des villes.
La femme attend aux portes de la ville.
La femme n'a peur de rien.
Elle regarde partout.
Ses yeux obscènes observent
L'homme sage pour le séduire,
L'homme fort pour l'affaiblir,
Les juges pour qu'ils n'exercent plus le bien
Les hommes de bien pour qu'ils deviennent mau-
*   vais,*
Les hommes de droit pour qu'ils soient dévoyés,
Les hommes modestes pour qu'ils fautent,
Et qu'ils s'éloignent de la justice,
Et qu'ils soient pleins de vanité,
Loin de la voie du Bien,
Tous les hommes, pour qu'ils s'enfoncent dans
*   l'abîme.*
Le fils de l'homme, pour qu'il s'égare.

Rouleaux de Qumran,
Pièges de la femme.

Je m'éveillai de mon désespoir, et je vis, du fond de la mémoire, un souvenir, totalement oublié, qui m'envahit si fortement qu'il m'était impossible d'y résister, jusqu'à ce que monte en moi un rire, un rire formidable. J'avais trois ans, et mon père m'appelait : Ary, et il me parlait du lion qui est fort au combat.

J'ouvris les yeux. J'étais dans un champ, au milieu de nulle part. Autour de moi, tout chavirait, j'étais tombé à terre, sans savoir qui j'étais, où j'étais, dans quel siècle j'errais, quel âge j'avais. Sur moi étaient posés des regards effarouchés. C'étaient des paysans qui me considéraient comme s'ils avaient vu un mort. Etendu sur le dos, la tête inclinée vers le bas, le menton sur la poitrine, les yeux révulsés, étendu comme si j'étais sur un nuage, je ressentis une vibration intérieure qui venait à la fois de dehors et de l'intérieur de moi. Je sais que d'autres choses se sont produites, mais je ne m'en souviens plus, et je ne peux les retrouver dans ma mémoire.

Voyageur fatigué après une très longue route, je me relevai lentement, dans une musique infinie, que moi seul entendais. Un aigle passa au-dessus de moi, déployant ses ailes très haut dans le ciel. Ce fut alors seulement que je me souvins de ce qui s'était passé la veille : j'étais prisonnier au beau milieu d'une assemblée de Templiers, et au moment où le Commandeur avait posé son sabre sur ma gorge, prêt à

me tuer, le feu avait pris dans la salle, et je m'étais
enfui.

A présent, tout semblait vide et éteint, étonnamment calme, comme après un rêve, comme si le
monde de la veille s'était volatilisé. Je décidai de
retourner prudemment à l'église de Tomar, afin de
retrouver Jane à l'endroit où je l'avais laissée.

Quand j'arrivai, il n'y avait plus personne. D'une
cabine téléphonique, j'appelai l'auberge où nous
étions descendus, on me dit qu'elle y était passée
quelques heures auparavant, mais qu'elle était repartie, sans préciser où elle allait. Je rentrai alors à
l'auberge. Je pris la clef de sa chambre, où je trouvai ses affaires éparpillées. Parmi elles, mon châle de
prière, que je dépliai délicatement : le Rouleau
d'Argent s'y trouvait, qu'elle avait sans doute caché
avant de partir, comme je l'avais fait la veille. Je
m'assis et je l'attendis, jusque tard dans la nuit. Pour
finir, au petit matin, je m'endormis, épuisé de fatigue
et d'inquiétude.

En me réveillant, je n'avais plus aucun doute : elle
avait été enlevée. Mais qui appeler ? La police portugaise, française, américaine ou israélienne ?
Autour de moi, tout vacillait. Je ne savais pas qui
était le professeur Ericson, je ne savais plus qui était
qui, ni Josef Koskka, ni ce qu'il voulait, ni qui était
Jane, ni ce que chacun dissimulait en son cœur.

Je fus tenté d'appeler Shimon, mais quelque chose
me retint. J'avais peur de mettre Jane en danger.
Pour calmer mon esprit, je tentai de faire le point,
de me souvenir des événements survenus depuis que
j'étais sorti des grottes, pour les rassembler, leur donner sens. Pour cela, il fallait que je me concentre, que
je mette le monde entre parenthèses pour retrouver
la voix profonde de la vérité.

J'ouvris le Rouleau d'Argent et, sans le lire, je
contemplai ses lettres.

Je vis la lettre C, qui correspond à la lettre ‎כ. *Kaf*
évoque la paume de la main, l'accomplissement d'un
effort produit dans l'intention de dompter les forces

de la nature. Cette lettre était tracée sur le front du professeur Ericson, tué sur un autel, par le sacrifice rituel du Jour du Jugement. Franc-maçon, il était également le chef d'une société secrète, qui était la branche armée de la confrérie maçonnique, dont nous avions découvert qu'elle existait toujours : l'Ordre du Temple. Avec leur Grand Maître, Josef Koskka, ils cherchaient à reconstruire le Temple, qui permettrait le passage du visible à l'invisible, autrement dit, de rencontrer Dieu. La tâche d'Ericson était de retrouver le trésor du Temple, qui comportait tous les objets rituels, telles les cendres de la Vache rousse, qui permettent la purification nécessaire au Jour du Jugement. En cela, il était aidé par sa fille Ruth Rothberg, avec son époux Aaron. Ils faisaient partie du mouvement hassidique. Leur mission était de localiser l'emplacement du Temple, pour situer son centre le plus saint et le plus secret : le Saint des Saints, où avait lieu la rencontre avec Dieu. Les bâtisseurs, les constructeurs étaient les francs-maçons, dont la puissance financière et politique devait permettre de lever les fonds nécessaires à la reconstruction du Temple.

Oui, c'était bien cela. Le rôle de chacun m'apparaissait clairement à présent. Les pièces du puzzle s'assemblaient : les Samaritains avaient les cendres de la Vache rousse, les Hassidim savaient où devait se construire le Temple, les francs-maçons pouvaient le reconstruire, et les Templiers devaient apporter le trésor des objets rituels. Mais le trésor ne se trouvait plus dans les emplacements décrits dans le Rouleau de Cuivre. La nouvelle indication se trouvait dans le Rouleau d'Argent, écrit au Moyen Age, par un ecclésiastique. Comment le rouleau était-il parvenu chez les Samaritains ? Ericson avait-il retrouvé le trésor du Temple, en lisant le Rouleau d'Argent ? Qu'avait-il fait du trésor, s'il l'avait retrouvé ? Pourquoi s'intéressait-il à Melchisédech, le Grand Prêtre officiant dans les temps derniers ? Je repensai à la lettre *Kaf*, la domination des forces de la nature. Quelle force Ericson avait-il tenté de dominer ?

Puis je contemplai la lettre N. N, ou encore ב. *Noun*, lettre de la justice et de la rétribution. *Noun*, sur le front de Shimon Delam. Pourquoi m'avait-il lancé sur cette affaire, en me menaçant de dévoiler l'existence des esséniens ? Qu'espérait-il de moi ? Que je joue mon rôle d'appât pour attirer les assassins ?

Ensuite vint le 1, ou encore ל. *Lamed*, lettre de l'apprentissage, et de l'enseignement. Celle de mon père, David Cohen. Que cherchait-il à m'apprendre ? Que voulait-il que j'ignore ? Pourquoi, durant toutes ces années, mon père m'avait-il caché son lien avec ceux qui se séparèrent de leurs frères pour aller au désert, dans un désir de fidélité absolue pour le monde révélé ? Comment avait-il pu vivre à Jérusalem, dans les murs d'une ville qui se devait d'être aussi sainte qu'un campement de désert, où aurait dû résider la présence divine, et où tous bafouaient sa sainteté ? Comment coexister en cette ville avec ceux qui ne se purifiaient pas, alors qu'il était essénien ? Comment partager le toit de ceux qui liaient ensemble les animaux d'espèces différentes, et ceux qui mêlaient le lin et la laine dans leurs vêtements, et ceux qui semaient des graines différentes dans les mêmes champs ? Comment lui, le Cohen, avait-il pu vivre avec ceux qui n'avaient aucun souci du contact avec les morts, ou qui pensaient que le sang ne transmettait pas l'impureté ? Quel était son rôle dans cette histoire, et pour quelle raison était-il venu me chercher ?

Je vis le q, ou ק. *Qôf*, lettre de la sainteté, et aussi de l'impureté, celle qui se trouvait sur mon front... Moi, qui, à l'inverse de mon père, en étais parti, étais entré dans la communauté essénienne par un acte volontaire, et qui avais suivi une à une les étapes exigées, moi qui étais passé par tous les degrés, durant lesquels l'instructeur avait vérifié mes faits et gestes, avais-je progressé vers la sainteté ou étais-je tombé dans les trappes de l'impureté ? A chacune de ces étapes, j'avais fait la preuve de mon progrès dans l'observance parfaite des préceptes de la loi. Pour être membre de la communauté des fils de Lumière, il fallait bien des parts dans le royaume des Lumières.

Pourquoi fallait-il que ma tâche fût si dure ? Cela faisait-il partie de mon initiation ? Pourquoi les prêtres et les Lévis proclamèrent-ils pour moi, non pas seulement les bénédictions et les malédictions du contrat, mais celles incombant au Fils de l'Homme ? Je tentai de me concentrer, mais les lettres m'appelaient, comme si elles voulaient m'aider à trouver un sens, et au lieu de les contempler, ce fut elles qui se mirent à me regarder, me montrant les mots qu'elles formaient, comme pour m'aider, comme pour donner la réponse à toutes les questions que je leur posais.

— J'avais le signe suprême : l'attribut du Grand Maître, la Bulle, et le sceau à l'effigie des Templiers : deux chevaliers montés sur un cheval, la lance en arrêt. Ce fut ainsi que je me mis en route pour le territoire de Gaza. Là se trouvait l'une des forteresses du Temple, face au port d'embarcation. En signe de reconnaissance, je portais Baucent, la bannière noire et blanche des Templiers, car nous sommes francs et bienveillants pour nos amis, noirs et terrifiants pour ceux que nous n'aimons pas.

Je parvins à la forteresse des Templiers de Gaza, où je devais rencontrer le Sarrasin, selon ce que m'avait dit le Commandeur. Je m'attendais à trouver une forteresse bien gardée, avec de nombreux frères chevaliers, comme précédemment, mais l'endroit était vide. Il n'y avait là qu'un Templier, qui, lorsqu'il me vit mettre pied à terre, courut au-devant de moi, l'air terrifié. Je me présentai à lui, et lui fis part de la raison de ma venue : je devais rencontrer un homme, qui devait me conduire dans un endroit secret que lui seul connaissait.

— Cet homme que tu dois rencontrer, répondit le jeune Templier, sais-tu quel est son nom ?

— C'est un Sarrasin.

— Ah, dit le jeune Templier d'un air soulagé. Alors je dois te dire que nous sommes dans une terrible situation, et que la forteresse de Gaza sera bientôt moribonde.

— Que se passe-t-il ? dis-je.

— Eh bien voici, dit le jeune Templier. Il y a dix jours, le port d'embarcation de Gaza fut pris par les Turcs et nous fûmes contraints de mener le siège du port, par la terre, depuis notre forteresse. Le port était défendu par de solides murailles, d'une hauteur et d'une surface bien trop grandes pour que nous puissions les prendre d'assaut. La lutte commença néanmoins, menée par le Commandeur de notre forteresse, aidé par le Maître du Temple, ainsi que le Maître de l'Hôpital, qui avait accepté de nous prêter main-forte. Le siège durant depuis quatre jours, nous étions près d'abandonner, lorsque les Turcs reçurent du renfort par la mer. Ils étaient de redoutables guerriers, et leur chef, le terrible Muhamat, voyant son avantage consolidé, donna l'ordre de brûler nos machines de guerre, béliers et onagres, aux portes de la ville. Mais les flammes léchèrent les murailles, si bien que, en une nuit, une brèche s'ouvrit et un pan entier s'écroula, par lequel immédiatement nous nous engouffrâmes.

Cependant nous n'étions pas nombreux, bien moins nombreux que les Turcs, qui se jetèrent sur nous sans pitié. Nous étions pris à notre propre piège. Quarante d'entre nous périrent dans ce combat inégal. Puis les Turcs se groupèrent en masse au pertuis du mur pour en défendre l'entrée. Ils apportèrent de grandes poutres devant la brèche, des solives de toute sorte de bois et de navires. Ils prirent les quarante Templiers qu'ils avaient occis et les pendirent contre le mur que nous avions tenté d'outrepasser ! Que te dire, mon frère, si *ce n'est qu'à la fin du siège, nous ne fûmes que deux à nous échapper de ce piège infernal.*

— Où est celui qui s'est échappé avec toi ? dis-je.

Mais le Templier ne répondit pas.

— Où est-il ? insistai-je. Les Turcs ne vont pas tarder à se mettre en route pour prendre la forteresse.

— Nous avons l'ordre de ne pas partir, avant d'avoir reçu la caravane de Nasr-Eddin, c'est pourquoi nous sommes restés.

— Il n'est plus temps, dis-je, en enfourchant mon cheval.

— Nous ne pouvons pas partir avant de rencontrer la caravane de Nasr-Eddin, répéta l'homme. Nasr-Eddin est le Sarrasin que tu dois rencontrer. Tel est l'ordre du Commandeur, auquel nous ne pouvons désobéir.

— Où est notre frère ? répétai-je.

Alors le jeune Templier s'approcha de moi, et me dit, la voix tremblante :

— Il s'est pendu, hier, lorsqu'il a vu que les Turcs arrivaient.

Il y eut un silence.

— Eh bien, dis-je en lui montrant l'abacus, je t'ordonne à présent de me suivre.

Nous prîmes nos chevaux, et nous nous enfuîmes à belle allure de la forteresse. Ce fut alors que nous vîmes arriver, au loin, une caravane. Celle-ci s'arrêta devant moi. L'homme qui se trouvait à sa tête descendit de cheval et nous salua. C'était un homme jeune, vêtu de l'habit bleu des hommes du désert.

— Je m'appelle Nasr-Eddin, dit l'homme. Et toi, qui es-tu ?

— Je me nomme Adhémar d'Aquitaine, et je suis un chevalier Templier, poursuivi par les Turcs.

— Tu es poursuivi, dit Nasr-Eddin. Permets-moi de t'offrir l'hospitalité, avec ton compagnon, car je suis l'homme que tu devais rencontrer. Je suis moi-même poursuivi par la sœur du Calife du Caire, car j'ai tué son frère. On m'a dit qu'elle s'est mise en route avec

cent hommes. Elle a promis une forte récompense à celui qui livrera Nasr-Eddin, mort ou vif !

— *Tu dois être bien en peine*, dis-je. *Pourquoi as-tu tué le calife ?*

— *Il refusait que je voie sa sœur, la belle Leïla, car je ne fais pas partie de leur dynastie. Un soir que j'allais la rejoindre, il m'a tendu une embuscade, et pour me défendre, j'ai été contraint de le tuer... Et je n'ai jamais pu revoir la Princesse. Mais celle-ci réclame vengeance pour son frère, même si je sais que son cœur pleure pour moi. Aujourd'hui, elle préfère me voir mort, plutôt que loin d'elle ! C'est en entendant mon histoire que les Templiers ont proposé de m'héberger, en échange de...*

— *De quoi ?*

— *D'un service que je dois leur rendre.*

— *Lequel ?* demandai-je.

— *Tu le sauras, mais plus tard, car nous n'avons plus beaucoup de temps, et nous avons encore beaucoup de chemin à parcourir.*

J'endossai les habits bleus du désert, et je pris place dans la caravane de Nasr-Eddin, qui allait bon train.

Dans la caravane, au bout de plusieurs jours, personne n'aurait pu me reconnaître. Ma peau s'était burinée au soleil, prenant la teinte ocre du désert, mes yeux s'étaient ridés à force d'être plissés, comme les hommes du désert, et ma bouche était sèche comme la leur, car j'avais appris à économiser l'eau.

Nous passâmes par les couvents du Temple, de Château-Pèlerin, de Césarée et Jaffa. Puis nous empruntâmes la grande route de pèlerinage sur laquelle se dressait la possession teutonique de Beaufort. Nous rejoignîmes les trois grandes forteresses du Temple : La Fève, Les Plalins et Caco. A chaque étape, je constatais avec désespoir que ces forteresses réputées imprenables étaient désertées, ou prises par les Turcs.

Au bout d'un long et périlleux chemin, la caravane finit par arriver à sa destination finale : la ville portuaire de Saint-Jean-d'Acre, où débarquaient les pèlerins avant de prendre la route de Jérusalem.

La Maison des Templiers était entre la rue des Pisans et la rue Sainte-Anne, contiguë à l'église paroissiale de Saint-André, qui commandait le magnifique rivage de Saint-Jean-d'Acre, avec son gros donjon carré et ses murs aussi larges que les pièces. Ses angles portaient des échauguettes, sur lesquelles les lions passants, en laiton doré, formaient des girouettes. La forteresse était sûre : c'était un plan régulier flanqué aux quatre angles de tours rondes ou carrées, tout comme les Ribats musulmans, à la fois forteresse et couvent-refuge. C'est là, dans les salles souterraines, spacieuses et silencieuses, que nous nous cachâmes, abrités et nourris par mes frères Templiers.

Nasr-Eddin était un homme jeune, à la somptueuse beauté. Ses yeux clairs dans son visage sombre aux cheveux noirs lui donnaient l'allure d'un prince. Son charme et son intelligence étaient tels, que les Templiers furent heureux de l'accepter et de l'instruire des dogmes principaux de la religion chrétienne, ainsi que de la langue franque.

Un soir, au crépuscule, Nasr-Eddin et moi-même sortîmes sur le port de Saint-Jean-d'Acre, entouré de murailles construites par les chevaliers, afin d'assurer la protection de leurs terres. De là, on pouvait voir la mer, et la ville derrière où se côtoyaient les minarets et les arcades des croisés. La mer, démontée, semblait vouloir franchir les barrières pour envahir les terres, mais son ressac ainsi que l'horizon derrière lequel se trouvait ma terre natale me furent si doux, que je respirai à pleins poumons l'air du large, en pensant avec nostalgie à la douce terre de France.

— Ton cœur est triste, dit Nasr-Eddin.

— Je pense à mon pays, dis-je. Je ne sais quand ni comment je le reverrai, si je le revois un jour.

— Tu es mon ami, et je voudrais te consoler, dit Nasr-Eddin. Tu m'as sauvé la vie tout comme j'ai sauvé la tienne. Tu m'as enseigné ta religion, et nos sorts sont désormais liés. Il est temps que tu saches qui je suis.

— Je t'écoute, dis-je.

Sous le ciel éclairé par le feu de mille étoiles, autour du mince croissant de lune, devant la mer déchaînée qui venait frapper la muraille de ses vagues, Nasr-Eddin me révéla qui il était, et quel rôle il devait jouer dans ma mission.

— Je fais partie d'une confrérie secrète, dont le chef se nomme : le Vieux de la Montagne. Comme vous, nous combattons les Sarrasins. Et comme vous, nous devons une obéissance totale et aveugle à notre chef. Nous descendons de la branche cadette de Mahomet, par Ismaël, fils d'Agar. Mais nous nous sommes séparés des musulmans, pour garder les vrais préceptes de l'islam. Nous sommes connus pour être des guerriers redoutables, mais nous ne nous attaquons pas aux Templiers ni aux Hospitaliers, car notre devise est : A quoi bon tuer le maître puisqu'ils ne feront qu'en mettre un autre à sa place ? Veux-tu entendre notre histoire ?

— Je t'écoute, dis-je.

— Adhémar, ce que je vais te dire est assez compliqué, mais essentiel pour comprendre notre monde. Après la mort de notre prophète Mohammed, la communauté islamique fut gouvernée par quatre de ses compagnons, choisis par le peuple, appelés les califes. L'un des quatre était Ali, le beau-fils du prophète. Ali avait ses propres disciples, ardents et fidèles, qui s'appelaient Shi'a ou « adhérents ». Les Shiites pensaient que seul Ali aurait dû prendre la succession de Mohammed, selon le droit de la famille. Les Shiites dirent que, par opposition aux Sunnites de Bagdad, ils descendaient du prophète. Le sixième Imam shiite avait deux fils. Le plus âgé, Ismaël, devait normalement succéder à son père, mais il mourut avant lui. Alors celui-ci désigna son plus jeune fils, Musa, pour être le nouveau successeur. Cependant, Ismaël, l'aîné, avait déjà donné naissance à un fils, Mohammed Ibn Ismaïl, et, avant de mourir, l'avait proclamé prochain Imam. Les disciples de Ismaël se séparèrent de Musa, et suivirent son fils. On les appela les Ismaélites. Mais les Imams ismaélites durent se cacher, car ils étaient les chefs d'un mouvement qui attira les mystiques et les révolutionnaires du shiisme. Ils devinrent si nombreux qu'ils créèrent une armée, et ils conquirent l'Egypte où ils établirent la dynastie des Fatimides, de laquelle je descends. Tu me suis ?

— Je crois, dis-je. Tu descends des Fatimides, qui descendent des Ismaélites, qui descendent des Shiites, qui descendent d'Ali, beau-fils du prophète.

— Les Fatimides, reprit Nasr-Eddin en souriant, satisfait de voir que je l'avais suivi, étaient des gens ouverts et cultivés, et grâce à eux, Le Caire devint la capitale la plus rayonnante de notre peuple. Mais ils n'ont jamais réussi à convertir le reste de l'Islam, car la plupart des Egyptiens n'ont pas embrassé l'ismaélisme. Un jour — c'était il y a deux cents ans —, un Perse converti arriva au Caire et fut conduit aux plus hauts rangs initiatiques et politiques de l'ismaélisme : il s'appelait Hassan-ibn-Sabbah. Cependant il ne put prendre le pouvoir car le Calife Mustansir avait désigné son fils plus âgé, Nizar, qui fut emprisonné et tué par son jeune frère Al-Mustali.

Hassan-ibn-Sabbah, qui avait intrigué en faveur de Nizar, fut forcé de quitter l'Egypte. Parvenant en Perse, il devint le chef d'un mouvement révolutionnaire Nizari. Il prit possession d'une montagne dans le nord de l'Iran où se trouvait, sur un nid d'aigle, une forteresse : Alamut. La vision de Hassan-ibn-Sabbah devint légendaire dans le monde islamique. Avec ses disciples, il fit revivre, au sommet de son rocher la splendeur du Caire. Mais il fallait trouver un moyen de protéger Alamut... C'est alors que Hassan-ibn-Sabbah eut une idée qui allait se révéler d'une redoutable efficacité, une idée monstrueuse et simple à la fois, une idée inouïe qu'il fallait pourtant parvenir à mettre en application... Cette idée, Adhémar, c'était le meurtre.

Si un gouverneur ou un politicien menaçait les Nizaris, il se trouvait immédiatement en danger d'être tué. Mais pas simplement tué. Tué de façon publique. C'était là l'idée terrifiante de Hassan-ibn-Sabbah : tuer publiquement des personnages publics. Son plus *grand crime fut le meurtre du Premier ministre perse, qui était l'homme le plus puissant de son époque. Pour parvenir à ce résultat, il fallait, certes, des disciples dévoués. Dévoués jusqu'au point de mourir, car ces forfaits impliquaient presque toujours la mort de celui qui les exécutait.*

— Comment parvenait-il à convaincre ses disciples ? demandai-je.

— C'est à cause du Qiyamat, murmura Nasr-Eddin. Mais cela, tu ne le sauras que plus tard, car c'est notre secret...

Il y eut un silence, durant lequel Nasr-Eddin regarda au loin, avec sur les lèvres un étrange sourire.

— Toujours est-il, reprit Nasr-Eddin, que la réputation de Hassan-ibn-Sabbah fut assurée, et la menace devint bientôt suffisante pour que la plupart des gens ne fassent rien contre eux. Souvent, les hommes de Hassan se contentaient de poser un couteau sous l'oreiller de ceux qu'ils voulaient atteindre, et cela suffisait...

En entendant ces mots, je ne pus m'empêcher de frissonner.

Une sueur froide coula le long de mon échine. Un couteau posé sous un coussin — comme le couteau trouvé sous celui de Jane. Qu'est-ce que cela pouvait bien signifier ? Je poursuivis ma lecture, le cœur haletant.

— Lorsque Hassan mourut, poursuivit Nasr-Eddin, il désigna un successeur, que l'on appela le Vieux de la Montagne. Aujourd'hui, nous sommes au cinquième successeur de Hassan. Le Vieux de la Montagne est un homme cultivé, mystique, enthousiaste pour les plus profonds enseignements de l'ismaélisme et du soufisme. Mais aujourd'hui, il ne parvient pas à dissiper la menace qui pèse sur notre secte. Nous sommes pourchassés par les Mongols, qui sont en train de capturer nos châteaux un par un. Alamut est déjà tombé... Le Vieux de la Montagne a été forcé de

se replier en Syrie. C'est pour cette raison que je suis parti en Egypte, afin de trouver quelque renfort auprès des Fatimides, mais j'ai échoué, pour les raisons que tu sais...

— *Comment se nomme votre ordre ?*

— *On nous appelle les Assassins... Vous et nous avons la même origine.*

— *Comment, dis-je, de quelle origine veux-tu parler ?*

— *Je sais, dit Nasr-Eddin, je sais ce qu'on t'a raconté. On t'a dit qu'en 1120, un gentilhomme nommé Hugues de Payns, un chevalier champenois établi en Terre sainte, a décidé de fonder une milice pour protéger et guider les pèlerins le long des routes conduisant aux Lieux saints, que leur objectif était de combattre, mais également de mener une vie religieuse en suivant une Règle, que le Roi Baudouin II les a approuvés, qu'il les a installés à Jérusalem, sur les fondations du Temple de Salomon, et qu'il les a placés sous l'autorité du patriarche de Jérusalem et des chanoines du Saint-Sépulcre.*

— *Tout cela est vrai, répondis-je. C'est pour la défense des pèlerins et des lieux saints que naquit notre Ordre.*

— *Cela, me répondit Nasr-Eddin, c'est la version officielle. En vérité, l'Ordre du Temple a été construit autour du Temple, pour le Temple, et par le Temple.*

— *Que veux-tu dire ?*

— *Les croisades n'ont jamais été entreprises pour délivrer les Lieux saints qui n'ont jamais cessé d'être accessibles. Mon ami, sache ceci : ce sont les Templiers qui ont fait engager les croisades, dans le but de faire le siège de Byzance et de prendre Jérusalem, pour reconstruire le Temple. Ce n'est pas tout. A présent, je dois te révéler un autre secret. Aux abords de la mer Morte existe une commanderie templière, à un endroit nommé Khirbet Qumran, et qui fut fondée en 1142 par trois Templiers : Raimbaud de Simiane-Saignon, Balthazar de Blacas et Pons des Baux. Cette commanderie fut construite sur un fort romain issu de la restau-*

ration d'un ancien couvent-forteresse essénien. Le premier Commandeur fut le chevalier de Blacas. Cette commanderie avait pour but de retrouver et de rassembler le trésor du Temple.

— Le trésor du Temple ? Mais pourquoi ?

— Ils ont rencontré aux abords de la mer Morte des hommes... des esséniens qui vivaient encore là, réfugiés dans les grottes du désert à l'insu de tous. Ils avaient voué leur vie à recopier des rouleaux ! Des rouleaux révélant la vérité sur l'histoire de Jésus : car Jésus est le Messie qu'attendaient les esséniens. Mais lorsque les Templiers qui étudièrent ces manuscrits commencèrent à révéler ce qu'ils y avaient trouvé, l'Eglise prit peur, c'est pour cette raison qu'elle a aujourd'hui décidé la mort de l'Ordre du Temple.

— Je ne comprends pas, dis-je.

— Vous et nous, expliqua Nasr-Eddin, poursuivons une mission ancienne, qui commença il y a longtemps, en l'an 70, lorsque les légions de Titus prirent Jérusalem, et qu'ils brûlèrent le Temple de Salomon après l'avoir saccagé. Un groupe de révoltés, sous l'égide du trésorier du Temple, un homme de la famille d'Aqqoç, avait pris soin de dissimuler le trésor du Temple, avant que les Romains ne saccagent et vident ce lieu saint. Il fit consigner, par cinq de ses hommes qui savaient écrire, les endroits où se trouvaient les trésors. Pour plus de sûreté, cela fut gravé sur un rouleau en cuivre qu'il confia à des juifs qui vivaient dans les grottes de la mer Morte, près de Qumran, des anciens prêtres qui s'étaient retirés du Temple qu'ils estimaient impur...

— Les esséniens, murmurai-je.

— Oui, et la suite de cette histoire intervint quelque mille ans plus tard, lorsque des croisés découvrirent des grottes avec des manuscrits, qu'ils exhumèrent... L'un de ces manuscrits attira leur attention, car il était en cuivre. Ce rouleau contenait toutes les indications pour trouver un trésor fabuleux, qui n'était autre que le trésor du Temple. Ils décidèrent de fonder un ordre, et ils prirent le nom de Templiers. Mais ce trésor gigan-

tesque, ils ne l'ont point dilapidé. Excellents financiers, ils se sont contentés des dizaines de barres d'or et d'argent, qu'ils ont fait fructifier pour construire des cathédrales et des châteaux...

— *Oui, dis-je, les Templiers ont donc découvert le trésor du Temple...*

— *Les Templiers ont exhumé le trésor du Temple, en fouillant toutes ses cachettes, une à une, dans le désert de Judée, ils ont tout retrouvé, en suivant les indications du Rouleau de Cuivre, et tout était encore là, et même plus. Un trésor fabuleux, Adhémar, d'une fabuleuse beauté ! Des barres d'or et d'argent, de la vaisselle sacrée, incrustée de rubis et de pierres précieuses, des chandeliers et des objets rituels en or massif !*

En entendant tout cela, je fus bouleversé. Ainsi, comme l'avait dit le Commandeur, et comme le confirmait Nasr-Eddin, l'Ordre du Temple n'avait pas été créé par souci de croisade ni pour la défense des pèlerins en Terre sainte, mais bien pour défendre et reconstruire le Temple. C'est pour cette raison que les frères achetèrent leur maison ou construisirent leurs châteaux, qu'ils utilisèrent un sceau marquant leur secret, qu'ils choisirent des nombres, des couleurs, qu'ils se faisaient des baisers en des endroits symboliques, tout ceci montrant que les frères connaissaient les doctrines cachées de la science ésotérique des juifs !

— *Vous, les Templiers, dit Nasr-Eddin, vous êtes les nouveaux esséniens, les moines-soldats qui attendent la Fin des Temps pour reconstruire le Temple...*

— *Et pour cela, nous avons commerce avec les représentants des autres traditions, afin d'unir nos forces dans le secret, pour reconstruire le Temple...*

— *Et en particulier, vous vous êtes liés à nous, les Assassins... Le Commandeur de Jérusalem, voyant la défaite prochaine, a fait alliance avec le Vieux de la Montagne, et lui a confié le trésor afin qu'il le garde dans sa forteresse, à Alamut. Mais depuis qu'Alamut est tombé, le Vieux de la Montagne a fait transporter le trésor en Syrie, où il n'est plus en sécurité. Ainsi que je te l'ai dit, nous sommes nous-mêmes sous la menace des Mongols. Il y a pire encore : le Vieux de la Montagne est en train de dilapider le trésor pour acheter des armes... Adhémar, si tu dois sauver ton Ordre, ou la mémoire de ton Ordre, tu dois reprendre ce trésor, et le cacher, jusqu'à...*

— *Jusqu'à la Fin des Temps, murmurai-je.*

— *Je vais t'emmener chez le Vieux de la Montagne. Mais je dois te mettre en garde : il est craint autant que respecté, et il sème la terreur sur son passage. Son seul principe est : rien n'est vrai, tout est permis. S'il jouit au sein de sa secte d'une autorité absolue, c'est par la terreur qu'il inspire. Ses hommes, qui lui vouent une obéissance aveugle, font peur à tout le monde, car ils n'ont peur de rien. Pour eux, il a un pouvoir supérieur. C'est pourquoi on ne le voit jamais manger, ni boire, ni dormir, ni même cracher. Entre le lever du soleil et son coucher, il se tient sur le pinacle du rocher où se trouve son château, et il prêche pour son propre pouvoir et sa gloire. Il commande une légion de tueurs, d'hommes impitoyables prêts à tout, y compris à donner leur vie.*

Le lendemain matin, après Primes, nous partîmes. Nous galopâmes le long de la côte, vers le nord du pays, pour nous rendre en Syrie. Pendant trois jours et trois nuits, nous avançâmes, à travers les collines nues et les montagnes du désert ; parfois nous nous arrêtions dans un petit village, pour faire boire nos chevaux, et pour nous ravitailler. Parfois, nous nous arrêtions avec les caravanes de marchands, qui parlaient l'arabe, le perse, le grec, l'espagnol ou même le slave. Pour traverser les continents, d'Asie en Afrique, ceux-ci passaient par la Palestine, qui était à la croisée des chemins. Venant d'Egypte, ils rejoignaient l'Inde ou la Chine, puis ils revenaient, sur la même route, avec du musc, du camphre, de la cannelle et d'autres produits orientaux, en échange desquels ils avaient emmené des esclaves.

Enfin, nous parvînmes dans une région verte et fer-

tile, une région sereine qui ressemblait au Portugal, et
nous vîmes, sur le sommet d'une montagne, une
gigantesque forteresse flanquée de quatre tours : le
Ribat du Vieux de la Montagne.

Alors nous commençâmes à grimper la montagne,
sur nos chevaux fatigués, au milieu des vallées alentour et des montagnes pelées de Syrie. Après avoir traversé un pont qui enjambait un grand fossé, nous
aperçûmes les remparts du Ribat, d'une hauteur
impressionnante, construits sur des colonnes
romaines qui leur servaient de fondation.

Nous pénétrâmes dans la forteresse après avoir
laissé nos armes à ses gardiens. Là, dans la grande
cour qui se trouvait devant l'entrée du château, deux
Réfiks, des compagnons, vinrent nous chercher. Ils
étaient vêtus d'un habit blanc orné de rouge et de
bandes pourpres, qui rappelaient notre habit, l'habit
des Templiers.

Les Réfiks nous emmenèrent jusqu'aux Dars, les
prieurs, vêtus de lin blanc, qui s'étaient réunis dans
une vaste pièce octogonale, sertie de tentures et de
coussins brodés d'or, au centre de laquelle se trouvait
un grand plateau en or avec une théière et des verres.
Les Dars nous saluèrent, nous firent asseoir. Puis ils
nous servirent le thé. Je trempai mes lèvres dans le
verre. Le thé avait un goût étrange, et j'hésitai avant
de boire à nouveau.

— Tu n'as pas confiance, dit Nasr-Eddin, en prenant mon verre, dans lequel il but avant de me le
tendre. Tiens, à présent tu peux boire !

Autour de nous, dix Dars s'étaient assis en cercle,
chacun buvant en silence. Certains étaient couchés
sur les coussins, semblant assoupis dans les vapeurs
sucrées du thé et de l'encens qui brûlait aux quatre
coins de la pièce.

Au bout de quelques instants, je commençai à res-
sentir une certaine torpeur, assortie d'un étrange bien-
être. Mes lèvres, sans que je le décide, souriaient.
J'avais envie de parler, de rire et de chanter. Mais les
Dars se levèrent. Ils nous escortèrent à travers de

*sombres couloirs, jusque dans une grande pièce claire,
où se trouvaient des chaises et des tables incrustées de
pierres précieuses, et où nous attendaient les Fedaouis,
les dévoués. Les Fedaouis se courbèrent devant nous
pour nous saluer, et nous souhaiter la bienvenue. Ils
ouvrirent la porte de la pièce, qui donnait sur un jardin.*

*Alors j'entrai dans le jardin, et là, ô miracle, en cette
fin d'après-midi majestueuse, je vis tout ce que l'œil
pouvait voir de beau et de charmant. Le soleil donnait
de faibles rayons aux couleurs mordorées, déployant
ses teintes rosées sur les nuages mousseux. Une légère
brise insufflait une douce fraîcheur. Une végétation
luxuriante et touffue était organisée en un désordre
savant. Au milieu de buissons sublimes se trouvait un
ruisseau, à l'eau si claire qu'elle en paraissait vert turquoise, et au bruissement mélodieux. Tout autour du
ruisseau, il y avait des roses à peine écloses, si fraîches
que j'eus envie de les goûter. Du sommet de la montagne, où se trouvait ce jardin, on voyait la terre, si
ronde que j'eus le sentiment d'être à la fois ici et
ailleurs, en dehors du temps.*

*Soudain, la terre n'existait plus, j'étais seul, devant
l'eau qui coulait, touché par sa fragilité, et mes yeux
éblouis de beauté souriaient, accomplis, étonnés, heureux, épris, car j'avais ouvert la porte du plaisir, du
bonheur et de la félicité.*

*Alors je vis les arbustes verts et bleus, immobiles
sous la brise, aux contours si fins qu'ils semblaient
dessinés par un peintre ; c'étaient des arbres parfaits.
Arbres étreints, tissés, lissés dans la soie, aux vertes
couleurs brodées sur la peinture verdoyante, arbres
voilés d'or et de bronze, au goût de l'aube, voile d'or et
de bronze vert pomme, voile de feu et d'automne, rêve
de l'été profond, arbres aux douces couleurs fondues,
enlacées, voile de feu et d'automne vert prune, voile de
mûre et de cerise. Ce paysage au crépuscule incarné
semblait avoir été dessiné pour moi, par moi, voile de
mûre et de cerise vert mauve, voile de nuage sombre,
voile du ciel vert-de-gris, vert d'heures en heures étirées*

en longueur, vert du verre de thé teinté de bronze, douces douces couleurs fondues enlacées, arbres, don du souffle à l'ombre du très grand ciel, murmuré, célébré, crié, sur l'écrin vert du jardin.

— Regarde, dis-je à Nasr-Eddin, regarde, l'arbre parfait !

Alors les femmes arrivèrent, indolentes, chantant et dansant au son des mandolines. Elles apportaient des plateaux chargés de douceurs, que nous goûtâmes, car nous avions faim. Jamais je n'avais senti pareils arômes et parfums, et jamais nourriture n'avait eu autant de goût, et je connus le sens du mot délice. Puis l'une des femmes s'approcha de moi, et posa ses lèvres sur les miennes — combien de temps cela dura-t-il ? Une heure, deux heures, ou plus ? Souriante, imprécise, indécise, elle avait de longs cheveux de soie et les yeux clairs du ruisseau, et elle disait : « Joins-toi à moi. » Et je disais : « Mon amie, mes yeux te dévorent et pourtant je n'ose te voir. » Et je lui disais : « Je cherche ton regard et je ne parviens pas à te contempler. » Et je lui disais : « J'ai du mal à soutenir ta vision et je suis ébloui. » Et je lui disais : « Je n'ai de toi qu'une perception vague. » Et je lui disais : « Je ne connais pas la couleur de tes yeux, mais je sais l'altitude de leur expression. » Et je lui disais : « Je ne connais pas le tracé de ta bouche, mais je sais la profondeur de ton sourire. » Et je lui disais : « Je sais que les ailes de ton nez lui donnent une expression noble et fière. » Et je lui disais : « Je suis ravi par les gestes amples de tes mains, mais je ne sais si elles sont petites ou grandes. » Et je lui disais : « De ton corps, je ne sais que les mouvements. » Et je lui disais : « Mon amie, je connais leur rythme, leurs impulsions. » Et je lui disais : « Partout je te vois ; en chaque femme, il semble que c'est toi. » Et je lui disais : « Tu es toutes les femmes et seule ta démarche te différencie. » Et encore :

« Je ne connais pas ta forme. »

« Je ne sais te voir face à face. »

« Je te connais par la vie qui te meut. »

« Je te connais par les yeux de l'amour. »

*Et je sentis mon corps s'élever et voler sur l'eau,
comme enlevé par un souffle suprême, brûlant, voyant,
sentant, criant, perdant le temps et voyant le plaisir,
sur les poussières brûlantes et le cantique du soir
chanté par les douces voix, un air sans paroles, aux
grandes fulgurances, un air de tendresse, de joie et de
tristesse, aux couleurs très vives, intenses, bicarrées.
Respirant profondément, je me laissai aspirer jusqu'au
bout, vers l'ondoyante colonne de la liberté. Soulevant
ses voiles, bravant son pouvoir, je cherchai la limite
sur sa chair, chaviré par le contact et son délice. Je
m'éternisai, soupirant sur les roses de la femme au
doux sillage. J'étais le bienheureux au paradis de sa
guise. Je venais d'entrer dans l'autre monde, lorsque
les Réfiks vinrent me chercher, me tirant des bras de
mon amie.*

Soudain j'interrompis ma lecture. Je venais de rencontrer un point, qui évoquait la lettre des lettres, la
lettre du début, la lettre ‍. Longtemps je la contemplai. Et brusquement tout prenait sens, et j'en étais
stupéfait. Combien de temps cela dura-t-il ? Je ne
saurais le dire, tant j'étais absorbé par la compréhen-
sion active de ce texte... *Yod*, la lettre était dessinée
sur le front de Jane. Il y a cent mille raisons pour
aimer ceux que l'on n'aime pas, et il n'y en a aucune
pour aimer un être en particulier, et pourtant c'est
celui qu'on aime. Il y avait mille façons d'oublier le
noir éclat de son regard, et pourtant je ne l'oubliais
pas, car il m'avait emporté loin de moi vers un autre
monde, comme une fumée qui s'élève, où tout était
sombre et beau, où je m'envolais, le cœur chaviré ;
et le cœur m'avait battu lorsqu'elle avait levé les yeux
au désert, et mon oreille s'était dressée à l'appel de
mon nom, et l'urgence de devoir lui répondre et
d'entendre encore sa voix avait été comme un appel
devant lequel plus rien n'avait existé. A partir de cet

instant, j'avais vécu dans l'attente. C'est-à-dire, je patientais, comme j'avais patienté depuis toujours.

J'avais donné, oui, j'avais tout donné. J'avais donné mon cœur, aussi, et j'avais donné mon temps, et j'avais donné mon rêve, et j'avais donné ma mission, mon idéal, j'avais donné même ce que je n'avais pas, et je m'étais perdu, j'avais tant donné que je n'étais plus, il ne restait de moi qu'un rien, qu'un point, ˃...

— *Les Lassiks affiliés eurent du mal à m'emmener, car je ne voulais plus quitter ce jardin ; Nasr-Eddin lui-même avait beau essayer de me convaincre, et de me parler de la raison pour laquelle nous étions venus, je ne voulais rien entendre. Ce fut par la force que Nasr-Eddin m'emmena loin des plaisirs qui avaient envoûté mon cœur.*

Nous traversâmes de longs couloirs et des tunnels interminables, au bout desquels se trouvait le palais du Vieux de la Montagne, dont l'entrée était gardée par vingt disciples armés d'épées et de poignards. Accompagnés par les Réfiks, nous entrâmes dans la grande pièce où siégeait le Vieux de la Montagne, sur un trône de bois incrusté de pierres précieuses.

Nous vîmes un homme très âgé et à la barbe blanche, aux cheveux qui tombaient sur ses épaules recouvertes d'un tissu moiré rouge et noir. Mais ses yeux sombres, au milieu des multitudes de rides qui creusaient son visage, paraissaient étonnamment jeunes.

— *Cela fait bien longtemps que je t'attends, Nasr-Eddin, murmura le Vieux de la Montagne.*

Nasr-Eddin s'agenouilla devant lui. Il prit sa main et la baisa.

— *Pardonne-moi, mais j'ai eu des difficultés, au Caire...*

— *Je sais, dit le Vieux de la Montagne.*

— *Je suis venu te voir, accompagné de mon ami...*

— *Inutile de le présenter, dit le Vieux de la Montagne, en se tournant vers moi. Tu te nommes Adhémar d'Aquitaine, et tu es le Grand Maître de l'Ordre noir, ordre second du Temple. Et moi, je suis celui que tu dois rencontrer.*

Je m'inclinai profondément devant le Vieux de la Montagne, qui me fit signe de m'asseoir sur un siège en face de lui. Nasr-Eddin fit de même.

Alors, devant moi, le Vieux de la Montagne ouvrit une caisse d'argent, qui contenait une couronne d'or, ainsi qu'un chandelier d'or à sept branches.

— *Regarde bien, Adhémar, dit le Vieux de la Montagne. Connais-tu ceci ?*

— *On dirait le chandelier du Temple, d'après les gravures que j'ai pu en voir !*

— *Sais-tu pour quelle raison il se trouve ici ?*

— *Oui, dis-je, car vous possédez le trésor du Temple, et nous devons le reprendre.*

Le Vieux de la Montagne me considéra pendant un instant, puis il répondit :

— *Le reprendre, mais pourquoi ? A présent, c'est nous, les Assassins, qui devons assurer la pérennité de l'Ordre, car nous avons une organisation militaire et religieuse que nous avons nous-mêmes apprise des esséniens, tout comme vous, les Templiers. Nous suivons comme vous l'Ordre militaire et religieux des esséniens, fondé sur le Manuel de Discipline, qui est la base de nos règles, tant pour l'uniforme et les vêtements que pour l'initiation des manteaux blancs, propres à nos deux ordres, chrétien et islamique. Notre hiérarchie est la même que la vôtre, car le Grand Maître, le Grand Prieur et le Prieur, les frères, soldats et sergents correspondent aux Lassiks, Réfiks et Fédaouis. Nous portons des robes blanches brodées de rouge, similaires aux manteaux blancs à croix rouges de l'Ordre. Nous avons la même règle : la Règle de la Communauté des esséniens. C'est de cette règle que Hassan-ibn-Sabbah, le fondateur de notre ordre, s'est inspiré pour créer notre confrérie secrète.*

Vous et nous sommes issus du même ordre : l'Ordre secret des esséniens.

Jane avait donc raison : lorsqu'elle avait noté la similitude étrange des Templiers et des esséniens. Ainsi, les Templiers avaient pris leur Règle des esséniens... Tout comme les Assassins.

Je jetai un regard inquiet à Nasr-Eddin, dont les yeux, imperturbables, restaient fixés sur le Vieux de la Montagne. Quel était le plan de Nasr-Eddin ? Avait-il seulement un plan ? Comment reprendre le trésor ?

— A présent reposez-vous, dit le Vieux de la Montagne, car je vois que vous êtes encore fatigués par votre long voyage.

— Pourrions-nous encore goûter de ce thé délicieux par lequel nous fûmes accueillis ? demanda Nasr-Eddin.

Je compris qu'il demandait l'hospitalité au Vieux de la Montagne, car l'hospitalité est une valeur sacrée, et il est interdit de tuer ceux que l'on reçoit.

Aussitôt, le Vieux de la Montagne fit demander l'un des Réfiks, qui lui apporta un plateau où se trouvait l'herbe séchée à l'odeur doucereuse. Le Réfik prit quelques brindilles, les dispersa précautionneusement dans la théière où se trouvait l'eau chaude, qu'il tendit au Vieux de la Montagne.

— Tiens, me dit-il.

— Qu'est-ce que c'est ?

— Ceci est la feuille que tu as bue dans ton thé, répondit le Vieux de la Montagne. C'est le secret de l'obéissance : c'est l'herbe qui emmène au paradis. Ici, on l'appelle le Hachisch. Dans la perspective de pouvoir boire une décoction de cette herbe magique, mes hommes font tout ce que je leur dis de faire.

Alors il fit appeler l'un des jeunes garçons qui se trouvaient près de la porte, et qui vint s'agenouiller devant lui.

— Tu vois, dit le Vieux de la Montagne, j'ai dans ma cour de jeunes garçons de douze ans, qui sont desti-

nés à être des vaillants Assassins. Ali, dit-il. Approche-toi.

Le jeune garçon s'inclina profondément devant le Vieux de la Montagne.

— *Veux-tu encore aller au paradis ?*

Le jeune garçon opina de la tête.

— *Je donnerais tout pour aller encore là-bas, ne serait-ce qu'une fois.*

— *Et veux-tu y aller pour l'éternité ?*

— *Je donnerais ma vie pour cela !*

Alors le Vieux de la Montagne se leva, et allant près de la porte :

— *Tu vois le rocher, là-bas ?*

— *Oui !*

— *Vas-y, jette-toi, et tu iras au paradis pour tou-jours !*

— *Il en sera fait ainsi, dit le jeune garçon, en s'incli-nant à nouveau devant le Vieux de la Montagne.*

Le jeune garçon sortit d'un pas assuré, et marcha vers le rocher.

— *Mais vous n'allez pas le retenir ? m'écriai-je.*

— *Le retenir, mais c'est impossible ! Il ne voudra pas. Je lui promets ce qu'il désire le plus au monde. Retrouver le jardin...*

Au loin, le jeune garçon était parvenu au bord du gouffre. Sans hésiter, il s'y jeta.

Il y eut un silence, durant lequel je n'osai rien dire, tant j'étais stupéfait.

Comme si rien ne s'était passé, le Vieux de la Mon-tagne et Nasr-Eddin s'allongèrent sur des coussins soyeux, face à face, et ils m'invitèrent à en faire autant.

— *Le paradis..., dis-je, me sentant à nouveau pris par les vapeurs de l'herbe. Qu'est-ce que c'est ?*

A peine avais-je prononcé ces mots, que je commen-çai à sentir une étrange impression de bien-être et de délassement, en même temps qu'une soudaine proxi-mité face à mon interlocuteur. C'était comme si je le comprenais, même avant qu'il ne parle, c'était comme si je plongeais dans son regard gai, triste et profond, comme si je me joignais à lui, prêt à l'écouter pendant

*des heures, comme si je flottais dans un temps de len-
teur, glorieusement, souriant, familier, survolant les
mots du Vieux de la Montagne, et voyant avec une
étrange précision ces mots prendre la forme des choses,
et les choses autour de lui prendre la forme des mots,
car soudain tout était parfait : le thé que je buvais, les
coussins sur lesquels nous étions assis, la pièce aux
angles arrondis par le souffle de l'encens qui s'élevait
lentement au-dessus de nous, rejoignant magnifique-
ment les cieux.*

— *Le paradis, dit le Vieux de la Montagne, c'est ce
que tu as vu et vécu dans ta chair tout à l'heure,
lorsque tu étais dans ce jardin. Chez nous, nous avons
deux principes : la loi divine, Shariah, et le chemin spirituel, Tariqah. Derrière la loi et le chemin, il y a la réalité ultime, Haqiqah, c'est-à-dire Dieu, ou l'Etre
absolu. La réalité, Adhémar, n'est pas hors de portée
des hommes. En fait, elle existe et se manifeste au
niveau de la conscience, et c'est ce dont tu as fait
l'expérience. Et cette expérience est si forte, si inouïe
et si bonne, que tu n'aspireras plus qu'à une chose
dans ta vie : la retrouver.*

— *Et cela est-il possible ? demandai-je.*

— *Cela est possible pour l'homme parfait, l'Imam :
sa connaissance est une perception directe de la réalité. Notre Maître Hassan-ibn-Sabbah a proclamé que
cela était possible, lorsqu'il proclama le Qiyamat, ou
Grande Résurrection... c'est-à-dire... la Fin des Temps !
Il a levé le voile, et il a abrogé la loi religieuse. Le Qiyamat est une invitation à chacun de ses suivants de participer aux plaisirs du paradis sur terre. C'est ainsi que
nous voyons la Fin des Temps. La conscience que ce
monde, Adhémar, n'est pas autre chose que le plaisir
d'en jouir.*

*Le Vieux de la Montagne but une gorgée de thé ; puis
il se leva de sa chaise, et s'étendit sur un coussin, invi-
tant ses hôtes à faire de même.*

— *A présent, dit le Vieux de la Montagne, dites-moi
la vérité. Pour quelle raison êtes-vous ici ?*

— *Nous sommes envoyés par les Templiers, afin de*

te dire ceci, dit Nasr-Eddin. Les Templiers et les Assassins ont coexisté en paix pendant un certain temps.

— Les Assassins ont payé un tribut annuel de 2 000 besants aux Templiers en échange de leur protection, répondit le Vieux de la Montagne. Les Templiers ont demandé un tel tribut sans avoir peur de nous, car ils sont forts et invincibles !

— Cependant les Assassins ne payent plus de tribut depuis bientôt cinq ans. Les Templiers vous offrent la paix, en échange du trésor du Temple, qui vous a été donné à garder lorsque vous étiez dans la forteresse d'Alamut, mais il vous faut le rendre à présent...

Le Vieux de la Montagne le considéra profondément, sans dire un mot. Quant à moi, je m'étais allongé, et je commençais à m'enfoncer dans un délicieux sommeil, oubliant tout de l'enjeu de notre venue ici.

Il était tard lorsque le Vieux de la Montagne nous fit signe qu'il était temps de partir. Je sortis dans la nuit, pour célébrer Matines. En silence, je murmurai sa prière. Je prononçai treize Pater en l'honneur de Notre Dame et treize en celui du jour. Cela me réconforta : car j'avais perdu la notion du temps, et je ne savais plus qui j'étais, ni pourquoi j'étais venu.

Ensuite, je me rendis aux écuries pour m'assurer du bon soin des chevaux, et donner mes ordres aux écuyers. Il y avait là vingt chevaux chargés chacun de deux énormes besaces dans lesquelles se trouvait le trésor du Temple. Nasr-Eddin me rejoignit, et nous partîmes du château, traînant derrière nous la longue caravane des chevaux attachés les uns aux autres. Nous avancions calmement, sans nous douter que, au bas de la montagne, une vingtaine d'hommes nous attendaient. A leur tête se trouvait le Vieux de la Montagne.

Nous descendîmes de nos chevaux. Je jetai un regard inquiet à Nasr-Eddin, qui me rendit un regard terrifié.

— Qu'espériez-vous ? dit le Vieux de la Montagne. Que les membres de notre secte vous rejoignent dans

la foi du Christ, et qu'ils soient baptisés... comme toi, Nasr-Eddin ?

Nasr-Eddin, pétrifié devant le regard haineux du Vieux de la Montagne, n'osa pas répondre.

— Nous voulons la paix, dis-je. Vous et nous sommes les mêmes, vous l'avez dit.

— Mais toi, Nasr-Eddin, le renégat, tu as assassiné le Calife, et sa sœur te recherche toujours. Elle m'a offert 60 000 dinars pour ta tête.

Il fit signe à deux Réfiks, qui pointèrent leur sabre vers Nasr-Eddin.

— Tu sais ce qui t'arrivera si je te rends à la sœur du Calife ? Elle te tranchera les quatre membres, et elle suspendra ton cœur à la porte de la ville...

Alors je compris que le Vieux de la Montagne avait attendu que nous partions de chez lui, pour respecter la loi de l'hospitalité, mais son cœur, sec et aride, était plein de haine.

Au loin, on entendait les chants et les prières des musulmans du village avoisinant. Nasr-Eddin, à terre, implorait le pardon, et déjà je me préparais à mourir la tête haute, sans un mot, selon la coutume templière.

— Cette nuit, me dit Nasr-Eddin, nous serons ensemble, au paradis !

— J'en doute, dit le Vieux de la Montagne, en faisant signe à un Lassik, qui me servit un bol de thé fumant.

Pendant un moment, je bus profondément, ne sachant si c'était du poison ou du hachisch. Puis voyant les yeux de mon compagnon, je lui tendis le bol. Alors le Vieux de la Montagne s'approcha de lui. Le visage impassible, presque souriant, il enleva le bol à Nasr-Eddin :

— Dis à ton ami que moi seul ici peux donner à boire.

Et d'un mouvement terrible, le Vieux de la Montagne sortit sa longue épée de Damas, puis la tendant vers Nasr-Eddin, il lui sectionna le bras. Il contempla un moment le spectacle, savourant sa victoire, puis il le décapita. Sa tête tomba à mes pieds. Je regardai le

Vieux de la Montagne dans les yeux. Sans laisser
paraître la moindre émotion, je montai sur mon che-
val. Je pris la tête de la caravane, et je partis.

Je levai les yeux au ciel, mais il n'y avait là aucun
signe pour moi. Sans cesse, les images revenaient
dans ma tête, je pensais au meurtre du professeur
Ericson, des Rothberg, et je voyais ce couteau posé
sous le coussin de Jane, et j'étais pétrifié de terreur.
Que s'était-il produit au cours de cette cérémonie
templière ? Pourquoi donc mes souvenirs étaient-ils
si vagues ? D'où venait ce feu, et qui l'avait provoqué,
si ce n'était Lui, me sauvant par Sa Splendeur ? Mais
pourquoi alors n'y avait-il plus aucun signe pour
moi ? J'étais dans la ténèbre, foisonnant d'éternelles
souffrances, j'imaginais le pire, et me sentais tout à
fait impuissant. J'attendais quelque chose, un signe,
une demande, un chantage, mais rien ne venait.

C'était le soir, à présent. Au fond, tout au fond du
firmament, je tentai de Le voir, de L'entrevoir. Mais
Il avait posé au-dessus de nous les voûtes de Sa
demeure céleste, pour que je descende au plus profond de l'abîme, et que je sois submergé par les eaux
d'en haut. J'essayais de retrouver l'Un, mais l'Un
auquel je pensais était sans parole, et on ne pouvait
percer son mystère. Je venais d'une terre qui avait
cessé d'être et j'allais vers un pays inconnu. Marche
solitaire vers la Fin des Temps, vers le Jugement dernier.

Mais qui étais-je pour L'apercevoir ? Qui étais-je ?
Qui étais-je, en vérité ? Etais-je l'homme du Hui-
tième Rouleau, celui qu'on appelle le lion, étais-je le
fils, ne l'étais-je pas ? Etais-je celui qui serait ligoté,
tel un agneau, et sauvé, car Dieu sauve pour que
s'accomplisse sa parole, étais-je le surgeon qui croît
des racines, et l'Esprit de l'Eternel était-il sur moi ?
Qu'en était-il, puisque j'étais parti, avant la guerre,
la recherche des Fils de lumière contre les Fils des

ténèbres, des fils de Lévis, des fils de Judas, des fils
de Benjamin, des exilés du désert, contre les armées
de Bélial, les habitants de Philistie, les bandes de Kittim d'Assour, et ceux qui les aident, les traîtres. Mais
qui étaient les Fils de lumière et qui étaient les Fils
des ténèbres ? Et moi ? Etais-je le fils de l'homme, de
la lignée de David, de celle des fils du désert, parce
que l'on avait versé sur ma tête l'huile de balsam ?
Ou étais-je la faible plante, le rejeton d'une terre des-
séchée ? Plus tard viendrait la guerre, dans le monde
entier, contre les Fils des ténèbres, sans trêve, et
contre le prêtre impie, mais qui étais-je en vérité, et
quel était mon rôle dans cette histoire ? Et quand
mon heure viendrait-elle ? Ils avaient dit d'aplanir la
voie de Dieu dans le désert, ils avaient dit que tout
s'y préparait à présent, et qu'il y avait un trésor de
pierres précieuses et d'objets saints, venus du Temple
ancien, pour se rendre à Jérusalem couvert de gloire
et pour reconstruire le Temple, ainsi ils avaient dit.

Non, je n'étais pas celui de la confiance impéris-
sable, celui qui sait faire jaillir l'eau dans le désert et
les torrents dans la steppe, je n'étais pas le consola-
teur de tous les malheurs, de toutes les exactions et
folies exterminatrices, celui qui disait : Dieu ramè-
nera, rétablira, restaurera. Sur la montagne, il n'y
avait pas le visage transfiguré de celui qui avait été
oint, et que la nuée prenait sous son ombre. Non, je
ne suis pas le fils bien-aimé, écoutez-moi, car je ne
suis pas le fils de l'homme ! Je suis fils d'Adam, simplement, enfant de Dieu, mortellement être de chair,
de chair. Nul ne m'avait prévu, nul n'avait souhaité
ma venue, et j'étais semblable. L'esprit du Seigneur
n'est pas sur moi. Mais l'esprit de crainte et de tremblement... *Oh Dieu !* Qu'avait-on fait à Jane ? Où se
trouvait-elle ?

Pour noyer mon chagrin, au fond du désespoir, je
bus, oui, je bus à même la bouteille de whisky que
j'avais prise à l'auberge, et l'ivresse me prit, qui ôte
le sentiment de toute relation au monde extérieur.

Mon cœur voltigea, libre, juché sur les ailes de mon destin, montant vers Celui que l'on ne sait nommer.

Quelle serait la fin ? Il fallait que je sache, si les méchants deviendraient meilleurs par l'espérance des honneurs qu'ils obtiendront après leur mort, et si les méchants mettraient un frein à leurs passions dans la crainte que, même s'ils échappent de leur vivant au châtiment, ils ne subissent après leur mort un châtiment éternel, ou s'ils resteraient éternellement ainsi. Qui décidait de tout cela ? Un nouvel amour m'enhardit, un amour séparé, dilaté, sauvé. Dans l'intimité de l'Unité, j'étais pur intérieurement, sans image, sans figure, comme libéré, incréé dans un espace silencieux sans limite, dans lequel je me perdais, souffrant d'une douleur créatrice, qui permettait d'accéder à la connaissance de soi, par le ravissement, qui est vol de l'âme et du corps, et il me sembla que je m'élevais au-dessus de moi, et que je flottais en l'air, loin dans le temps, dans le monde du commencement, où Dieu créa le ciel et la terre, et la terre était tohu et bohu, et les ténèbres recouvraient la surface de l'abîme. Et le souffle de Dieu planait à la surface des eaux. Et Dieu dit : *Que la lumière soit*. Et la lumière fut. Dieu vit que la lumière était bonne et Il fit une séparation entre la lumière et les ténèbres. Dieu appela la lumière jour et les ténèbres nuit. Il fut soir et il fut matin. Jour un. Qui était-il ? Etait-il possible qu'il me sauvât ? Etait-il là, lorsque j'avais invoqué son nom, dans la cérémonie des Templiers ? Le Puissant, le Terrible, le Miséricordieux, le Compatissant. *Oh Dieu !* Où est Jane ?

A présent, il fallait que je *connaisse*, que je rencontre le Jugement divin, il fallait que je sache enfin si j'étais le Docteur de Justice. Dans le Rouleau de la Guerre, il est dit que les Fils de la lumière combattraient les Fils des ténèbres, l'armée de Bélial, les troupes d'Edom, avec des armes, des bannières et des habits de guerre. Au centre de cette guerre, il y avait un personnage double, qui était l'homme du mensonge. Et si cet homme du mensonge était une femme ? Si Jane n'avait pas disparu ? Si elle n'avait pas été enlevée, mais m'avait quitté de son propre gré ? *Soyez demain, à quinze heures précises, à l'église de Tomar.*

Et si tout cela n'avait été qu'un guet-apens ?

Je devenais fou, de douleur et de doute. Je pensais, je pensais trop, car penser est une faiblesse, une distance, un regret, penser c'est évoquer, ce n'est qu'invoquer la vie qui, lorsqu'elle est, ne pense pas. Je pensais, vivant la vraie dissociation du corps et de l'esprit, celui-ci se rappelant brutalement dans la séparation et l'épreuve, se révélant en sa force cupide, en route vers la vie future, car il est vrai que le corps est corruptible, et sa matière ne subsiste pas, mais l'esprit, lui, survit, comme emporté par une force supérieure.

Mais si tout cela n'était qu'un mensonge, une mascarade ? Si j'étais le Messie, n'étais-je point capable de faire des miracles ? Et si je n'étais pas Ary, le Fils de l'Homme, le Messie des esséniens, alors j'étais Ary Cohen, fils de David Cohen, et la guerre que je poursuivais n'était pas celle des Fils de Lumière contre les Fils des ténèbres, mais une guerre contre moi-même. Alors il ne fallait pas attendre. Il ne fallait plus attendre. Il fallait agir.

Dans ma chambre, sur la petite table de nuit, il y avait un téléphone. Je me résolus enfin à l'appeler.

Shimon Delam, chef des services secrets israéliens, Shimon Delam, homme de la justice, qui m'avait déjà tiré de plus d'une situation embarrassante.

Je composai son numéro. Ma main tremblait légèrement, tout comme ma voix, comme si je sentais confusément que j'allais avoir la solution, la clef de l'énigme, et que je la refusais déjà.

— Shimon, dis-je, c'est Ary, Ary Cohen.

— Ary, répondit Shimon. J'attendais ton coup de fil.

— C'est à propos de Jane. Jane Rogers.

— Bien sûr, dit Shimon. Bien sûr.

— J'ai besoin d'avoir des informations sur elle.

— C'est important pour toi ?

— C'est une question de vie ou de mort.

— Bon.

Je l'entendis allumer une cigarette...

— Tu te doutais bien que Rogers n'était pas une archéologue comme les autres, dit Shimon.

— Que veux-tu dire par là ?

Il y eut encore un silence. Puis j'entendis :

— Elle travaille pour la CIA.

— Pour qui ? m'écriai-je.

— Pour la CIA, précisément. Tu sais, Ary, l'affaire des crucifixions que je vous avais confiée, à ton père et à toi ?

— Oui ?

— Son travail d'assistante n'était qu'une couverture. En vérité, elle travaillait déjà pour la CIA.

— Pourquoi me dis-tu cela *maintenant ?*

— Voyons, Ary, tu as fait l'armée, tu sais que...

— Oui, répondis-je, bien entendu, je sais.

— Elle faisait des investigations sur la Syrie, sa couverture était l'archéologie, jusqu'au moment où... il y a eu ce drame, l'assassinat d'Ericson... Lorsque vous avez été poursuivis tous les deux, à Massada, c'était elle qui était visée, Ary. C'est un agent redoutable. On lui a dit de se retirer du jeu, mais elle a refusé. Elle a tenu à partir sur cette affaire, pour t'aider, je pense.

— Comment sais-tu cela ?

— Parce qu'elle m'a appelé, hier. Elle m'a demandé de te transmettre un message.

— Qu'attend-elle de moi ?

— Elle m'a dit de te dire qu'en cas de problème, si les choses tournaient mal, tu devais retourner à Qumran.

Plus seul que je ne l'avais jamais été, dans le déses-
poir le plus profond, j'étais en route vers l'endroit où

je devais me rendre : vers le désert de Judée, près de la
mer Morte, à l'endroit que l'on nomme Qumran.

O mes amis, comme mon cœur était empli d'amertume ! Jane, espionne... Elle m'avait entraîné avec
elle pour mener à bien sa mission, elle s'était servie
de mon amour pour assouvir son plan, et cela peut-
être dès la première heure. Peut-être ne m'avait-elle
jamais aimé, elle qui m'avait menti depuis notre première rencontre, deux années auparavant.

Elle m'avait tendu un piège, elle avait levé vers moi
ses paupières impudiques, elle m'avait charmé de
son cœur, elle m'avait détourné de mon chemin, de
celui de ma vie aussi, et pour elle j'avais tout laissé,
lui faisant confiance en aveugle, ne cherchant pas à
me dérober, fidèle à l'appel, prêt à encourir tous les
dangers.

Comme je la haïssais ! Et comme j'étais heureux
d'avoir de ses nouvelles, de la savoir en vie ! ou du
moins d'en avoir l'espoir. Mon regard embué de
larmes croisa mon regard dans le miroir suspendu
en face de moi.

Sur mon front plissé était dessinée la lettre : צ.

Tsadé. Acceptation d'une épreuve, dans le but
d'accéder à un autre niveau d'existence ou de
conscience, ou encore de changement de cycle. Le
juste est celui qui a su sublimer la face sombre de
l'épreuve, pour en faire un fondement par lequel sa
vie se trouve magnifiée.

A cause d'elle, je n'étais plus le fils de l'homme. A
cause d'elle, j'étais pauvre et seul, pauvre de cœur, et
seul en esprit. Mais à cause d'elle, j'étais homme.

NEUVIÈME ROULEAU

Le Rouleau du retour

Alors mon cœur s'est emballé, terrifié,
Mes hanches ont tremblé,
Mon rugissement a atteint l'Abîme
Jusqu'aux tréfonds du Shéol,
Car je fus terrorisé à l'écoute
De tes débats avec les Valeureux,
De ta dispute avec l'armée des Saints.

Rouleaux de Qumran,
Hymnes.

SELMA LAGERLÖF

Le Rouleau du tchou

Aber mein Gott, wer kann die Ernte,
Wer kann sie von uns...
Wen zu gegeben seinen Haimnot.

Je tente, avec Toni Israel, m'envolant au-dessus
des toits, dans un lieu qui n'important, ni les
neiges, ni les chaleurs folles des déserts. Rapide
presente tenante la lecture du Rouleau d'Argent, et à
sa prasent je saurai.

Je savais qu'avant que le professeur Barbery sanct
que la famille Rothberg et Jérôme VAN paradizit, je
savais quel rôle jouaient les franc-maçons, ainsi que
les Templiers, avec leur Grand Maître ????, et ????
Je savais pourquoi les Salmanazars délaissaient le
Rouleau d'Argent et pourquoi ils l'avaient confié à
Ericson. Je savais pourquoi Simon n'avait jamais
dans ces ouvrages périlleux l'essentiel qu'un entrer
le dessein d'emploi, et je savais qu'il avait été d'avoir
je savais aussi ou il se trouvait. Longtemps avant la
savoir... je concluais-terre, Cinq ans avant le père
Jean d'Argent, comme Solène Kelhelm, un homme
sacré, mais désormais on se unissait. Et enfin.

Quand à ceux qui connaissaient l'existence, ils
n'avaient pas l'air du Rouleau d'Argent, Simon sans la
raison... pour l'éblouir etait entendues, et j'allais un
la fois savait l'estime.

— Peut porter l'inhume présent dans... j'eut-il
nous omettre remise et dit Jérôme, d'une certaine
proposition, Je répétant.

Je répétant du tête, une étrange saveur étant en
moins. On était l'ayant eu avant. Une vie singulière. Un
pélerins chapitres, guidés par un rivière, une honte.

Je repris l'avion pour Israël, m'envolant au-dessus des terres, dans un lieu que n'importunent ni les neiges ni les chaleurs folles des déserts. J'avais presque terminé la lecture du Rouleau d'Argent et, à présent, *je savais*.

Je savais qui avait tué le professeur Ericson, ainsi que la famille Rothberg, et je savais pourquoi. Je savais quel rôle jouaient les francs-maçons, ainsi que les Templiers, avec leur Grand Maître, Josef Koskka. Je savais pourquoi les Samaritains possédaient le Rouleau d'Argent, et pourquoi ils l'avaient remis à Ericson. Je savais pourquoi Shimon m'avait envoyé dans cette aventure périlleuse. Je savais qui avait pris le trésor du Temple, et je savais où il avait été déposé. Je savais aussi où il se trouvait. J'étais le seul à le savoir — *le seul sur terre*. Ceux qui avaient lu le Rouleau d'Argent connaissaient l'endroit où il était caché, mais ignoraient où se trouvait cet endroit. Quant à ceux qui connaissaient l'endroit, ils n'avaient pas lu le Rouleau d'Argent. Shimon avait raison : pour résoudre cette énigme, il fallait être à la fois savant et soldat.

— Pour goûter l'instant présent dans ce vol qui nous emmène au pays du Seigneur, voici quelques propositions de méditation.

Je relevai la tête, que je tenais serrée dans mes mains. Là, dans l'avion, il y avait une vingtaine de pèlerins chrétiens, guidés par un moine, un homme rond à l'air bonhomme, vêtu d'une robe de bure, sur laquelle pendait une lourde croix de bois.

— Cette grande mer, poursuivait le moine, les premiers Apôtres l'ont traversée en leur temps pour venir répandre la parole du Christ. Partant du port de Césarée, il leur fallait au moins trois semaines quand les vents étaient favorables. Depuis le milieu du IVe siècle, d'innombrables pèlerins nous ont précédés dans l'ardent désir de mettre leurs pas dans ceux du Seigneur. La terre de Palestine est la patrie spirituelle de tous les chrétiens, parce qu'elle est la patrie du Sauveur et de sa mère. Songez à la fin du livre des Actes des Apôtres... Saint Luc y relate longuement le voyage de Paul à Rome, l'itinéraire, l'escale forcée dans l'île de Malte et enfin son ministère à Rome. A travers les épreuves qui jalonnent ce voyage, il nous montre ce que Jésus lui-même avait souvent déclaré : l'itinéraire du disciple sera celui de son maître, car il n'y a pas de mission sans épreuve. Mais ces épreuves, mes frères, préparent une riche moisson. Prions ensemble, pour être nous-mêmes fortifiés par la foi et le courage de ces premiers apôtres et de ces missionnaires. Prions pour tous les missionnaires, prions aussi pour celui qui accompagne les apôtres depuis Jérusalem, jusqu'aux extrémités de la terre !

Et songez à saint Jérôme arrivé en Palestine où il resta jusqu'à sa mort, et où il traduisit la Bible en latin, la langue du peuple. Et songez à son bouleversement d'avoir visité Jérusalem, Hébron et la Samarie, d'avoir foulé le sol que Jésus foula de ses pieds. Et pour vous, mes frères, le paysage de la Terre sainte sera une révélation.

— *En un jour, j'avais vécu ce que d'autres vivent en une vie : j'avais aimé, j'avais su, j'avais vu le mal. Ainsi je me retrouvais, seul sur la terre, le cœur infiniment triste, triste et désolé, d'avoir perdu mon ami, qui* s'était sacrifié pour moi, afin que je puisse accomplir ma mission. Bouleversé aussi par la cruauté du Vieux de la Montagne, je n'avais plus qu'un désir : faire ce que je devais faire, et m'endormir, à jamais.

A présent, je le savais : les esséniens avaient désigné le Messie, leur Messie, Jésus. Quarante ans plus tard, le trésorier du Temple, un homme de la famille d'Aqqoç, avait déposé le Rouleau de Cuivre dans leurs grottes, où se trouvaient consignés tous les endroits où se cachait le fabuleux trésor du Temple.

Soixante-dix ans plus tard, un homme que l'on nommait Bar Kochba, fils de l'étoile, croyant qu'il était le Messie, avait tenté de reprendre Jérusalem et de reconstruire le Temple, et lui aussi avait échoué. Mille ans plus tard, des croisés avaient découvert ce trésor, et ils avaient décidé de reconstruire le Temple. Mais en même temps que ce trésor, ils avaient découvert la foi des esséniens, et ils avaient créé un Ordre voué au Temple. Il n'y avait pas de Messie : ils avaient eu une idée inouïe, simple et splendide. Ils avaient décidé que leur Ordre serait le Messie. Mais ils avaient échoué, victimes de l'Inquisition comme Jésus fut victime des Romains.

Mais toi, Adhémar, tu ne verras pas le Temple. Tu dois prendre le trésor, et le dissimuler, en attendant que celui qui doit venir le reprenne, et le rapporte en terre d'Israël.

Ainsi avait parlé Nasr-Eddin.

Je me penchai vers ma voisine, une femme dont le chapeau à large bord dissimulait le visage. Je lui demandai s'il y avait une occasion spéciale à ce pèlerinage. Elle leva la tête : dans ce long visage aux traits fins et à la bouche soulignée par un rouge à lèvres très vif, je reconnus quelqu'un que j'avais déjà rencontré, sans savoir où. Elle ne semblait pas me reconnaître.

— Moi, répondit la femme à la question que je lui

posais, je suis journaliste polonaise, mais eux, ils se rendent en Terre sainte, en pèlerins, vous le savez, pour suivre les pas du Christ en la sainte et glorieuse Sion, mère de toutes les Eglises. Ils feront certainement le tour du pays, mais demain, je vous parie qu'ils seront à Jérusalem !

— Pourquoi ? demandai-je.

— Car il y a un grand rassemblement organisé par une Sœur.

— Comment s'appelle-t-elle ? demandai-je.

— Elle s'appelle Sœur Rosalie. Mais si vous voulez en savoir plus, vous devriez demander à leur moine.

Le prêtre, quant à lui, se tenait entre les rangées des voyageurs, tout à son monologue.

— Le lieu de la vie, de la passion et de la résurrection du Seigneur, poursuivit-il, est en effet celui où l'Eglise est née. Nul ne peut oublier que lorsque Dieu a choisi une patrie, une famille et une langue dans ce monde, c'est en Terre sainte que les apôtres établirent sa foi en Christ, et qu'ils installèrent la même doctrine et la même foi.

— Vous regardez mon amulette ? murmura ma voisine.

Elle l'enleva de son cou, et l'ouvrit. Elle renfermait un morceau de parchemin. Je le pris, et l'examinai. Quelle ne fut pas ma surprise de découvrir qu'il s'agissait d'un fragment des manuscrits de la mer Morte...

— D'où tenez-vous ceci ? demandai-je.

— Une bien étrange affaire, dit la femme. C'était chez un certain... Josef Koskka !

— Comment ?

— Il est mort hier dans les circonstances les plus étranges... Assassiné à son domicile, poignardé. C'est pour cette raison que je me rends en Israël, pour enquêter, car je ne serais pas étonnée que le meurtre soit lié à la découverte d'un mystérieux Rouleau de Cuivre, désignant un trésor fabuleux... Connaissez-vous Qumran ?

Nous approchions de la *Terre sainte*, comme ils disaient, nous approchions d'Israël, et je le sentais.

Si je connaissais Qumran... Allais-je seulement pouvoir y retourner ?

Soudain, la femme laissa tomber une pile de papiers posés sur sa petite tablette. Je me penchai pour l'aider à les ramasser. Sur l'un d'eux, il y avait une croix rouge. La même croix que celle qui se trouvait près de l'autel. *La croix du professeur Ericson, celle que Jane avait reprise.*

Alors la fausse journaliste polonaise lança un regard à droite, puis à gauche. Ce fut alors seulement que je la reconnus : c'était Madame Zlotoska, la femme qui nous avait introduits auprès de Josef Koskka.

— Ne dites pas un mot, murmura-t-elle, menaçante.

— Mais qui êtes-vous ?

Elle ne répondit pas.

— Est-ce vrai, dis-je, ce que vous m'avez révélé sur Koskka ?

— C'est vrai, oui. Et vous, si vous souhaitez revoir votre petite Américaine, il vaut mieux que vous fassiez exactement ce que je vous dis.

— *Je ne pouvais pas faire autrement. Malgré ma douleur, je ne pouvais pas rentrer chez moi sans accomplir ma mission. Il fallait agir selon ce que le Commandeur des Templiers m'avait dit. Le désert s'étendait, devant moi, vaste et solitaire, dont les couleurs changeaient et les ombres s'allongeaient, le sable luisait comme mille étoiles au ciel, un tapis d'or déroulé sous mes pas. Lorsque le ciel devint une voûte sombre et diamantée, je saluai la nuit, et m'étendis, jusqu'à ce que les nuages lumineux flottent à nouveau au-dessus de la mer désertique. Enfin, j'avais un peu de répit.*

Sur ces mots, Adhémar ferma les yeux, et appuya sa tête contre le mur de la prison. Sa voix se faisait de plus en plus faible. La lumière sombre de ses yeux était comme une flamme qui s'amenuise. Je pris sa main qui tremblait, pour l'encourager à poursuivre son histoire, car l'aube approchait.

Prisonnier, capturé par cet étrange personnage : ce fut ainsi que j'arrivai sur la terre d'Israël. A l'aéroport, je fus emmené dans une voiture qui nous attendait au parking. Je regardai à droite et à gauche. Il y avait des policiers et des soldats. Mais je ne pouvais rien faire contre elle, car elle détenait Jane. Je n'avais d'autre choix que de la suivre.

— *Enfin, reprit Adhémar plus lentement, comme si son récit avait le pouvoir de retenir la nuit. Après plusieurs jours de voyage, je parvins à Qumran, sous un soleil brûlant. Les grands palmiers gravaient leur ombre sur la colline, les pierres luisaient sous son aura. A la tête de la longue caravane, je n'avançais pas très vite, il me fallut un certain temps avant de trouver Khirbet Qumran, selon l'indication précise que m'avait donnée Nasr-Eddin.*

Enfin je parvins sur la terrasse où se trouvait le camp. Non loin de là, je pouvais voir les tombes d'un vaste cimetière. Le camp lui-même formait un triangle dont l'un des bords était un long mur et la pointe une grande esplanade surplombant la mer Morte. Une tour dominait l'ensemble, formée par une habitation rectangulaire, et plusieurs autres plus petites, ainsi que de nombreux bassins. Tout paraissait désert. Le soleil chauffait les pierres et les roches. Derrière moi, les montagnes de Moab s'éveillaient sous un halo de poussière mauve. En cette heure, il n'y avait pas un souffle, pas une ride, pas une ombre sur ce paysage pâle, déjà suffoqué de lumière.

Je laissai la caravane à l'entrée du camp, où j'attachai les chevaux. Puis j'entrai dans le camp silencieux. Je passai devant les bassins remplis d'eau, ainsi que plusieurs citernes rectangulaires, alimentées par un canal qui devait apporter l'eau depuis les wadis descendant des roches du désert. Enfin je parvins devant le long bâtiment de pierre, dans lequel j'entrai. Là, il y avait une cour, ainsi qu'un enclos. Tout autour de la cour se trouvaient plusieurs pièces : une salle de réunion, avec une grande table de pierre, un Scriptorium, où se trouvaient des tables basses avec des encriers, et un atelier de céramique avec des fours.

Au fond de la cour se trouvait la tour qui surplombait le camp, de laquelle je m'approchai. J'entrai dans la pièce du bas, éclairée par deux fentes très minces percées dans le mur de pierre, qui donnaient un faible rayon de lumière. Un escalier tournant menait à un étage, où se trouvaient trois pièces. L'une d'elles était plus grande que les autres. Là, j'entendis une voix.

— N'ayez pas peur, bientôt vous saurez pourquoi vous êtes ici, et ce que nous attendons de vous.

Nous avancions dans la Jeep que conduisait la fausse journaliste.

Peur, oui, j'avais peur. Peur des assassins qui voulaient ma mort, peur de ceux qui détenaient Jane. Et j'avais peur de revoir les esséniens, car je connaissais la Règle de la Communauté et les sanctions appliquées selon la gravité des fautes. J'avais peur qu'ils n'accèdent point à l'esprit de miséricorde et qu'ils se vengent comme ils s'étaient vengés deux ans auparavant, par la crucifixion.

— Nous y sommes, dit la femme.

Elle arrêta la Jeep devant le plateau de Khirbet Qumran. Juste devant nous était stationnée une voiture. La portière s'ouvrit, et je vis descendre l'aubergiste — alias le Maître Intendant. Sa forte corpulence était dissimulée sous une tunique blanche, une sorte de gandoura. Sa tête était recouverte par un keffieh rouge.

— Ary Cohen, dit-il, comme je suis content de vous revoir...

— Que me voulez-vous ? dis-je. Où est Jane ?

— Que de questions, que de questions, répondit-il posément. Par où commencer, je ne sais pas. Peut-être par me présenter. Je m'appelle Omar, dit-il.

— Que me voulez-vous ? répétai-je. Que faites-vous ici ?

— Vous l'ignorez ?

— Non, je sais qui vous êtes. Vous êtes le Vieux de la Montagne, descendant des Assassins. C'est vous qui avez tué le professeur Ericson, ainsi que les époux Rothberg, et Josef Koskka.

— Je vous félicite. Je vois que votre petite lecture vous a bien profité.

— Alors, dites-moi donc où est Jane.

— Jane est en sécurité, ne vous inquiétez pas pour elle.

— Où est-elle ? répétai-je.

— A présent, ce n'est plus vous qui posez les questions, dit Omar, c'est moi. Où se trouvent les grottes ? Il faut nous emmener là-bas.

— Où, là-bas ?

— Vous le savez très bien.

— Et si je refuse ?

— Ary, murmura Omar, connaissez-vous la Règle des Templiers en cas de combat ?

Il s'approcha de moi et murmura :

— La milice est regroupée en escadrons, sur les ordres du Maréchal. Chaque chevalier a sa place précise, et ne doit pas s'en écarter. Le Maréchal donne le signal de l'attaque en brandissant la bannière blanche et noire de l'Ordre, Baucéant. Dans la confusion de la bataille, il faut la rallier et ne point abandonner la lutte tant qu'elle flotte dans les airs. Le cri de guerre est : A moi beau Sire ! Baucéant à la rescousse ! Et vous connaissez notre règle, en cas de combat ?

Il ne me laissa pas le temps de répondre.

— Nous n'avons pas de règle, dit-il.

Nous prîmes la route qui plonge dans la fournaise, s'enfonçant dans le désert de Judée. Lorsque nous entrâmes, silencieux, sur le site de Khirbet Qumran, c'était le soir, tout était calme et désolé, mais on pouvait sentir encore la chaleur de la journée, étouffante, sur ce monde de pierres et de strates, cette vallée au lac endormi et aux rochers ardents. Derrière nous, les montagnes de Moab, déjà ensommeillées sous un halo de poussière mauve, se couchaient lentement sur la mer absolument calme, parsemée de lueurs étoilées. En cette heure, il n'y avait pas un souffle, pas une ride, pas une ombre sur ce paysage pâle caressé par la lumière mordorée du crépuscule.

Voici, me dis-je, le soir, après le jour, mais que nous réservera demain ?

En parvenant à la nécropole, sur son lit de briques, reposant sur une saillie formée par le sol lui-même, je fus pris d'une étrange sensation. C'était comme si une vapeur de poison, une nuée néfaste nous suivait. Là, m'avait attendu, deux semaines auparavant, le spectacle, la scène d'une horreur sans égale, en ce désert blanc et glacé, devant cette mer impavide au bleu transparent, ces roches immobiles et ces cieux sans nuage. Ouvrant les yeux, je fus arrêté, telle une statue de pierre. Je fus pétrifié, comme lorsque je les avais vus la première fois, devant ces tombes ouvertes, ces os desséchés, tête vers le Sud, pieds vers le Nord. Sur le grand plateau, les tombes ouvertes hurlaient encore vers le ciel.

— *Avant de bouger mes mains et mes pieds, je bénirai son Nom, dit la voix. Je prierai devant lui avant de sortir et avant d'entrer, de m'asseoir ou de me lever, et pendant que je m'étends sur mon lit. Je le bénirai avec l'offrande qui procède de mes lèvres, au milieu des hommes.*

J'entrai dans la grande salle, d'où venait la voix. Là, il y avait un groupe de cent personnes, vêtues de lin blanc, qui faisaient face au soleil levant. Au centre du cercle, se tenait un homme qui se tourna vers moi.

C'était le Commandeur des Templiers de Jérusalem.

Alors je compris que les Templiers m'attendaient : ils savaient que j'avais rencontré le Vieux de la Montagne, car c'était là le Plan qu'ils avaient prévu pour moi, et c'était pourquoi j'avais rencontré Nasr-Eddin, qui devait me mener jusqu'au trésor, en échange de la protection des Templiers. Hélas ! Cette protection, je n'avais pas été capable de l'assurer.

— Bienvenue, Adhémar, dit l'homme. Bienvenue à la Commanderie de Khirbet Qumran. Ici sont les derniers combattants de notre Ordre, les guerriers envoyés par les esséniens pour rebâtir le Temple, et nous pourrons le faire, plus tard, grâce à toi.

Devant nous, les cent hommes se tenaient immobiles. Tous se taisaient, dans une atmosphère solennelle, tous se tenaient debout, par ordre hiérarchique, dans ce Chapitre à nul autre pareil.

— A présent, dit le Commandeur, tu dois prendre le trésor, et le cacher dans un endroit que toi seul connaîtras. Personne d'autre n'y aura accès, pas même nous, ajouta-t-il en désignant les hommes vêtus de lin blanc. Personne, afin que plus tard ceux qui le retrouvent puissent faire ce que nous n'avons pas pu accomplir.

Dès le lendemain, je sortis du camp pour cacher le trésor. Là, devant la longue caravane qui m'attendait, se trouvait un petit garçon. Sa peau était burinée par le soleil. Ses yeux sombres, ses cheveux noirs contrastaient avec le blanc de sa tunique de lin, éblouissante sous le soleil. Il s'approcha de moi.

— Que veux-tu ? demandai-je, en sellant mon cheval.

Le petit garçon ne répondit pas.

— Comment t'appelles-tu ?

— On me nomme Mouppîm.

Je me baissai et le considérai avec attention. Il ne devait pas avoir plus de dix ans. Ses yeux étaient humides : il avait pleuré.

— *D'où viens-tu, Mouppîm ?*

Il tendit son bras vers les grottes au nord de la falaise rocheuse.

— *Tu es perdu, n'est-ce pas ?*

Le petit garçon me fit signe que je ne m'étais pas trompé.

— *Viens, dis-je, nous allons tenter de retrouver ton chemin, ensemble.*

Je le fis monter sur mon cheval. Et la longue caravane se mit en route. Ensemble, nous avançâmes dans le désert, et Mouppîm me parlait, me racontait l'histoire de son peuple. Dans ce désert, disait-il, tout avait commencé. La parole de Dieu à son ancêtre Abraham :

— *Quitte ton pays, ta parenté et ta maison.*

— *Pour où ? avait demandé Abraham.*

Et Dieu avait répondu :

— *Le pays que j'indiquerai. Quitte ton pays, et je ferai de toi un grand peuple, et je magnifierai ton nom. Quitte ton pays, ce sera ta bénédiction.*

Et Mouppîm évoqua le voyage laborieux des enfants d'Israël, qui, en leur existence nomade, dans une contrée aride et pendant quarante ans, avaient sillonné le désert. Du Nil aux montagnes du Sinaï, le chemin avait été terrible.

C'est là que Dieu avait fait Alliance avec son peuple au désert, faisant de lui sa propriété parmi toutes les nations, là que Dieu donna la Torah, écrite de sa main, là qu'il demanda que lui fût construit un Tabernacle, afin qu'Il rencontre l'homme.

— Alors, dit Omar, où allons-nous à présent ? J'espère que la mémoire ne te fera pas défaut.

— Pourquoi avoir fait cette chose abominable ? répondis-je, en désignant les tombes.

— N'est-ce pas ce que disent vos textes ? La vallée d'ossements desséchés n'est-elle pas le signe de la Fin des Temps ? Allez, il est temps de continuer à présent. Mais pas toi, dit-il à Madame Zlotoska, qui nous avait suivis jusque-là.

Alors, sortant un pistolet, il le pointa vers la femme, et devant moi, tira une fois, puis deux.

La femme s'écroula, un filet de sang sortit de sa bouche.

Imperturbable, Omar reprit la marche. Si je faisais ce qu'il attendait de moi, si je lui montrais le chemin qui mène aux esséniens, j'encourais la mort. J'étais déjà déserteur. Un déserteur qui, pour les esséniens, devenait un traître. Mais si je n'obéissais pas, je n'avais aucune chance de retrouver Jane ni même de survivre.

Après une demi-heure de marche, nous parvînmes devant un mur de rochers, qui semblait infranchissable.

— Alors, dit-il, où va-t-on à présent ?

La mort dans l'âme, je lui indiquai la direction secrète. Pour y accéder, il fallait passer par un chemin spécial, dont je ne peux vous parler ici. Plusieurs fois, des pieds glissèrent, des bras résistèrent, frôlant la chute dans le grand vide.

Enfin nous étions parvenus de l'autre côté de la montagne rocheuse, sur un plateau, et devant la première grotte.

L'anfractuosité était si petite, qu'un seul homme pouvait s'y glisser. Je le guidai dans les roches caverneuses, parfois me penchant, parfois même me glissant sous les roches, sur des jarres brisées, des morceaux de rouleaux abîmés, des tessons et des bribes de linge.

— C'est vous, dis-je, qui avez fait cette mise en scène macabre de la Fin des Temps ?

— Grâce au Rouleau d'Argent retrouvé par le professeur Ericson, répondit Omar, nous avons enfin pu connaître l'endroit où se trouvait le trésor du Temple.

— L'endroit où Adhémar l'avait caché, vous voulez dire.

— Moi, je m'étais infiltré chez les Templiers, comme Maître Intendant, alors que Madame Zlotoska était entrée dans l'équipe de recherche, chez le Grand Maître du Temple, Koskka. C'est ainsi que nous avons appris que le professeur Ericson, en fréquentant les Samaritains, avait entendu parler d'un Rouleau d'Argent.

« Le professeur Ericson savait que les esséniens existaient toujours, mais il ignorait où ils vivaient. Sa fille Ruth Rothberg et son beau-fils Aaron l'ont convaincu qu'il était possible de reconstruire le Temple, sans détruire la Mosquée Al-Aqsa. De plus, par les Rothberg, il avait entendu parler d'un Messie chez les Hassidim ; mais celui-ci avait disparu, deux ans auparavant. Lorsque Jane lui a parlé d'un ami hassid parti vivre au désert, il a fait le rapprochement. Il pensait qu'il était allé rejoindre les esséniens. Il en a déduit que ce Messie, c'était vous. C'est en parlant de vous aux Samaritains qu'il a réussi à se faire remettre le Rouleau d'Argent. Pour savoir où les esséniens se cachaient, il a organisé une cérémonie dans le désert de Judée, une cérémonie évoquant le jour du Jugement, pour appeler les esséniens et leur montrer que la Fin des Temps était proche...

— C'est à ce moment que vous l'avez assassiné ?

Omar me considéra d'un air étrange, et, sans répondre à ma question :

— Quelle meilleure façon de vous faire sortir ? Nous l'avons tué, et nous avons continué son travail, en violant les tombes esséniennes. Et nous avons réussi : vous êtes sorti des grottes. A plusieurs reprises, nous avons tenté de vous enlever, mais vous sembliez protégé par je ne sais quelle force, et chaque fois, vous nous échappiez... et puis, il y avait cette femme, votre ange gardien. A Paris, vous étiez constamment suivi par les agents du Mossad, et nous ne pouvions rien faire. De même, à Tomar. Nous n'arrivions pas à vous enlever, jusqu'au moment où nous avons réussi à enlever Jane, et à vous avoir, par ce biais.

— Qui est ce « nous » ? demandai-je. *Qui êtes-vous ?*

Cette fois, Omar partit d'un rire étrange, sardonique.

— Vous l'avez dit : nous sommes les Assassins, descendants de Hassan-ibn-Sabbah. Nous voulons récupérer notre bien, le trésor que les Templiers nous ont repris, il y a sept cents ans.

Nous étions parvenus au fond de la grotte, où se trouvait une petite porte, qui menait à notre domaine, le domaine essénien.

J'ouvris la porte. C'est alors que j'entendis un bruit métallique.

Devant nous, je reconnus mon père, qui tenait un revolver.

— Vous êtes des assassins, dit-il, et vous êtes des voleurs. Le trésor du Temple n'est pas à vous.

— Mais toi, dis-je, avec effroi, que fais-tu ici ?

Mon père me considéra d'un air grave. C'est alors que je remarquai qu'il avait revêtu l'habit de lin des esséniens.

— Ce que je n'ai jamais cessé de faire, dit-il. Je suis toujours David Cohen, de la tribu des Cohens. Je suis David Cohen, le Grand Prêtre.

Ce fut alors qu'Omar sortit un revolver de sa poche et le pointa sur moi.

— *Après avoir reconduit Mouppîm chez les siens, je partis pour Jérusalem, avec la caravane. J'arrivai jusqu'à la Maison du Temple, où se trouvait un souterrain, avec des caves voûtées. J'entrai dans les salles, empruntai le souterrain taillé dans la roche, et là, déposai les sacs de jute. Mais ils étaient remplis de pierres. Car j'avais enfoui le trésor dans un autre endroit, afin que cela ne fût connu que par moi seul.*

A la Maison du Temple, les membres de l'Ordre de Jérusalem avaient arrêté tout travail. Ils se préparaient à ma venue. Lors du repas du soir, ils prirent place en silence, puis le boulanger apporta le pain, et le cuisinier, devant chacun, posa une assiette avec un plat de viande. *Et lorsque tous furent réunis autour de la table commune, en cette soirée solennelle, pour manger le pain et boire le vin, tous pensèrent au moment où le Fils de l'Homme étendrait sa main sur le pain et sur le vin pour les consacrer.*

Alors je me levai, et devant tous, je racontai mon périple, et devant tous, je dis :

— *Voici, mes amis, voici notre histoire. Nous sommes tous venus ici pour reconstruire le Temple, selon le vœu de Jésus ! Lui qui ne voulait pas mourir, ne voulait pas que la flamme s'arrête. Il avait quitté la Galilée, et parcouru la Samarie. Il s'était arrêté sur le mont Gazirim où l'attendaient les Samaritains. Il avait décidé de vivre reclus, chez les esséniens nos ancêtres, qui croyaient que la fin des temps était proche, qui disaient qu'il fallait prêcher la repentance parmi les autres. Il avait rencontré dans le désert Jean l'essénien, qui annonça à tous le baptême pour la rémission des péchés, et les esséniens lui dirent qu'il avait été choisi, qu'il était le fils, le serviteur, l'élu entre les élus, et ils dirent que le chemin était long pour celui qui apporte la nouvelle, que le chemin est difficile vers la lumière pour le peuple qui marche dans les ténèbres.*

Plus tard, mes amis, plus tard, sa prophétie se réalisera : oui, plus tard, lorsque le temps viendra, le Temple sera reconstruit. Et je sais, mes amis, je sais comment sera le Troisième Temple. Car j'ai rencontré un enfant dans le désert, et de la bouche de cet enfant, j'ai entendu la description du Temple, comme si je le voyais !

Le parvis intérieur aura quatre portes, orientées vers les quatre points cardinaux ; et le parvis médian et le parvis extérieur auront chacun douze portes du nom des douze fils de Jacob ; et le parvis extérieur sera divisé en seize parties faites de douze chambres, attribuées à douze tribus, excepté celle de Lévi, dont descendent les lévites. Et les portes seront gigantesques, entre le seuil et le linteau, pour que tous puissent entrer. Sous le péristyle longeant le parvis intérieur se trouveront des sièges pour les prêtres, et des tables devant les sièges. Au centre de ce parvis intérieur, il y aura le mobilier du Temple, entre les Chérubins, le voile d'or et le candélabre. Et quatre luminaires éclaireront la cour des femmes, où il y aura des parfums et de l'encens aromatique, dont la nuée s'élèvera, entre le visible et l'invisible.

Il y aura de larges piscines de marbre, pour se purifier. Et il y aura de longs couloirs et de hauts escaliers, à la splendeur blanche, pour monter un à un les degrés vers le Seigneur.

Et au cœur du Temple sera le Saint, où le prêtre parlera bas, où brûlera l'encens aux treize parfums délicieux, où trônera la splendide Menora, veilleuse des veilleurs, et la table de proposition où seront les douze pains. Et au cœur de ce cœur sera le Saint des Saints, séparé du Saint par un voile aux quatre couleurs, lambrissé de cèdre, le Saint des Saints, mes amis, où le Grand Prêtre rencontrera Dieu.

Il était tard lorsque je sortis de la Maison des Templiers. Ma mission était achevée, et je voulais me mettre en route. Je ne voulais pas rester en Terre sainte, où nous n'avions plus d'avenir, où tout ce qui nous restait à faire était de combattre et de mourir, mais pour quoi ? J'avais sauvé l'essentiel. Je voulais rentrer dans mon pays. Devant l'écurie, il y avait un homme, un homme vêtu de blanc et rouge. Je reconnus un Réfik. Alors je compris ce qui m'attendait.

Il avait été décidé que le Réfik devait me tuer, parce que j'étais le seul à savoir où le trésor avait été caché, afin que j'emporte mon secret avec moi.

Au moment où je crus à la fin, j'entendis une déflagration, suivie par une seconde.

À côté de moi, Omar s'écroula. Mais ce n'était pas mon père qui avait tiré. Mon père n'avait jamais su se servir d'un revolver. C'était Shimon Delam. Derrière lui se trouvait Jane.

— Jane, dis-je, la voix haletante.

— J'ai été capturée par cet homme, dit-elle en désignant le corps d'Omar, étendu à terre. Il m'a emmenée ici, dans le désert de Judée, pour t'y attirer.

— Omar, dis-je, le Vieux de la Montagne...

— Shimon nous faisait suivre, il a fait le nécessaire pour me délivrer.

Alors, plus rapide que l'éclair, je dégainai aussitôt ma belle épée, et combattis vaillamment contre l'Assassin qui tentait de m'enfoncer son poignard en pleine poitrine. Me baissant, je donnai un coup de parade. Je roulai sur le sol, me retrouvant quasiment derrière lui. Je le frappai sur le côté. Alors nous combattîmes, corps à corps, poignard contre épée. Tenant l'épée de mes deux mains, je lui tranchai la gorge, d'où giclèrent les éclairs rouges de son sang, en même temps qu'il essayait une dernière fois de me plonger sa dague dans le ventre.

Ce fut ainsi que je parvins à m'échapper des mains du Réfik, et que je m'embarquai au port de Jaffa, sur le bateau qui devait me faire regagner la belle terre de France, quelques mois plus tard.

Hélas ! la suite, tu la connais : c'est là, sur ma propre terre, que je devais connaître le pire. L'Inquisition... A présent que l'aube vient, je voudrais te dire quelque chose d'important.

Nous ne pouvions pas parler. A l'arrière de la voiture aux vitres fumées que conduisait Shimon, Jane et moi nous regardions. Et nos yeux se mirent à parler. Les miens, fous de douleur et de dépit, lui faisaient des reproches. Les siens, humides, m'imploraient de la croire. Les miens, courroucés, lui refusaient ce crédit que deux ans plus tôt, déjà, je lui avais accordé. Les siens me répondaient qu'il n'en

était rien, qu'elle ne m'avait pas trahi, et qu'elle
m'aimait. Les miens, silencieux, me trahissaient. Les
siens, éplorés, demandaient le silence. Les miens
s'alanguissaient, disant : ma douce, comme je me
languis de toi, je n'ai connu que toi et ne veux pas te
quitter, je m'élève vers toi, vers ta douceur incompa-
rable, fleurs de baisers, baisers de fleurs, blanches et
roses, oasis de mon désert, fleur de mon âme, ciel de
mon esprit, tu es mon palais, chez toi je me repose,
que m'est-il besoin d'autre chose puisque je suis à tes
côtés, et tout le reste n'est que mensonge et vanité.

La voix d'Adhémar n'était plus qu'un souffle.

— *Je t'écoute, mon fils, dis-je, avec émotion. Quoi
que tu demandes, je te l'accorderai. Quoi que tu dises,
je le ferai. Car ton histoire m'a touché, et mon cœur
saigne de voir l'aube se lever.*

— *Je te demande de t'enfuir, lorsque tu m'auras
quitté. Car l'on saura que tu m'as parlé, et tu seras
questionné. C'est pourquoi, si tu veux m'aider, si mon
histoire t'a ému, tu ne rentreras point à Coteaux, et tu
ne resteras point en terre de France ; mais tu te rendras en Terre sainte, chez les Samaritains, qui habitent
au mont Garizim, non loin de la mer Morte. C'est là
que se trouvent les descendants des trésoriers du
Temple, la famille Aqqoç. Tu consigneras tout ce que
je t'ai dit ce soir, et tu déposeras chez eux le rouleau
sur lequel tu auras écrit.*

D'une main tremblante, il me fit signe d'approcher.

— *Le trésor du Temple, murmura-t-il, je l'ai caché
à Qumran, dans les grottes des esséniens, dans la pièce
qu'ils appellent « le Scriptorium », dans les grandes
amphores.*

*Lorsqu'il vit mon regard surpris, il ajouta, avec un
sourire :*

— *C'est là que j'ai ramené le petit Mouppîm, qui
était perdu.*

C'est en pleurant que je quittai ce saint homme.

Dans l'île aux Juifs, où l'on brûlait ceux qui étudiaient le Talmud*, on apporta le bois. Il fut garrotté avec de longues chaînes à des poutres... On entassa les bûches autour de lui jusqu'à hauteur des genoux. La fumée s'éleva sur le crépuscule...

Enfin, les prélats lui demandèrent s'il n'avait point en son cœur la haine de l'Eglise chrétienne et s'il adorait la Croix.

— La Croix du Christ, répondit Adhémar, je ne l'adore point, car on n'adore point le feu par lequel on est brûlé.

Les yeux brillants, remplis de larmes...

Ecrit au mont Garizim, en l'an de grâce 1320, par Philémon de Saint-Gilles, moine de Cîteaux.

Dans la crainte et l'appréhension, je la voyais approcher. Dans la crainte, je montai vers Sion et murmurai son nom, par ce retour à l'épée tranchante, qui se réveillait pour tourner sa violence contre tous, Jérusalem était une coupe de vertige, une pierre à soulever. Mais que montai-je à Jérusalem, moi qui aimais Jane en cet instant inoubliable où enfin je retrouvais celle que mon cœur désire ?

Oui, j'aurais dû recopier infiniment la lettre : א.

Aleph, le silence, symbole de l'unité, de la puissance, de l'équanimité. C'est aussi le centre d'où rayonne la pensée, et le lien qu'elle tisse parfois entre le monde d'en haut et le monde d'en bas, entre le bien et le mal, le monde d'avant et le monde d'après, *Aleph* est merveilleux.

Le Rouleau du Temple

Le jour de la chute des Kittim,
Il y aura une bataille et un énorme carnage sous
* l'égide du Dieu d'Israël.*
Car c'est le jour convenu jadis
Pour la guerre contre les fils des ténèbres.
Ce jour-là, s'avanceront pour le grand combat le
* concert des dieux et la communauté des*
* hommes.*
Les fils de lumière et la secte des ténèbres lutteront
* ensemble pour la puissance de Dieu,*
Dans le vacarme d'une immense multitude,
Et dans la sonnerie des dieux et des hommes.
Jour de calamité !
Jour de détresse !
Témoignage du peuple et de la Rédemption de
* Dieu.*
Toutes leurs détresses s'aboliront
Et ce sera la fin de la Rédemption éternelle
Et le jour de la guerre contre les Kittim,
Par trois signes les Fils de lumière écraseront le
* Mal.*

Rouleaux de Qumran,
Règlement de la guerre.

Je suis Ary, l'homme fils de l'homme, qui vit dans le désert au souffle de braise, sans un oiseau, sans un insecte, juste le soleil sur ma terre de feu, juste le froid dans ma nuit de glace, sans sommeil et sans répit, sans temps, au temps de la création, exposée sur ces récifs abrupts, depuis des millions et des millions d'années, je vis dans ce désert étrange où l'antique devient familier, où la similitude de l'histoire humaine apparaît, où les cratères évoquent les temps immémoriaux, les siècles et les millions d'années, lorsque la masse qui formait l'écorce terrestre fut redistribuée, lorsque la Terre fit il y a très longtemps l'expérience des séismes et du nivellement des vieilles montagnes et l'élévation des nouvelles, et qu'en son temps, la terre fut submergée par la mer, lorsque la terre arabe vers le nord loin de l'Afrique commença de se mouvoir, se séparant en une fracture qui finit par la mer Rouge, et passant par l'Israël d'aujourd'hui, jusqu'au golfe d'Eilat, à travers la vallée de la Aravah, continuant vers la vallée jordanienne, à travers la mer de Galilée, et advenant dans la fissure longue et étroite que j'habite, en cet endroit minuscule, je le dis, je suis Ary sans satisfaction, qui passe ses jours dans le désert à contempler les abords mystérieux du lac d'asphalte, clamant au désert de dégager un chemin, et de niveler dans la steppe antédiluvienne une chausse pour notre Dieu et de monter, de monter à Jérusalem.

— Voilà, dit Shimon, lorsque nous arrivâmes devant la porte de Jaffa, à Jérusalem. Si je t'ai emmené ici, c'est parce que nous ne sommes pas au bout de nos peines.

— Que veux-tu dire ? demandai-je. Que se passe-t-il ?

— Eh bien, dit Shimon, la voix grave, c'est très simple. Je crois que le moment est venu.

Il s'arrêta et, me prenant le bras :

— Viens, il faut monter vers l'Esplanade.

— Vers l'Esplanade ?

— Précisément, dit Shimon.

Nous laissâmes Jane et mon père près de la voiture, devant la porte de Jaffa. Au loin, on entendait pleurer les cloches du Saint-Sépulcre, de Gethsémani et de l'abbaye de la Dormition *et moi, je suis avec vous pour toujours, jusqu'à la fin du monde.*

Je ramènerai de l'Orient ton peuple,
Et je te rassemblerai de l'Occident.
Je dirai au Septentrion : donne !
Et au midi : ne retire point !
Fais venir mes fils des pays lointains,
Et mes filles de l'extrémité de la terre.

Depuis l'Esplanade du Temple, en se penchant, on pouvait voir les Hassidim, qui chantaient et dansaient en cadence, les yeux fermés, et qui frappaient le plancher de leurs pieds, pour marquer le rythme.

— Grâce aux plans que nous avons récupérés chez Aaron Rothberg, dit Shimon Delam en déroulant une carte, nous savons à présent ce que le professeur Ericson et Rothberg projetaient de faire, avec la secte des Templiers. Regarde...

Il me tendit la carte : c'était une carte topographique de l'Esplanade du Temple. En pointillé, on voyait apparaître le Temple.

— Le parvis du carré extérieur mesure plus de huit cents mètres, dit Shimon. D'après la vision essénienne du Rouleau du Temple, la superficie totale du Temple serait donc d'environ quatre-vingts hectares, depuis la porte de Damas, à l'ouest, jusqu'à la porte du mont des Oliviers, à l'est. Créer une superficie plane sur laquelle bâtir ce projet gigantesque demande un travail assez considérable. Pour niveler le sol, il faut combler la vallée sud du Cédron à l'est et creuser la roche à l'ouest. Cette opération oblige à retirer de la terre et des roches, et cela... à bout de bras. Une entreprise d'une extrême difficulté, certes, mais somme toute réalisable.

— Mais c'est impossible, dis-je. Ne vois-tu pas, devant nous, à la place du Temple, la Mosquée Al-Aqsa, en face de la Coupole du Rocher ?

— Oui, mais, selon leur plan, le Troisième Temple serait mitoyen à la Mosquée Al-Aqsa. Et puis, ils pensaient que la Mosquée Al-Aqsa leur appartenait, répondit Shimon.

— Comment ? Je ne comprends pas !

— C'était précisément l'emplacement de la Maison du Temple !

Il désignait de sa main la Coupole du Rocher, édifice octogonal à la gigantesque coupole dorée qui se dressait, inébranlable, devant nos yeux.

— Ces parvis dallés entourant le Dôme des Tables sont l'endroit où ils projetaient de reconstruire le Temple. Ainsi ils pensaient contourner la Mosquée Al-Aqsa.

Alors seulement je me souvins des paroles d'Aaron Rothberg :

« Tout repose sur l'observation précise de l'Esplanade, où il y a un petit édifice, le Dôme des Esprits ou Dôme des Tables. On l'appelle Dôme des Tables, car il est consacré au souvenir des Tables de la Loi. La tradition juive indique que ces Tables, ainsi que le bâton d'Aaron et la coupe contenant la manne du désert étaient conservés dans l'Arche d'Alliance qui se trouvait dans le Saint des Saints. D'autres textes indiquent que les Tables étaient placées sur une pierre, la Pierre de Fondation, située au centre du Saint des Saints. Tout cela incite à penser que le Saint des Saints ne se trouve pas sous la Mosquée Al-Aqsa, comme on l'a cru, mais bien sous l'Esplanade. »

— C'est pour cette raison qu'on les a tués, dis-je... C'est pourquoi les Assassins ont tué le professeur Ericson et sa famille, car ils avaient découvert l'existence du trésor du Temple en lisant le Rouleau d'Argent, et ils voulaient reconstruire le Temple sur l'Esplanade des Mosquées, où se trouve le Saint des Saints... Et cette reconstruction, les Assassins voulaient l'empêcher, comme ils voulaient reprendre le trésor qui avait été confié à leurs ancêtres.

— Mais pour cela, il fallait encore qu'Ericson découvre les grottes des esséniens pour y chercher le trésor.

— C'est pour cette raison que tu m'as demandé de m'occuper de l'enquête ? C'était donc bien pour que je serve d'appât.

— D'appât, d'appât, grommela Shimon. Je n'oserais pas... Mais je peux te dire que tu étais sous surveillance constante, même à Tomar...

Les Assassins descendants de Hassan-ibn-Sabbah et du Vieux de la Montagne pensaient que le trésor du Temple leur revenait, tout comme la Mosquée Al-Aqsa, qui est *leur* temple... Ils ont sacrifié le professeur Ericson, à l'endroit même où il voulait sacrifier un taureau, selon le rituel qu'il avait appris en lisant le Rouleau d'Argent, et ils ont agi selon leur méthode ancestrale : un meurtre public est plus dissuasif. Ils ont tué les Rothberg de la même façon, ainsi que Josef Koskka.

— S'ils vous ont épargnés, toi et Jane, c'est parce qu'ils pensaient que vous pouviez les mener jusqu'aux esséniens, ce que vous avez fait...

— C'est pour cette raison que Jane m'avait donné

rendez-vous à Qumran, par ton entremise... Elle savait que c'était là qu'ils voulaient aller.

A cet instant, je vis arriver deux hommes au visage masqué par des foulards. Ils ressemblaient à ceux qui avaient tenté de m'enlever, à la porte de Sion, dix jours auparavant.

— C'est lui ! s'écria l'un d'eux. C'est le Messie des esséniens. Tuez-le !

Je n'eus pas le temps de dégainer. Juste à ce moment, nous avons entendu une formidable explosion. Le sol s'est mis à trembler sous nos pieds, comme prêt à s'effondrer. La porte Dorée, non loin de là, qui avait été murée par les musulmans pour empêcher la venue du Messie, venait de sauter.

Les deux hommes devant nous s'étaient effondrés, abattus par Shimon, qui avait profité de la diversion.

Shimon me plaqua au sol.

— Des Assassins, dis-je. Mais qui a fait sauter cette bombe ?

— Les Templiers, pour ouvrir la porte du Messie, dit Shimon. C'est la guerre, Ary.

Au loin, des fusillades retentirent. Des artificiers faisaient exploser des immeubles entiers. Autour de nous, des jets de pierres. Au-dessus de nous, des hélicoptères de Tsahal*. Des tanks s'avançaient pour protéger les civils, le canon pointé vers l'endroit d'où venaient les tirs.

— La guerre ? dis-je.

— Je pensais pouvoir l'éviter, mais ce ne sera pas possible. J'ai donné ordre à Tsahal d'utiliser tous les moyens appropriés, tanks et hélicoptères.

Alors je vis une milice se regrouper en escadrons, sous les ordres d'un chef. Chacun avait sa place précise. Le chef donna le signal de l'attaque en brandissant la bannière blanche et noire de l'Ordre, Baucéant. Ils criaient : *A moi beau Sire ! Beaucéant à la rescousse !*

Au milieu des explosions, des déflagrations retentissantes, j'invoquai son Nom comme je l'avais fait

pour qu'il me sauve lorsque j'étais en détresse à
Tomar. Que s'était-il passé alors ? N'y avait-il pas eu
un miracle ? Le feu n'avait-il pas pris soudain pour
chasser mes ennemis ?

Mais Shimon ne me laissa pas le temps de réfléchir. Me prenant le bras, il me força à le suivre, afin
de rejoindre Jane et mon père, au parking où nous
les avions laissés. Autour de nous, des hommes
habillés de blancs avec la croix rouge, les Templiers,
combattaient contre des hommes masqués par des
keffiehs : les Assassins. Au beau milieu était l'armée
israélienne venue pour combattre, sans trop savoir
où frapper. Et ce fut un rude carnage, une guerre terrible contre les Fils des ténèbres, un combat dans le
bruit d'une grande multitude, au jour du malheur, et
ce fut un temps de détresse, et les bataillons d'infan-
terie faisaient fondre les cœurs des Fils de lumière,
qui s'étaient préparés à ce combat.

Sur l'Esplanade embrasée, des balles étaient tirées
de toutes parts, au milieu des pierres qui pleuvaient
sur les Hassidim massés devant le mur Occidental.
Les tireurs d'élite, postés sur les toits des maisons
alentour, ripostaient, dans un bruit terrifiant et une
fumée noire. En contrebas du mur, on pouvait voir
les châles de prière des Hassidim, abandonnés à la
hâte. Déjà, les ambulances arrivaient, aux sirènes
sonores, et les infirmiers couraient pour sauver les
blessés. Soudain, au milieu du fracas, une voix retentit : celle d'un Imam invoquant la puissance de Dieu,
et lançant dans un micro des appels à la guerre
sainte.

Alors la vieille ville se réveilla. En quelques
minutes, les commerçants sortirent de leurs boutiques, et se mirent à se battre, mettant le feu aux voi-
tures, et à tout ce qu'ils trouvaient. Juchés sur les collines alentour, les pèlerins au voyage interrompu
regardaient, sans trop y croire, le terrible combat.

Enfin Shimon et moi arrivâmes au parking où
étaient abrités Jane et mon père, derrière un mur. Je
courus vers Jane.

— Ça ira. Je le sais.

— Non, Ary, dit Jane, il n'y a pas de miracle, il n'y en a plus, depuis très longtemps.

— C'est faux. Il y a eu un miracle, pour moi, à Tomar

Jane me considéra d'un air désolé.

— A Tomar, c'est moi qui ai mis le feu, et qui ai placé des fumigènes pour te sauver, avant d'être capturée par les Assassins.

— C'était toi ? m'écriai-je, incrédule.

Elle me regardait, suppliante.

— C'était moi... Je...

Sa phrase fut interrompue par l'arrivée d'un homme vêtu de blanc. C'était Lévi l'essénien, de la tribu des Lévis. Celui-ci s'avança vers moi. J'eus un mouvement de recul. Qu'allait-il me dire ? Je ne l'avais pas revu depuis ma fuite. Mais Lévi me considérait calmement, gravement.

— Ary, dit-il. Enfin, c'est toi, tu es revenu.

— Oui, dis-je, je suis revenu.

— C'est la guerre à laquelle nous nous préparons depuis deux mille ans. Ils ont commencé les hostilités en tuant Melchisédech.

— Melchisédech ? dis-je.

— Le professeur Ericson, qui avait compris ce qui allait se produire, attendait ta venue, ce soir-là, le soir du sacrifice. Le professeur Ericson était Melchisédech, le patron des justes et le souverain des temps derniers.

— Non, intervint Jane, c'est ce qu'il a voulu vous faire croire. Il a pris le texte essénien pour tenter d'incarner le personnage de Melchisédech, mais ce n'est pas vrai.

— Il était le Grand Prêtre qui officie dans les temps derniers où se fera l'expiation pour Dieu, le Messie d'Aaron, chef des armées célestes, et juge eschatologique... Et le chef des Samaritains, ajouta-t-il, est le descendant de la famille Aqqoç.

— Il vous connaissait, dis-je, c'est pour cette raison qu'il savait que je viendrais... Mais le Temple est détruit, il n'y a point de prêtre pour assurer le service, ni de feu sacré ni d'encens, dis-je.

— Nous avons ce qu'il faut. Et toi, tu es Messie, et tu es Cohen : ainsi tu es le Messie d'Aaron, le Grand Prêtre qui peut entrer dans le Saint des Saints. Le temps est venu de rencontrer Dieu. Toi seul peux prononcer son Nom pour provoquer sa présence.

Il s'approcha de moi, me prit par l'épaule, la main tremblante.

— Deux mille ans, Ary. C'est aujourd'hui, c'est maintenant, tu vas Le voir, et Lui parler, face à face...

Il désigna des hommes qui étaient en train de venir vers nous. Je reconnus le chef des Samaritains et ses fidèles. A côté d'eux, des Templiers transportaient un vase mortuaire. *Les cendres de la Vache rousse.* Ils avaient également un récipient doré qui contenait le sang du taureau qu'ils avaient sacrifié en vue du jour du Jugement. Quelques instants plus tard, je vis arriver les Hassidim que nous avions vus devant le mur Occidental.

— Allons, Ary, dit-il, c'est le moment. Le temps est venu. Nous avons les cendres de la Vache rousse, nous avons le Propitiatoire et nous connaissons l'emplacement du Temple.

Devant nous, les Templiers habillés de blanc, les Assassins et l'armée israélienne combattaient, au milieu des pèlerins chrétiens, tous sur l'Esplanade du Temple, où commençait à s'élever la fumée des fumigènes et des cocktails Molotov dans une confusion sans égale, d'une guerre sans merci entre les fantassins, les cavaliers aux chevaux effrayés et les chars de l'armée israélienne. Tous se jetaient à terre, se meurtrissaient au corps à corps ou de loin, et le sang coulait sur la ville, envahie d'un noir nuage de fumée, dont la lumière était éteinte, et les cieux obscurcis jetaient la ville dans la ténèbre. Partout des hommes jaillissaient, d'autres fuyaient, certains se cachaient, d'autres se révélaient.

Les Hassidim nous guidèrent vers la porte Dorée,

d'où partait le tunnel qui devait mener au Saint des Saints.

Shimon était parti rejoindre le théâtre des opérations. Jane, mon père et moi avions suivi la longue file qui se rendait à la porte Dorée, sous le sifflement des balles et le retentissement des explosions.

Une bombe avait fait exploser le ciment qui murait la porte de l'intérieur. Là, Lévi nous fit signe d'entrer. Nous descendîmes dans une pièce éclairée de torches, où nous attendaient des esséniens en habit blanc. Puis Lévi nous entraîna dans un passage souterrain. Celui-ci était très bas. Nous devions baisser la tête, et parfois même nous courber. Mouppîm nous ouvrait la marche, une torche à la main. Enfin nous parvînmes dans une grande pièce voûtée, toute de pierres blanches.

— C'est ici, dit Lévi. Nous sommes sous l'Esplanade.

Il désigna une petite porte.

— Là se trouve l'emplacement du Saint des Saints.

Puis il se dirigea vers un coin de la pièce où étaient entreposés des dizaines de sacs en toile de jute. D'un geste, il en ouvrit un premier, puis un second.

— Voici le trésor, dit Lévi.

O mes amis, comment vous dire la joie et l'émotion ? Je vis le chandelier à sept branches, celui-là même qui était dans le Saint des Saints, et la table où l'on plaçait les douze pains de proposition, et il y avait même l'autel de l'encens, et encore dix autres chandeliers, des vases de bronze et d'or pur, un petit autel portatif à encens, et tous ces objets étaient recouverts d'or, d'argent et de mille pierres précieuses. O mes amis, comme je Lui rendais grâces, de m'avoir soutenu par sa force, d'avoir répandu son esprit sur moi, pour que je ne chancelle pas, de m'avoir rendu fort en face des combats de l'impiété, comme une tour robuste, oui, car il m'était donné de

voir le trésor du Temple ! Les esséniens ouvraient les
sacs les uns après les autres, dévoilant les objets
sacrés. Ce n'était que vaisselle d'or, de bronze et
d'argent, barres de métal étincelant, objets sacrés
sertis des plus belles pierres. C'était comme si le
Temple, soudain, revenait à la vie, dévoilé devant
nous par la majesté de ses objets. C'était comme si
le Rouleau de Cuivre nous donnait ses secrets non
plus sous la forme des lettres, mais sous celle des
choses nées des lettres. C'était comme si le passé
antique revenait au présent par l'esprit de ces somp-
tueuses reliques.

Tout était là : le coffre d'argent, les pièces et les
barres d'or et d'argent, les bols de bois, la vaisselle
sacrée, d'or, de résine, d'aloès et de pin blanc. Tout
était là comme par le passé, un message arrive.

Dans un sac se trouvaient le Propitiatoire et les
Chérubins, selon l'injonction de Dieu à Moïse : *tu
feras aussi un Propitiatoire d'or pur, de deux coudées
et demie de long et d'une coudée et demie de large.* Lévi
prit les deux statues d'or repoussé, et les fixa aux
extrémités du Propitiatoire. Les Chérubins avaient
les ailes déployées vers le haut, comme si elles le pro-
tégeaient. Les faces des Chérubins étaient tournées
vers le Propitiatoire. *C'est là que je te rencontrerai.*

— C'est ici, dit Lévi, entre les deux Chérubins, que
l'Eternel apparaîtra.

Jane, qui m'avait suivi, regardait bouche bée le
somptueux trésor. Tout cela était sous mes yeux, au
Scriptorium, à portée de main, les sacs étaient placés dans les grandes amphores qui se trouvaient
dans ma grotte, et je ne le voyais pas, et je ne le savais
pas.

Alors je m'avançai devant le Propitiatoire. Les
esséniens étaient tous là, à présent, tous les cent. Et
il y avait mon père, qui siégeait parmi eux en premier, étant donné l'importance de son rang, puis

Hanok, qui m'attendait, Pallou, qui m'espérait, Héçron, qui me regardait, Karmi, qui m'observait,
Yemouël, qui m'appelait, Yamîn, qui m'examinait,
Ohad, qui me contemplait, Yakîn, qui me considérait, Cohar, qui me scrutait, Shaoul, qui me toisait,
Guershon, qui souriait, Qehath, qui me guettait,
Merari, qui patientait, Er, qui languissait, Onan, qui
se morfondait, Tola, qui restait immobile, Pouwa,
qui s'agitait, Yov, qui désespérait, Shimrôn, qui espérait, et Sered, qui me fixait, Elon, qui rêvait, Yahléel,
qui pleurait, Cifion, qui riait, Hagui, qui murmurait
des prières, Souni, qui parlait tout seul, Eçbon, qui
récitait les psaumes, Eri, qui se concentrait, Arodi,
qui méditait, Aréli, qui s'impatientait, Yimna, qui
s'alarmait, Yishwa, qui s'angoissait, Yishwi, surpris,
Beria, éberlué, Serah, ébloui, Heber, décontenancé,
Malkiel, déconcerté, Bela, attristé, Beker, étonné,
Ashbel, effrayé, Guera, terrifié, Naaman, effarouché,
Ehi, pétrifié, Rosh, stupéfait, Mouppîm, interdit,
Houppîm, ébloui, Ard, qui chantait, Houshin, qui
pleurait de joie, Yahcéel, qui rêvait, Gouni, en transe,
Yecer, perdu, Shillem, fatigué, Coré, qui dansait,
Nefeg, qui s'évanouissait, Zikri, qui trépignait, Ouzziel, qui levait les bras au ciel, Mishaël, qui en faisait autant, Elçafan, qui se tournait vers Sitri, qui se
tournait vers Nadav, qui se tournait vers Avihou, qui
se tournait vers Eléazar, qui se tournait vers Itamar,
qui se tournait vers Assir, qui se tournait vers Elkana,
qui se tournait vers Aviasaf, qui se tournait vers
Amminadav, qui se tournait vers Nahshon, qui se
tournait vers Netanel, qui se tournait vers Couar, qui
se tournait vers Eliav, qui se tournait vers Eliçour,
qui se tournait vers Sheloumiël, qui se tournait vers
Courishaddaï, qui se tournait vers Elyasaf, qui se
tournait vers Elishama, qui se tournait vers Ammihoud, qui se tournait vers Gameliël, qui se tournait
vers Pedahçour, qui se tournait vers Avidan, qui se
tournait vers Guidéoni, qui se tournait vers Paguiël,
qui se tournait vers Ahira, qui se tournait vers Livni,
qui se tournait vers Shiméï, qui se tournait vers Yice-

har, qui se tournait vers Hébron, qui se tournait vers
Ouzziel, qui se tournait vers Mahli, Moushi, qui se
tournait vers Couriel, qui se tournait vers Elifaçan,
Qehath, qui se tournait vers Shouni, qui se tournait
vers Yashouv, qui se tournait vers Elon, qui se tournait vers Yahléel, Zerah, qui se tourna vers moi.

Ils m'attendaient.

Les Hassidim se mirent à chanter, au son de la
harpe, et cette musique emporta mon âme vers un
souvenir lointain, je vis paraître la vision d'Ezéchiel,
telle que je l'avais vue, à Tomar. *C'était quelque chose
qui ressemblait à la Gloire de Dieu.*

Etait-ce Jane, ou était-ce moi qui avais mis le feu
à Tomar, par le souffle incandescent ?... Et Jane me
lança un regard implorant pour me retenir avec elle,
parmi eux...

— N'y va pas, murmura-t-elle.

*Resurgis, resurgis, et mets-toi debout, Jérusalem, toi
qui as bu de la main du Seigneur le calice de la fureur,
la coupe de vertige, tu l'as bue, et tu l'as vidée, resurgis, des dégâts, et du fil de l'épée, resurgis et revêts-toi
de Puissance, ô Sion, revêts tes habits de splendeur, ô
Jérusalem, Ville sainte, hors de la poussière, ébroue-
toi, mets-toi debout, toi la captive, Jérusalem, fais sauter les liens de ton cœur, fille de Sion, et tous les êtres
de chair sauront que Celui qui te sauve, c'est le Seigneur.*

Dans ce Temple, il y aura douze portes pour les
douze tribus rassemblées, trois par trois, de chaque
côté de l'Esplanade extérieure du Tabernacle.

Qu'il monte ! On monte par un escalier tournant,
vers le grand édifice aux murs immenses, aux piliers
carrés, aux portes ouvertes sur les terrasses, aux
portes d'or et de bronze. Car le passage de la terre

profane à la Demeure sacrée s'opère par une série de portes, qu'il faut passer pour accéder à la pureté, au fur et à mesure que l'on progresse dans le Temple, par les parvis emboîtés. Il faut gravir les marches qui aboutissent à d'autres parvis donnant sur des portes qui permettent d'accéder au Saint qui s'ouvre sur le Saint des Saints. Entre les portes aux battants plaqués d'or pur, trois étages de colonnes forment un péristyle à trois niveaux, où sont de larges pièces. *Qu'il monte !* Au centre du péristyle se trouve un mur carré percé de douze portes aux battants plaqués d'or, où un parvis intérieur forme une esplanade, entourée par les demeures des prêtres. Au centre de cette esplanade se trouve la Demeure. En son cœur, le Saint, avec l'autel des Holocaustes et le bassin pour les ablutions rituelles, et le Saint des Saints, où est le Propitiatoire avec les deux Chérubins qui étendent leurs ailes sous un voile d'or.

Qu'il monte, et qu'il regarde le candélabre d'or pur, tout d'une pièce, entouré de calices et de fleurs d'amandier. Et sur le candélabre, il y a quatre calices d'amandier et de pierres précieuses, saphirs et rubis, et pierres étincelantes.

Qu'il monte ! Dans le Saint des Saints, ne peut entrer qu'un Cohen, un prêtre, revêtu des habits sacrés.

Devant moi, les prêtres arrivèrent, chacun selon son ordre, l'un après l'autre, les Lévis défilèrent après eux, et les Samaritains, avec leur chef, l'un après l'autre, par centaines, afin qu'on connaisse tous les hommes d'Israël, chacun au poste de sa condition, dans la Communauté de Dieu.

Alors Lévi nous désigna la petite porte qui ouvrait sur la pièce, emplacement du lieu sacré.

— La gloire du Seigneur entrera dans le Temple de pierre, murmura-t-il, pour en prendre possession, comme David et Salomon l'ont voulue, et comme elle entrait dans le sanctuaire du désert.

Je m'avançai vers la porte et l'ouvris lentement.

— Comme ce lieu est redoutable ! m'écriai-je.

Plus redoutable que le sanctuaire mobile du désert du Dieu nomade d'un peuple nomade, et plus encore que la Demeure de pierre du peuple devenu sédentaire, sur le rocher d'Arauna, où résidait Dieu.

Une petite pièce carrée et sombre, de pierres blanches. Une simple pièce, sans apparat, où se trouvait simplement le Propitiatoire dans lequel étaient les cendres de la Vache rousse. Je m'avançai devant le Propitiatoire. Je pris le brandon, allumai l'autel du Propitiatoire, dispersai au-dessus les cendres de la Vache rousse.

Alors je vis les lettres s'élever comme des étincelles, et dans chacune il y avait une force propre à changer toutes les situations. Et chacune se concertait, entre voyelles et consonnes, entre points et ponctuations. Et toutes les forces de mon âme se réunirent en une seule puissance, dont les étincelles brûlèrent comme une seule flamme. Je sentis l'Odeur de la khétorite. Et mon cœur se remplit de joie, et mon âme s'éleva davantage. Ainsi j'avais gravi toutes les montagnes, j'avais dépassé tous les discours, pour me rendre vers le Point absolu, où finit toute parole.

Les lettres majestueuses étaient belles comme les améthystes sur les diadèmes du trésor, comme les rubis sur les couronnes, comme le diamant du Pectoral, comme le jaspe et comme l'onyx, elles s'élevaient devant moi sur des colonnes de marbre comme des perles qui lancent des éclairs, et comme les astres, il suffisait que je les dise...

Alors je convoquai la lettre ע, œil : les idées fausses s'y brisent, et les œillères tombent. פ : la bouche, par laquelle les lèvres articulent la parole. ע, le nez, qui sent l'Odeur. ס, car Dieu soutient tous ceux qui tombent et redresse ceux qui fléchissent. ק, chas d'aiguille, réunification des forces pour traverser une porte étroite. ב : avant il n'y avait rien, après il y a tout. א, comme la tête d'un taureau. ר, d'où vient Dam, sang. ש, choix du bon chemin. Et ט, changement d'état. Puis ז, lettre de la force. ג, de laquelle vient la libération. נ, bienfaisance et miséricorde. צ, acceptation d'une épreuve, dans le but d'accéder à un nouveau sommet... מ : pour l'émanation Divine.

Le י. Seul, j'étais seul au désert, parmi les troncs des tamaris noueux, les acacias et les palmiers, les arbres sur la terre de sable, puis les feuillages légers des buissons qui filtraient le pâle soleil. J'avais traversé le Jourdain qui descend des cimes neigeuses de l'Hermon. J'avais traversé le Jourdain, où il y avait un bassin rituel taillé dans le roc, couvert d'une voûte en berceau, comprenant deux ou trois marches, afin de pouvoir s'immerger dans l'eau pure. J'avais traversé le Jourdain, et je m'y étais baigné. Je m'y étais purifié pour la construction d'un Temple immense. Je voulais faire une demeure pour Le voir, et pour Lui offrir les purs sacrifices, lors du Jour du Jugement. Tel David se lavant avant d'entrer dans la maison de Dieu, je me baignai, tels les esséniens qui se lavaient dans les eaux pures, le matin, et le soir, comme dans un sanctuaire sacré.

Et j'avais écrit dans les grottes. C'est ainsi que j'étais né : par ceux qui détenaient la clef véritable des écritures. Ils avaient un rêve, un projet : enlever Jérusalem des mains des prêtres impies et construire un Temple, pour les générations futures, dans lequel le Service Divin serait fait par les prêtres de la secte, les descendants de Zadok et d'Aaron.

Alors ils savaient que là commenceraient de longues années d'exil pour leur peuple. Mais ils savaient aussi que le jour viendrait où ce peuple retournerait sur sa terre, et le Temple serait l'endroit où ceux qui étaient dispersés encore une fois se rassembleraient. Oui, ils savaient que le jour viendrait où il faudrait reconstruire le Temple, à partir de rien, à partir d'un grain de sable, d'un point, à partir de lui, le point.

ה. Le souffle des parfums et l'encens aromatique,

dans le Temple où la nuée s'élevait, visible et invisible à toute la Maison d'Israël venue dans le Temple rebâti pour monter et pour se purifier. Au cœur du Temple était le Saint où brûlait l'encens aux treize parfums délicieux, où trônait la splendide Menora, et la table de proposition où étaient les douze pains, au cœur de ce cœur était le Saint des Saints, séparé du Saint par un voile aux quatre couleurs.

Et lors des fêtes de pèlerinage, il était là, dans l'odeur des bois de cèdre précieux pour offrir un bélier en sacrifice, et les palmes pour la fête des cabanes, et les souffles des chants de ceux qui remontaient en procession de la piscine de Siolé où ils étaient allés puiser l'eau pour le Temple, avec les milliers et les milliers de pèlerins. Là, au Temple, il avait été dans la bouche des esséniens : ils étaient les élus de la bienveillance divine, chargés d'expier pour la terre et de faire retomber les sanctions sur les impies, ils étaient le dernier mur, la pierre d'angle précieuse, dont les fondements jamais ne trembleraient. Là, dans les roches, se trouvait la demeure suprême de la Sainteté, la Demeure d'Aaron où étaient faites les offrandes d'agréable odeur, et là était la Maison de perfection et de vérité en Israël pour établir l'Alliance selon les préceptes éternels. Et ils étaient désignés, les Nombreux, pour garder en leur cœur la flamme du Temple.

Ils attendaient qu'Il vienne, Celui qui se battra contre les Fils des ténèbres. Ils disaient ainsi :

Et il prendra son armée
Il se rendra à Jérusalem
Il rentrera par la porte Dorée
Il reconstruira le Temple
Ainsi qu'il l'aura vu en la vision qu'il a eue,
Et le Royaume des cieux
Tant attendu
Viendra par lui
Le sauveur
Qui sera appelé
Le Lion.

Vav.

Alors je me tournai vers l'autel. Je pris des charbons ardents, dont je remplis l'encensoir, puis une poignée d'encens en poudre. Je mis l'encens sur le feu, dont la vapeur couvrit le Propitiatoire. Puis je pris le sang du taureau, et de mon doigt je fis sept aspersions sur le Propitiatoire.

— Que Dieu soit loué ! dit Lévi. Le peuple qui marchait dans les ténèbres verra une grande lumière. Toute cette attente pour accéder au Royaume de Dieu.

Tous attendaient que je le fasse : que je prononce le Nom. Tous, sauf Jane, qui me regardait.

Alors je le dis.

LEXIQUE

Assassins (ou Hashashin) : fumeurs de Hachisch. Secte chiite ismaélienne, fondée par Hassan-ibn-Sabbah, autour de la forteresse d'Alamut, en Syrie, en 1090. Le chef de la secte, appelé le Vieux de la Montagne, envoyait ses disciples commettre des meurtres publics au péril de leur vie. Le dernier maître fut exécuté en 1256 par le khan mongol Hulgar.

Deveqout : pour les Hassidim, idéal le plus élevé de la vie mystique, où s'établit un lien intime avec Dieu.

Esséniens : membres d'une secte juive du deuxième siècle avant l'ère courante, dont les principales caractéristiques sont l'ascétisme, la pratique du bain rituel, les repas en commun, l'attente d'un Messie.

Genizah : cimetière où sont enterrés les livres sacrés dont on ne veut plus. La plus célèbre est la genizah du Caire.

Hassid (pluriel : *Hassidim*) : littéralement, le « pieux ». Désigne un homme faisant partie d'une communauté juive orthodoxe reconnaissant l'autorité d'un maître ou d'un rabbin.

Nombreux : terme par lequel se désignaient les esséniens.

Samaritains : habitants du mont Garizim, près de Naplouse, en Israël, qui pratiquent la loi hébraïque fondée sur leur propre Pentateuque.

Talmud : représente la loi orale d'après les commentaires des rabbins au sujet de la loi écrite, ou Torah.

Torah : le Pentateuque, la loi écrite, fondement scripturaire du judaïsme.

Tsahal : armée israélienne.

————

Les textes des rouleaux de la mer Morte ont été traduits par M. Salomon Messas.

א	Aleph 1
ב	Bet 2
ג	Guimel 3
ד	Daleth 4
ה	Hé 5
ו	Vav 6
ז	Zaïn 7
ח	Heith 8
ט	Tet 9
י	Yod 10
כ	Kaf 20
ל	Lamed 30
מ	Mem 40
נ	Noun 50
ס	Sameh 60
ע	Aïn 70
פ	Pé 80
צ	Tsadé 90
ק	Qôf 100
ר	Rech 200
ש	Chin 300
ת	Tav 400

Du même auteur :

Aux Éditions Albin Michel

QUMRAN, roman
LA RÉPUDIÉE, roman
MON PÈRE, roman

Chez d'autres éditeurs

L'OR ET LA CENDRE, roman, Ramsay
PETITE MÉTAPHYSIQUE DU MEURTRE, essai, PUF

Composition réalisée par JOUVE

IMPRIMÉ EN ESPAGNE PAR LIBERDUPLEX
Barcelone
Dépôt légal Editeur 29103-02/2003
LIBRAIRIE GÉNÉRALE FRANÇAISE - 43, quai de Grenelle - 75015 Paris.
ISBN : 2 - 253 - 15423 - 7